RETRATO DE UNA PIEL DESNUDA

RETRATO DE UNA PIEL DESNUDA

MARTA SANTÉS

TITANIA
Argentina • Chile • Colombia • España
Estados Unidos • México • Perú • Uruguay

1.ª edición Mayo 2021

Plaza de los Reyes Magos, 8, piso 1.º C y D – 28007 Madrid
www.titania.org
atencion@titania.org

ISBN: 978-84-17421-21-2
E-ISBN: 978-84-18259-94-4
Depósito legal: B-4.557-2021

Fotocomposición: Ediciones Urano, S.A.U.
Impreso por Romanyà Valls, S.A. – Verdaguer, 1 – 08786 Capellades (Barcelona)

Impreso en España – *Printed in Spain*

Retrato de una piel desnuda *refleja a la perfección las desgarradoras emociones por las cuales debe pasar alguien que decide seguir sus propias directrices. Definitivamente, la historia de Asher no solo ha hecho que recuerde las sensaciones y experiencias enquistadas en mi piel y sobre todo en mi corazón, sino que también ha sido una oportunidad para conocer el aprendizaje que ha ido formando a este personaje tan especial, caracterizado por la resiliencia.*

Cuando la sociedad se hace dueña de tu identidad, es el momento perfecto para recordar que todas las personas llevamos un Asher dentro. Estoy seguro de que esta novela puede servir de puerta hacia la esperanza y el autoconocimiento de muchos seres igual de disidentes.

Siempre la guardaré dentro de mí con mucho cariño.

Ojalá pueda leerla el mayor número de gente, que se sensibilicen y se replanteen comportamientos que puedan dificultar vidas como las de Asher.

Erick, chico trans, integrador social.

NOTA DE LA AUTORA

Asher es el personaje más complejo que he escrito hasta la fecha. Empecé a escribir su historia hace dos años y tuve que abandonarla porque, aunque me pedía a gritos que le escribiese, era muy difícil para mí conocerle. Dio igual cuánta información buscase o cuántos libros leyese, no fue hasta que recurrí a personas reales que me contaron sus historias cuando Asher empezó a tomar forma cada vez más fuerte en mi cabeza.

La voz se Asher es un conjunto de voces de personas trans que han querido contar sus historias. Él está hecho de emociones, de sentimientos, de miedos, de sueños, de vivencias. Es tan humano y visceral que sé que me costará escribir a alguien como él en el futuro.

Asher toma todas esas voces y las hace una, para que suenen muy alto, tan alto que nadie las pueda callar.

PREFACIO

18 de abril de 2011

Estás frente a mí, pero solo eres óleo sobre lienzo. Y sudor de mis manos y lágrimas de mis ojos mezcladas con los matices de los colores de tu rostro, de tu pelo; esos látigos rizados que desprenden olor a cereza y que puedo oler aunque haga una eternidad que no me rozan.

La gente tiene diferentes formas de interpretar mis obras. La mayoría de sus máscaras son de felicitación por el talento, por la valentía. No cualquiera se atreve a rajarse el pecho sin anestesia con una sierra y abrirse en canal para que lo vean miles de ojos. No os creáis que no duele. En realidad duele, duele que te cagas. ¿Por qué me muestro, entonces? Muchas veces me lo pregunto. Me digo: «Asher, pero ¿qué puñetas estás haciendo?». Y luego pienso. Pienso en toda la mierda que hay, en los gritos, en el odio, en el daño injustificado, las mentes cerradas, los ojos vendados. Hay gente ahí fuera que verá mis vísceras en estos lienzos, en estas fotografías expuestas, y se sentirá un poco aliviada, un poco menos sola. Dirá: «Si él es valiente, ¿por qué no? Yo también puedo».

Pienso en cómo mi percepción del mundo ha cambiado con el paso de los años. En cómo contemplar el retrato de mi cuerpo desnudo cuando apenas tenía catorce años me produce un sentimiento muy diferente en comparación a cómo me veía antes. *Érase una vez una chica que en realidad era un chico*, una de las pinturas que más polémica había desatado, muestra un cuerpo adolescente sufriendo, roto, agarrándose los pechos con las manos mientras intenta arrancárselos de cuajo.

Llevo casi diez años presenciando las diferentes reacciones de la gente en las exposiciones al contemplar ese autorretrato. Sus gestos se transforman; puedo ver cómo contraen los músculos, cómo arrugan los ceños. Dejan escapar aspiraciones, me miran durante un rato intentando entender al adolescente del cuadro o al chico que lo pintó. Nadie mira igual al artista después de estudiar sus obras.

Tú no lo hiciste, mi pequeño remolino. Tú me *viste*, por dentro y por fuera, sin necesidad de buscar en mis cuadros. Con tu mirada de un pálido verde glacial que derrite los vértices de mi piel y funde las yemas de mis dedos en los ángulos de tu rostro. Dime, mítica Chica de las Burbujas, ¿cómo puedo notar un vuelco en el corazón al mirarte en las fotos y en los cuadros a pesar de que no estás? Es asombroso cómo el cuerpo humano filtra el olor, las sensaciones, el tacto o el sabor, que se quedan permanentemente en los resquicios del cuerpo a pesar de que se frote hasta que ya no se sienta nada. ¿Cómo un cuerpo maltratado por su propio infierno puede guardar tanto amor? Un amor que se desborda de mis dedos y acaba en esos lienzos, en esas fotos.

Toda esta gente, todas las personas que me rodean en esta galería, tiene una opinión distinta acerca de lo que ve, acerca de lo que siente. Algunas se sumergen en mi interior, otras solo se asoman un poco, a otras ni siquiera les hace falta mirar. Como ese hombre que me observa desde el otro lado de la sala. Lo he visto nada más entrar. Puedo percibir el aura de la gente, ¿no lo he dicho? La experiencia me lo ha dado. Sobre todo puedo sentir el halo que desprende el odio. Puedo diferenciar la postura, las intenciones, las miradas, la ligera elevación del labio superior, ese deje de desprecio apenas apreciable para el ojo humano. Llevo observándolo desde los cuatro años. Una expresión que nadie debería ver, y menos a esa edad.

Muchas personas a mi alrededor han creído saber quién soy sin conocerme; han estado convencidas de quién soy, cuando yo mismo a veces apenas sabía quién narices me devolvía la mirada en el espejo.

Sé que él cree saberlo. Y me odia por eso. Antes, hace un tiempo, esto me habría destrozado. Me he desmoronado cientos de veces a lo largo de mi vida. Pero hoy no. No me importa. Estoy agotado.

No estoy haciendo nada malo al exponerme al mundo. No pretendo hacer daño a nadie, hasta el momento solo me he herido a mí mismo con esta decisión. Es cierto que nunca creí que interesaría a tanta gente ni que mi historia podría atraer tantas miradas. Lo malo de hacer que tantas cabezas se den la vuelta es que entre todos esos ojos habrá alguno al que no le guste lo que vea.

Te miro por última vez, Chica de las Burbujas. Alma, claro, incluso tu nombre refleja quién eres. Eres la parte de mi alma que se ha quedado suspendida por encima de mí buscándote por todas partes. Eres esa parte de mi alma que fue feliz, que aún quema, que me pesa allí donde voy. Tienes que soltarme, Alma. Elévate como las burbujas con olor a cerezas. Por favor, es lo último que te pido.

Salgo de la galería aunque el artista deba permanecer con sus obras hasta el final del evento. Las razones de por qué lo hago no las tengo claras. Puede que ya no me importe nada, puede que ya esté harto. El caso es que sé qué va a pasar. ¿Recordáis lo que os dije acerca de que percibía el odio? Voy directo hacia él. Sin armas, desnudo. La noche ha entrado mientras las personas acudían a la inauguración de la exposición. Me enciendo un cigarrillo, a pesar de que el médico me haya repetido por activa y por pasiva que el tabaco es contraproducente con el tratamiento con hormonas.

Hay dos tipos al final de la calle, parecen estar esperando algo. No me resultaría raro si hubiese algún bar o restaurante próximo, pero solo hay viviendas e instituciones públicas en varios metros a la redonda. El hombre que me observaba en el interior de la galería sale un minuto después que yo.

—¡Hola! Asher, ¿verdad? Soy un gran admirador de tu obra —dice, sacándose un cigarrillo también.

—¿Ah, sí? Gracias —respondo mientras expulso el humo.

—Sí. Es muy... explícita.

Asiento con la cabeza. Se le da fatal esconder su repulsa.

—¿Ves a esos hombres de ahí? También son grandes admiradores. —Me señala a los dos tipos del final de la calle que ahora miran hacia nosotros—. Me gustaría presentártelos.

Miro la densa barba castaña de este hombre, su gran complexión. Hay resignación en mi mirada, él lo ve. Sé que lo ve. Ambos sabemos perfectamente cuál es nuestra situación. Sé que él sabe que no soy estúpido... o puede que lo crea cuando tiro el cigarrillo, lo aplasto con la bota y me aparto de la pared para hacerle la señal de que nos acerquemos a sus amigos.

Avanzo de forma mecánica con la penetrante sensación de que me encamino hacia un precipicio. Soy lo bastante intuitivo, percibo cuando algo va mal. Sin embargo, mientras camino hacia esos hombres, con este tipo a mi lado, con la presión que siento en el pecho que va a reventarme por dentro, no retrocedo, ni me detengo. Sigo andando, llego al borde del precipicio. Y salto.

1

CLAIRE

Junio de 2019

Para Marc Chagall, el arte era un estado del alma. Fluctuaba, se transformaba. No era igual para aquel que lo creaba como para aquel que lo observaba, que lo sentía.

El arte fluía a través de mi cuerpo en mi segundo año en la Escuela de Bellas Artes de París, una escuela universitaria de arte con prestigio internacional. Había soñado con caminar por estos pasillos, por estas grandes entradas y escalinatas, desde que tenía uso de razón. Para esa niña pequeña e imaginativa que fui, estudiar en un lugar así era inalcanzable, un sueño que se convertía en un deseo que dolía y apretaba las entrañas. Así que, cuando comunicaron que estaba dentro, fue uno de los mejores días de mi vida. Podría haber sido el mejor, pero mis padres siempre habían tenido otros planes para mí y no lo celebraron conmigo. De hecho, intentaron disuadirme de trasladarme a París hasta el último momento, justo antes de subirme al tren: «Cariño, queremos lo mejor para ti». «Búscate una profesión con salida y déjate de fantasías, puedes heredar la empresa de tu madre, ¿eso no te basta?». «El arte no te dará de comer, hija. Sé razonable». «¡Pon los pies en la tierra aunque sea por una vez, Claire! En ese mundo en el que vives solo vas a llevarte decepciones». «Ya regresarás llorando. Y estaremos aquí esperándote cuando eso suceda».

No entendían nada. No podían imaginarse lo que sentía cuando pintaba o cuando moldeaba. Era yo misma cuando estaba en esa escuela, rodeada de gente extravagante, de espíritus soñadores y bohemios, de romances que se sucedían en cada esquina cada día y que inspiraban y daban rienda suelta a la creación. Cada día era diferente. Nadie vestía igual, veníamos de diferentes partes del mundo, de diferentes culturas, etnias, de distintos puntos de vista. Todos allí teníamos una personalidad marcada, unos ideales firmes fuertemente ligados al amor, a la paz, a la libertad. Era mi segunda casa, donde obsesionarme con algún pintor, pasar horas muertas sin ni siquiera comer por estar pintando o hablar durante horas acerca de una obra no era raro ni friki. El arte era sinónimo de vida. Por supuesto, también de exigencia, disciplina y superación.

Compaginaba los estudios artísticos con el trabajo de camarera y cantante callejera en mis ratos libres. Había días que recaudaba más en una sola noche con cinco canciones que en dos semanas en el bar. Por supuesto, también había días desastrosos.

Siempre que salía a cantar tenía la sensación de que podía ocurrir algo extraordinario. En fin, eso hacía la música, creaba situaciones mágicas. Resultaba algo poético e inspirador un cantante entregando retazos de su alma a desconocidos que pasaban casualmente por una plaza, que inevitablemente se transformaba por el tono de la melodía. Los pasos se volvían rítmicos, los latidos del corazón se mimetizaban con los del resto y una calle cualquiera se convertía en un lugar de sonrisas, de complicidad.

Aquella era una de esas noches maravillosas. No iba a negarlo, sentarme en el taburete con todos mis bártulos, la guitarra y el micrófono, sola ante la incertidumbre… daba miedo. El nudo en la garganta y los nervios en el estómago permanecían durante todas las canciones. Eran las once de la noche y la plaza de la Concordia estaba abarrotada, se había formado un semicírculo ante mí, cantaba *Sans toi* de Pomme. No hacía mucho que me había dado cuenta de que cerraba los ojos al cantar. Sería porque sus reacciones me asustaban. Sus miradas… ¿podían ver que me desnudaba ante ellos? ¿Que era frágil aunque creyesen que era valiente al colocarme allí?

Esa vez abrí los ojos al escuchar unas monedas chocar contra otras que yacían dentro del estuche de la guitarra. Unos ojos curiosos y esquivos se cruzaron con los míos en ese instante. Perdí un poco el hilo de la canción. No me hubiese llamado tanto la atención si ese muchacho no hubiese parecido asustado de estar allí y, al mismo tiempo, fascinado como un niño. Su mirada fue muy breve, pero bastó para que se filtrase de forma penetrante en mi cabeza. El chico regresó, tímido, hacia la muchedumbre, como si el gesto de acercarse para darme dinero hubiese sido un acto temerario. Le busqué entre el gentío en las siguientes canciones, pero había desaparecido.

Creía que no volvería a verle nunca más. Sucedía constantemente, nunca veía las mismas caras en la plaza. Siempre había gente nueva. Pero, en esta ocasión, estaba equivocada. Le vería otra vez, aunque en el lugar menos esperado.

Mi clase de Bellas Artes visitaba el Louvre. Ya había ido con anterioridad, pero nunca como estudiante de una prestigiosa universidad, como artista con la profesora Annette Trouvé. Estaba exultante. Debíamos elegir una obra y plasmarla en un papel desde nuestro punto de vista. Era imposible decidirse por alguna, ¡había tanto donde escoger! Mis compañeros y yo estábamos esparcidos por el museo tratando de encontrar las musas: *La gran odalisca, La Belle Ferronière, El escriba sentado, La Gioconda, La Libertad guiando al pueblo...* Me detuve al entrar en la sala donde estaban Eros y Psique. Había un chico ante la escultura *Psique reanimada por el beso del amor* de Antonio Canova. No sabría explicar por qué, pero le identifiqué de espaldas; estaba dibujando sobre un bloc, muy concentrado. Me aproximé despacio para no interrumpirle. Era él, era el chico tímido que se había acercado a echarme las monedas en la plaza de la Concordia. «Profesora Trouvé, he encontrado mi fuente de inspiración, lo malo es que no pertenece al museo. No, en realidad es un muchacho que se está haciendo pasar por un alumno. ¿Por qué? No tengo la menor idea. Pero ¿lo ve? ¿Ve lo mismo que yo? Poesía que respira. Veo la pasión en sus gestos al desplazar el carboncillo por el papel, percibo su nerviosismo, como si Eros y Psique estuviesen vivos besándose de verdad, como si le hiciesen partícipe del beso. ¿Ve cómo arruga el ceño? Alza la mano como si contornease sus cuerpos marmóreos con los dedos y luego dibuja. Por unos instantes siento envidia de la pareja de enamorados. Profesora, ¿a esto es a lo que se refiere Chagall cuando habla del estado del alma?». Y, ¡guau!, tenía talento... Me asomé y vi sus esbozos y se me encogió el estómago. «¿De dónde has salido, chico misterioso? ¿Quién eres?».

De repente alzó la mirada y me sorprendió mirándole. Cogí aire de golpe y lo contuve en mi garganta; la sangre se peleó por llegar la primera a mi cara. Él centró la atención de nuevo en su dibujo, ignorándome. Pero sabía que no era a causa de mi intrusión, sino por su personalidad vergonzosa. En ese momento descubrí que la timidez en un chico me resultaba de lo más atrayente. Y, bueno, cabía destacar que el chico tenía... unos labios gruesos y unos ojos claros que incitaban a la necesidad de plasmarlo en un lienzo o en una escultura.

—¿Conoces la historia de Eros y Psique? —le pregunté, colocándome ante la obra.

El muchacho miró a ambos lados, como para cerciorarse de que me dirigía a él. Luego me observó durante medio segundo antes de negar con la cabeza.

—Él, el chico alado que coge a la chica, es Eros, también llamado Cupido en la mitología romana. Para los griegos, era el dios del deseo amoroso e hijo de Afrodita, diosa helena del amor. Y ella, Psique, que significa «alma», era una princesa cuya belleza despertó los celos de la madre de Eros.

Me miró con cierta fascinación y luego miró la escultura. Le contemplé con una sensación profunda que se agravaba conforme más patente era su dulzura.

—Afrodita, irritada porque Psique fuese más bella y amable, encomendó una misión a su hijo: la muchacha debía enamorarse de un monstruo. Pero cuando Eros la vio, se enamoró al instante de ella y le fue imposible cumplir con la orden de su madre. —Esta vez, el chico me observó sin apartar la mirada. Había un interés y un sentimiento en sus facciones que me creaba una necesidad muy fuerte de conocerle—. Eros la llevó a su palacio de mármol y oro; sin embargo, para no despertar la ira de su madre, nunca dejó que ella le viese ni supiese quién era. Se encontraban todas las noches para amarse en la oscuridad, y, antes de que amaneciese, él desaparecía. Una de esas noches, Psique, impulsada por la curiosidad (y por las malas lenguas de sus envidiosas hermanas, que le decían que su amado no se dejaba ver porque en realidad era un monstruo), cogió una lámpara de aceite mientras Eros dormía a su lado. Ella por fin vio al muchacho hermoso que la besaba a diario y, conmovida, le tembló la mano y una gota de aceite cayó sobre su amado. Este despertó y, enfadado porque Psique había faltado a su palabra, voló lejos de ella.

—Claire, ¿vas a pintar a Eros y Psique? —Dean, compañero de clase, de piso y uno de mis mejores amigos, nos interrumpió y luego observó con poca discreción al chico silencioso.

—Sí, ya me he decidido —dije.

—Yo aún no. Creo que voy a optar por uno de los mozos de cuadra de *Los caballos de Marly*. —Dean no me miraba mientras hablaba, se desplazó poco a poco hacia el chico y fisgoneó su dibujo—. ¡Vaya! Eres bueno. Muy bueno.

El chico se encogió un poco y sus mejillas y su nuca se encendieron en un tono melocotón.

—Gracias —respondió con voz queda.

—¿Eres de otro curso? ¿Has venido con la Escuela?

—¿Eh? No, ojalá. —Sonrió con timidez y la vista fija en su cuaderno.

—¿Y de dónde eres? Tienes acento…

Fulminé a Dean con la mirada. Él se encogió de hombros como diciendo «¿Qué?».

—Disculpa a mi amigo, es muy curioso. Es lo que les pasa a los artistas, a veces pecan de fisgones. —El chico no levantó ni una sola vez los ojos.

—¿Fisgón yo? —dramatizó.

—Los mozos de cuadra te esperan, Dean —le recordé, divertida.

Él me sonrió, me dio un beso en la sien y se fue caminando de espaldas a la vez que alzaba las cejas. Dean era todo un ligón, pero ya se había dado cuenta de que a mí me interesaba un poquitín el chico misterioso (además de que él estaba prácticamente casado con Marc); estaba claro que me acribillaría a preguntas cuando llegásemos a casa.

—¿Acaba así la historia? —me preguntó él, interrumpiendo mis pensamientos.

Parpadeé tres veces seguidas y centré la mirada en el chico, que me miraba con ese interés inocente.

—Hum... Sería un final triste, ¿no crees? Que Eros se marchase para siempre y Psique se descompusiese lentamente por amor. ¿Crees que las historias de amor trágicas son más recordadas que las que acaban bien?

El chico me contempló durante unos segundos.

—No tengo mucho conocimiento acerca de las historias de amor —declaró, sincero.

Sonreí y aprecié cómo una comisura de su boca se levantaba.

—¿No has leído o visto películas?

—Nunca he visto una película. Libros sí he leído, aunque muy pocos...

Vale, aquello sí que me llamó poderosamente la atención.

—¿Nunca has visto una película?

El chico dejó escapar aire por la nariz sonriendo con levedad. Luego continuó trazando esbozos sobre el papel.

—¿Vienes de la cárcel o algo así? —bromeé.

Él arrugó sus gruesos labios y suspiró.

—Algo así...

Me quedé muda. ¿Qué podía decir después de eso?

—Entonces, ¿Eros nunca perdonó a Psique? —insistió.

—Ella... le buscó por todas partes con desesperación. Fue al mismísimo infierno, ¿sabes? —También empecé a trabajar en mi dibujo, pero el beso de los enamorados no era nada en comparación con él, por eso comencé con un boceto de su rostro.

Nunca nada en mi vida me había hecho sentir tan fascinada. Necesitaba pasar horas, días, hablando con él sin parar. Necesitaba conocer su perspectiva del mundo, su vida, sus motivaciones.

—¿Y le encontró?

—En realidad se tomó un brebaje en el infierno que la hizo caer en un profundo sueño. La escena que ves es el momento en que Eros la besa para despertarla del encantamiento.

El chico sonrió de verdad por primera vez. Noté cómo se me abrió la boca al contemplarle.

—Me llamo Ori —dijo, mirándome en mitad de su sonrisa.

—Encantada, Ori. Yo soy Claire. —Quería tocarle, darle la mano o dos besos, uno aunque fuese, pero él no hizo ningún amago de moverse—. Me acuerdo de ti —admití, esperando que él supiese de qué le hablaba.

—Yo también me acuerdo de ti —dijo en tono suave sin dejar de dibujar.

El corazón se me embaló.

—¡Claire! Estoy intentando reuniros a todos. Busca a tus compañeros y diles que nos vemos en el ala Denon, en la sala 169 —me pidió de repente Annette, que atravesaba la alargada estancia tan deprisa que apenas pude responder.

Regresé la mirada al chico, que dibujaba aunque parecía distraído.

—Tengo que... irme —dije a regañadientes.

—Vale —murmuró, mirándome de soslayo—. Adiós.

—A... adiós.

Me alejé a trompicones. Me dije que, si me daba prisa y aquello que nos quería enseñar la profesora era rápido, quizá podría regresar a tiempo y encontrarle allí antes de que acabase su dibujo.

Pero no hubo suerte. Cuando volví, Eros y Psique estaban solos.

No dejé de buscarle la hora siguiente. Cualquier muchacho me parecía él, vagaba por las salas sin rumbo alguno. Hasta que lo encontré:

—¡Es ese de ahí!

Por lo visto, yo no era la única que lo buscaba: dos guardas de seguridad lo atraparon y Ori levantó las palmas en señal de indefensión.

—¿Qué hacen? —fue lo primero que se me ocurrió vocearles a los guardas a pesar de que era evidente.

—Este joven se ha colado sin entrada —respondió uno de ellos de mala gana mientras lo arrastraban entre los dos a pesar de que él no se resistía.

—¡Qué despiste! ¿En serio, Ori? ¡Creía que te la había dado!

Tanto los guardas como él se giraron para mirarme con la sorpresa surcando sus caras. Con el pulso en la garganta, me acerqué y metí las manos en los bolsillos de sus pantalones.

—¡Te vi meterla aquí!

—Eh...

—Oh, perdonen, es que es muy despiste a veces. Pero lo resolveremos, pagaré la entrada si es necesario...

—¿Realmente viene como alumno de la Escuela de Bellas Artes? No consta en el registro... —aclaró uno de los guardas.

—¡Claro que no! Es estudiante de intercambio y se ha traspapelado. En la universidad ha ocurrido lo mismo. Es lo malo de que se incorpore en estas fechas...

Los guardas se miraron entre sí. Ori me miraba a mí todo el tiempo; había cambiado su gesto atónito para ser partícipe de la treta que acababa de inventarme. Buscaba en sus bolsillos y encogía los hombros.

—¿Nos dices tu nombre, por favor? —dijo el guarda en tono hastiado.

—¡Oh! Sí, claro. Claire Rose —dije, mordiéndome fuerte el carrillo.

El guarda me buscó en su aparato de registro. Yo traté de pensar rápido:

—Ahora mismo voy a buscar a la profesora Trouvé y seguro que resuelve este malentendido. —Mi voz sonó muy convincente.

—Tranquila... —dijo.

Tensé las articulaciones. Sabía de sobra que la Escuela de Bellas Artes era un cliente fiel del museo. Todos los meses acudían decenas de estudiantes de Bellas Artes, por lo tanto, recibían cantidades de dinero fijas de parte de la universidad y les convenía tratarnos bien.

El guarda miró la hora en su reloj.

—Disfruten de la hora que queda antes del cierre del museo. —Y con esa frase, ambos se marcharon.

Ori me miró incrédulo.

—Hay que ver qué despiste eres —musité, sonriendo.

Él ensanchó tanto sus comisuras que dejé de respirar.

—¿Cómo... has hecho eso?

—No tengo ni idea.

Se echó a reír y yo le secundé. Luego me puse un dedo en la boca y siseé para que fuésemos más discretos. Él agachó la cabeza con los hombros encogidos, tratando de dejar de reír.

—No sé cómo agradecértelo...

—Solo dame las gracias —resolví, sonriente.

—Gracias, Claire Rose —pronunció mi nombre de buen humor.

—De nada, Ori.

Las risas cesaron, la tensión del momento se diluyó un poco, y nos quedamos el uno frente al otro sin saber muy bien qué hacer.

—Gracias, de verdad. No me conoces... Podría ser un criminal —añadió, serio.

—Sí, tienes toda la pinta de criminal. Te sugiero que no te lleves la estatua de Eros y Psique como tienes pensado, prueba con algo más ligero como *La Gioconda.* Sé que tienes unos buenos brazos..., pero yo soy delgaducha y ahora no tienes más remedio que reclutarme en tu banda criminal, así que...

Ori me contempló con una expresión entre diversión, confusión y maravilla.

—Además de burlar a las autoridades eres una extorsionadora —entró en mi juego, y eso le hizo aún más atractivo si eso era posible.

—Me parece que sí...

Ori sonrió y sus mejillas volvieron a adoptar ese tono rosa aterciopelado.

—En serio. No sabes quién soy... —repitió.

—¿Y quién eres?

Ori me contempló con tristeza.

—Soy alguien que ha salido corriendo de su propia casa para huir de sus raíces, de sus obligaciones y de su futura esposa...

Esbozaba sobre los márgenes del bloc de dibujo las facciones de Ori antes de que se me olvidasen. Notaba ese amargo sabor a inminente despedida a la salida del museo, ese pequeño relámpago de miedo por pensar que se esfumaría para siempre.

Sonrió al salir entre el tumulto de estudiantes. Jolines..., me quedé embobada mirándole. Juro que no quería mirarle, pero tenía unas líneas a ambos lados de sus gruesos labios que se hundían en sus mejillas, y esa peculiaridad física acentuaba lo exótico de su aspecto. No sonreía de forma convencional, su sonrisa se torcía y su rostro se transformaba en un mosaico que deseaba tallar en granito. Además, después de ver cómo se entregaba en cuerpo y alma a dibujar el beso de Eros y Psique, no podía dejar de sentirme agitada en su presencia. Tenía que pensar en algo para que no desapareciese...

Yo nunca había llevado amistades nuevas al grupo de tres que formaba junto a Dean y Marc, mis mejores amigos y compañeros de piso, quienes siempre traían personas interesantes con las que pasar el día, ya fuese de la universidad o de fuera de ella. Ellos, que se querían hasta la médula y pretendían casarse en el mismísimo Palacio de Estudios (para algunos resultaban frikis por su amor irracional por el arte), eran una pareja extravagante y alegre que no permitían que ningún día fuese aburrido. Por ello, sabía que harían muy fácil que la presencia de Ori resultase natural y bienvenida por muy poco que supiésemos de él; así que, en un arranque de valentía, decidí invitarle a que se viniese a Dieppe con nosotros el fin de semana (eran dos horas y casi cuarenta minutos de viaje, pero nos encantaba la playa y no nos importaba ir y volver el mismo día). Sabía que lo de traer a alguien nuevo a nuestro entorno era algo extraño que no encajaba con mi personalidad con tendencia antisocial (sobre todo fuera de la Escuela), pero no pude evitarlo. Ori enrojeció y, con una timidez dulce, sorprendido por mi invitación, accedió. Y yo reprimí mi emoción y mis miles de preguntas.

Muchas veces no somos conscientes de hasta qué punto conocer a alguien puede cambiar el rumbo de nuestra vida ni tampoco de cómo una simple conversación surgida de la curiosidad más inocente puede desembocar en una serie de acontecimientos que transformen todas las piezas que nos componen...

Ori era especial, lo supe en cuanto lo vi, pero no podía imaginar cuánto ni a dónde me llevaría conocerle. Todo empezó con una sencilla pregunta: «¿Y qué hacía un chico como tú en un museo como ese?». Y entonces salió su nombre: «Asher Dray».

—Hace unos ocho años, una escritora del sur de Francia vino a mi casa. En mi comunidad... no suelen recibir con agrado a la gente de fuera. De todos modos, mi padre accedió a que ella nos entrevistase, al parecer quería documentarse acerca de las costumbres jasídicas. —Ori me contempló de soslayo, supuse que para ver mi reacción a la revelación de sus raíces judías ortodoxas. Yo me mostré comprensiva, estaba acostumbrada a conocer a gente muy diferente gracias a la Escuela, aunque todavía no comprendía nada de lo que significaba estar en su lugar—. Ella quería conocernos porque la persona acerca de la que estaba escribiendo tenía raíces judías como las nuestras: Asher Dray, un pintor. Recuerdo que, entre los papeles de su libreta, guardaba un panfleto del Louvre con *Psique reanimada por el beso del amor* en la portada. Nunca había visto nada igual y deseé hacerlo con mis propios ojos. Desde entonces, todo lo relacionado con el arte me llama como si... como si en vez de pertenecer al lugar donde nací en realidad viniese de allí, de... de esos lugares donde eres libre para crear, donde posees todo a tu alcance para expresarte. —Ori contaba todo eso con una intensidad y un ensimismamiento profundos, y yo no podía dejar de mirarle—. Antes de todo... de dejar para siempre de dibujar, de poder ver estas maravillas, querría saber quién era él. Como yo, venía de una comunidad jasídica y terminó siendo artista... No puedo seguir viviendo sin saberlo.

Aquella declaración fue como un estallido en mi pecho. Se produjeron millones de reacciones en mis células, como si ya supiese lo que sucedería a partir de ese día.

2

CLAIRE

Junio de 2019

Miraba los gráciles gestos de la profesora Annette Trouvé de Artes Plásticas, un genio en su campo, con un lienzo en blanco ante mí. Mis compañeros no pestañeaban mientras la observaban y nadie se perdía ni una de sus vocales. Por supuesto, yo tampoco.

Durante los dos últimos años, había aprendido que el amor era la causa de muchas de las obras que se desarrollaban entre estas paredes, ya fuera mostrado como desamor, amor platónico o deseo carnal... Este sentimiento era una fuente inagotable de emociones que se derramaban con maestría sobre un lienzo, un papel, mármol o barro. Conocía, pues, las formas del amor, pero nunca lo había sentido en mi propia carne y, aunque había tenido relaciones esporádicas, nunca había llegado a querer.

Ahora, sin embargo, mi cuerpo estaba excitado ante la continua presencia de Ori en mi cabeza. Y, de alguna forma, me sentía diferente y... extraña.

Había buscado a la profesora Trouvé antes de entrar en clase para hablarle acerca de mi necesidad de conocer mejor a Asher Dray, más allá de lo que se podía encontrar en las redes o de lo que ya sabía: «Justo hoy os iba a hablar de él. ¿Recuerdas que esta tarde hay una inauguración de sus obras en la universidad?». ¡Era cierto! ¿Cómo podía haberme olvidado? Llevaban meses anunciándolo, ¡era hoy!

—De raíces judías ortodoxas, en el Estrasburgo del año 1980, nació un bebé muy poco convencional: Asha, la llamaron. Pero esa pequeña criatura se encargó de aclararle a su familia que estaba equivocada. Imaginaos para una comunidad jasídica, contrarios a toda modernidad, donde sus leyes y sus actos se rigen por la Torá, tener entre sus miembros a una niña que afirmaba ser niño. Si para una familia atea ya es un fuerte impacto, en una cultura religiosa tan estricta como esa... puedo imaginar lo que supuso. Pero Asha no había nacido en el seno de una familia jasídica tradicional. Su padre, Saulo Dray, se había enamorado de una extravagante francesa y había formado una familia con ella en su comunidad. Quizá fue eso lo que le salvó, porque la familia abandonó la comunidad judía para poder criar a su hijo como quien era en realidad: Asher Dray.

La profesora pasó la diapositiva y mostró un autorretrato del pintor. Lo conocía; era magnífico. Mostraba a un joven con un aspecto sobrecogedor, y me pregunté si su belleza irracional me encogería el pecho si no supiese todo lo que sabía de él.

—A sus tiernos dieciocho, ingresó en esta misma universidad, paseó por los mismos pasillos por los que vosotros paseáis, y pronto se dieron cuenta de que Asher era un alumno sobresaliente. Sus obras llegaron muy rápido al público, sobre todo tras conocer los mensajes de las mismas, que se centraban en dos temáticas: su arduo paso por el mundo como una persona trans y su amor de la infancia, la mítica Chica de las Burbujas.

»Todo el mundo podía ver lo desgarradora que era su creación y, aunque solo era 1999 cuando comenzó a despegar y nadie estaba familiarizado con que alguien proclamase su conflicto entre sexo y género, el sentimiento, la inocencia y la belleza de Asher caló en la gente. Esta obra que veis se expuso por primera vez en la Escuela de Bellas Artes de París en 2002 y causó un revuelo. Es un autorretrato de su adolescencia, un joven tratando de arrancarse los pechos del cuerpo... ¿Podéis ver cómo los dedos se hunden en la carne? ¿Podéis sentir el sufrimiento? Ese cuello arqueado, ese gesto de la boca... Para muchas personas, esta clase de conflicto era absolutamente desconocido. Y esto marcó un antes y un después; no solo en Francia, sino en diversos países. Pero estas obras quizá nunca hubiesen abarcado tanto si Asher no hubiese contado su historia. Si ese adolescente que veis en el retrato hubiese sido un desconocido, quizá nadie lo hubiese mirado. Pero él hizo que lo mirasen.

Noté un grueso nudo en la garganta y en la boca del estómago. La profesora Trouvé era muy pasional cuando contaba algo que la entusiasmaba y se notaba que Asher Dray era alguien que, de alguna forma, había marcado su carrera.

—Y quizá si su historia no hubiese estado acompañada de un amor de niños, de una inocencia y una intensidad puras, nada hubiese sido como fue. La Chica de las Burbujas protagoniza infinidad de sus obras; siempre suele aparecer con vestidos vaporosos, el pelo rizado suelto y una sonrisa en el rostro. De hecho, todo el mundo se enamoró de *La Chica de las Burbujas*, que fue el cuadro que más caro se vendió en el año 2007; por lo visto, a Asher le costaba desprenderse de sus creaciones y un conocido magnate le ofreció una suma que no pudo rechazar. En cuanto a la identidad de la Chica de las Burbujas, se dice que era Alma Suárez, quien, a sus veintipocos años, se convirtió en una prestigiosa modelo en Barcelona, mientras Asher despuntaba con su obra aquí, en París.

»Ahora bien, nadie sabía quién era la Chica de las Burbujas cuando Dray expuso sus obras. Era una muchacha sin nombre que, a pesar de poder ser ficticia, había encandilado a medio país. Y él no se quedaba atrás, pues no solo era la poesía y el sentimiento desgarrador que derramaba en sus creaciones ni su historia polémica, es que Asher poseía una belleza que rozaba la crueldad. Las pasiones que desató el artista cuando saltó a la fama fueron múltiples. «Un fotógrafo y pintor vivo saltando a la fama es tan extraño como ver a una golondrina migrando en pleno agosto», afirmaba un periódico francés. Y esto, precisamente el acogimiento social, fue lo que creó tanta irritación en otra gente no tan abierta de mente.

Annette detuvo su exposición para agachar la mirada. La clase estaba expectante, aunque la mayoría de nosotros ya conocíamos al artista y, por lo tanto, sabíamos lo que venía a continuación:

—A la corta edad de treinta y un años, Asher Dray fue atacado en una calle en plena exposición de sus obras por un grupo de tránsfobos que lo golpearon hasta darle muerte.

En ese momento me di cuenta de que conocer la verdad no hacía menos impactante un dato que te importaba cuando alguien lo decía en voz alta.

La tristeza y la impotencia se materializaron en el aire del aula. La profesora Trouvé cambió de diapositiva y enseñó otro autorretrato del pintor; se denominaba *Auri*. Se me desplazaron los órganos del sitio y levanté la mano.

—¿Claire? —Me señaló ella.

—¿Por qué el autorretrato se llama *Auri*? —Mi voz sonó agitada, todos lo notaron.

Annette sonrió.

—Así era como la Chica de las Burbujas llamaba a Asher. Auri de *aurinko*, que, por lo visto, significa «sol» en finlandés. Como podéis ver, su amor de infancia era tan peculiar como él.

Auri, Ori... ¿Era casualidad? No podía serlo. ¡Esto era una señal!, y yo siempre había creído en los fenómenos que se salían de toda lógica. En fin, el ser humano no conocía ni de lejos todos los misterios que existían. Asher me había atraído de manera casi hipnótica, su obra me había empujado a pintar más de un dibujo, de esos que salían de las entrañas y que luego no recordabas cómo puñetas lo habías hecho, pero el resultado era asombroso. Era extraño que no me hubiese obsesionado con él hasta entonces. Era como si lo hubiese dejado para el momento exacto. Como si el espíritu del pintor me hubiese rondado, aguardando, hasta susurrarme en el oído en ese mismo segundo: «Búscame».

Tras escuchar a Annette, busqué rápidamente el significado del nombre de Ori en mi móvil. ¿De nuevo era casualidad que Ori también significase «mi luz» en hebreo?

—Os recuerdo que esta tarde es la inauguración de parte de su obra en el Palacio de Estudios, tenemos el privilegio de traer algunos de sus trabajos a la universidad. Os recomiendo encarecidamente que os acerquéis a verlos si queréis conocer más de cerca a Dray —anunció Annette—. La entrada es algo cara, pero para los estudiantes es gratuita, así que llevad con vosotros el carnet.

El salón artístico de la Escuela de Bellas Artes estaba abarrotado de gente por la inauguración de la exposición de las obras de Asher Dray. El Palacio de Estudios, situado en Saint-Germain-des-Prés, que componía uno de los diversos edificios que conformaban la Escuela, era un valioso lugar que albergaba una de las mayores colecciones de arte público en Francia. Nunca me acostumbraría a entrar en su patio cubierto, una colosal entrada coronada por una enorme cúpula de vidrio y un conjunto de columnas y arcos peraltados.

Normalmente, cuando algo me obsesionaba —como era el caso—, tendía a absorberme y a olvidarme del mundo. Alguna vez hasta me había marchado de un sitio sin recordar que tenía compañía (luego me sentía fatal, claro, y empezaba a ser pesada con las disculpas). Sin embargo, esa tarde iba a ser imposible olvidarme de la presencia de Ori, que contemplaba todo con la boca medio abierta. No podía sentirme más emocionada.

En cuanto nos apropiamos de nuestro audioguía y nos colocamos los cascos, nos adentramos en el patio del Palacio y noté un ligero aroma a cerezas. De las estructuras colgaban delicadas burbujas hechas de cristal que parecían volar por la estancia y sonaba muy flojito *Comptine d'un autre été* de la película *Amélie*. Se notaba la influencia de Asher en el ambiente y se me puso un sentimiento de congoja; y eso que aún no habíamos visto nada.

«¿Hueles ese aroma dulce a cereza? Así es como Asher quería que oliesen sus exposiciones. "Así es como huelen mis sentimientos", afirmaba el artista. "Así es como olía la Chica de las Burbujas. A cerezas, a crema solar, a verano..."», comenzó a explicar la voz de la mujer del audioguía mientras nos adentrábamos en la exposición.

Para Ori, cualquier aparato tecnológico era nuevo, por eso estaba fascinado con el audioguía. Parecía venir de otro mundo por cómo actuaba;

casi le era imposible controlar su entusiasmo y su inocencia, y eso me provocaba un afecto inmediato hacia él.

Los retratos de la Chica de las Burbujas eran múltiples y todos ellos mostraban un amor brutal que se salía del lienzo. Era preciosa, de las mujeres más bellas que había visto, sin duda.

«A la tierna edad de doce años, Asher tuvo su primer encuentro con la Chica de las Burbujas en una playa en la Albufera de Valencia. "Ella era una cascada de vitalidad, un remolino que lo arrasaba todo, incluido a mí. Sobre todo a mí", comenta el pintor en sus memorias, a las que denominó *Retrato de una piel desnuda y unos labios con sabor a cereza,* un tomo único que recorrió varias manos entre los docentes de la Escuela de Bellas Artes de París».

¿Unas memorias? ¿Asher había escrito sus memorias antes de morir?

Me quedé inmóvil ante el autorretrato *Érase una vez una chica que en realidad era un chico.* Contemplé su gesto de dolor, sus dedos hundidos en la carne... Necesitaba leer esas memorias. La idea se incrustó en mi cabeza con fuerza. Me giré hacia Ori esperando que hubiese escuchado lo mismo que yo, pero enmudecí al verle contemplar el cuadro con un gesto impresionado. Lo miraba y lo miraba, intentando entender.

—No siempre fue así de doloroso —empecé, deteniendo el audioguía—. Eso fue durante la época en la que se desarrolló su cuerpo; supongo que no esperaba que sus pechos creciesen o sus caderas se curvasen. No lo esperaba como no lo hace ningún chico de su edad.

Ori me miró con curiosidad y luego regresó la vista al cuadro.

—Al parecer, Asher era más especial de lo que pensaba... —murmuró, pensativo.

—Y todavía nos queda mucho por indagar...

Avanzamos hacia la colección de fotos en blanco y negro protagonizadas por él.

El descubrimiento de Ori en relación a la vida de Dray, su familia, su pasado, había hecho más patente su anhelo de conocer al artista y paseaba la mirada por las fotografías como si desease memorizar su rostro. Yo la centré en una de ellas, en la que Asher aparecía recostado sobre su mano con los ojos cerrados. Tenía el ceño fruncido en un gesto de... agotamiento y fragilidad. Era una fotografía sencilla, en la que aparecía muy natural, con mechones sueltos de su pelo lacio y mojado que se le venían al rostro y los labios carnosos oscurecidos por las sombras, lo que acentuaba más su sensualidad, su dulzura. Su clavícula desnuda se marcaba y podía ver su piel nívea, sus tatuajes. ¡Dios mío! Era tan guapo que quitaba el aliento. Era una imagen que quería expresar sufrimiento, pero, a su vez, estallaba hacia el espectador con un erotismo tierno e intenso. No creía que Asher fuese del todo consciente de lo que podía causar su aspecto en el público, hablando desde un punto de vista artístico. Se le veía tan ajeno a esa realidad que resultaba enternecedor. ¿Cómo alguien podría odiarle? En sus obras mostraba a un hombre sensible, poético, dulce y profundamente enamorado. Mostraba fragilidad, mostraba la inocencia de un niño, la crueldad de un mundo repleto de incomprensión, de rechazo, de prejuicios... Y aun así lo mataron. ¡Malditos desgraciados cobardes, malditos intolerantes!

Me sequé las lágrimas con los dedos, pero volvieron a brotar al instante. No me sentía avergonzada por llorar en público (además de que no era la única que lo hacía, por lo que había podido ver); siempre procuraba no esconder ni menospreciar mis emociones, pero Ori se sorprendió al verme.

—¿Estás bien? —me preguntó.

—Es injusto —musité, secándome las lágrimas.

—Lo sé. —Él pasó la mano por mi espalda y se me erizó la piel.

Cerré los ojos para intentar controlar las respuestas de mi organismo, que se habían desatado desde que Ori y Asher habían aparecido, como dos entes que me absorbían la vida.

Salí de la exposición destrozada y enamorada de Asher Dray. Y de Ori. Y de la idea de recorrer un camino juntos, a pesar de que sabía —Ori había dejado claro cuál era su futuro— que no era eso lo que el destino nos tenía reservado.

Era tarde y, sin embargo, cogí la mano de mi nuevo amigo y salimos corriendo del edificio hacia el ala donde se situaban los despachos de los profesores. Eran casi las nueve de la noche (yo debía entrar a trabajar al restaurante a las diez), pero la universidad seguía muy despierta; varios estudiantes y personal docente entraban y salían del edificio. Fuimos directos hacia el despacho de la profesora Trouvé, que salía justo en ese momento provocando que frenásemos en seco y le diésemos un buen susto.

—¡Claire! ¿Dónde vais con tanta prisa? —la profesora horadó a Ori con la mirada y luego centró sus enormes ojos en mí.

Traté de recuperar el aliento e hice un mohín de disculpa.

—La estábamos buscando a usted —le dije entre jadeos—. Acabamos de salir de la inauguración de las obras de Dray.

—¡Ah! Estupendo, ¿qué os ha parecido?

—Soy una fiel admiradora de muchos artistas, pero con ninguno había sentido esta conexión emocional. ¿A usted le ha ocurrido alguna vez?

—Muchas veces, Claire —rio, contenta por mi respuesta—. Sabía que Asher te gustaría.

—En la exposición han mencionado que Dray escribió sus memorias. ¿Sabe si están a nuestro alcance?

Annette adoptó una expresión reflexiva.

—No sé decirte. Por lo que tengo entendido, solo existía un ejemplar, ¿no?

—Sí... Pero puede que se quedase en la universidad. Al parecer, varios profesores lo leyeron. Quizá forme parte de las obras que tienen aquí.

—Lamento no poder ayudaros en eso, Claire. Lo cierto es que no he investigado mucho acerca del paradero de esas memorias, pero si estuviesen por aquí... yo las habría leído.

—Claro... —murmuré, desilusionada.

Ella nos miró con lástima.

—Haré algunas investigaciones, ¿de acuerdo? Pero cuenta con que hay muy pocas probabilidades de que ese libro aparezca.

—Vale, muchísimas gracias, profesora.

Ori y yo nos marchamos, esta vez con paso más relajado. Le miraba de reojo todo el tiempo, y a veces me descubría mirándole. Él enrojecía y sonreía en cada ocasión.

—Tenemos que encontrar el libro que escribió la mujer que vino a mi casa a entrevistar a mi familia —dijo con voz aún agitada.

Imaginaba lo que suponía para Ori todo lo que estaba viviendo esa tarde. No conocía demasiado acerca de las costumbres jasídicas, pero sabía que no estaba habituado a caminar por lugares semejantes al Palacio de Estudios; de hecho, ni siquiera yo estaba acostumbrada todavía a tanta belleza y grandilocuencia.

—¿No recuerdas cómo se llamaba la escritora?

Él negó con la cabeza en mitad de un mohín de culpabilidad.

—No pasa nada, la encontraremos...

Caminamos hasta salir del Palacio, todo el rato en silencio. Sentía que teníamos tanto que decir... No podíamos continuar mudos si queríamos hacer esto juntos.

—Ori..., no deberíamos conocer a otra persona sin conocernos a nosotros primero. Queremos descubrir quién es Asher, pero ¿quién eres tú? ¿Quién... soy yo?

Él se detuvo cuando vio que yo me detenía. Me observó con interés; dio dos pasos lentos en mi dirección y se situó ante mí.

Primero se mordió los labios con un largo suspiro:

—De acuerdo —susurró con su marcado acento—. Me llamo Ori Amar, hace dos días que me fui de mi casa y salí de mi entorno habitual, el único que he pisado durante dieciocho años. En mi comunidad, el estudio de los textos religiosos en la *yeshivá* es el primer objetivo de cualquier varón; consagramos todo el tiempo al estudio y se considera que cualquier otra cosa es *Bitul Torah,* que significa «tiempo perdido que debería haberse dedicado al estudio de la Torá». El segundo objetivo es casarse, una ceremonia pactada por el *shadkhanim,* y tener el mayor número de hijos posible.

Ori cerró sus ojos claros y le temblaron los labios. Le contemplé con un enorme nudo en la boca del estómago.

—Amo a mi familia. La idea de decepcionarlos me... me mata... —Contorsionó el rostro en una expresión de dolor que sentí como propio durante unos segundos—. Pero necesito un paréntesis. Necesito que esto que me quema, esta parte de mí que soy y no puedo ignorar, deje de martirizarme de una vez. Quiero saciarla para después continuar con mi principal propósito. Prometí a mi familia que volvería y me casaría, temo ignorar quién soy, pero tengo más miedo a que me repudien. Me queda poco menos de un mes. Y quiero hacerlo bien. Quiero saber, quiero ver, quiero dibujar hasta hartarme... Quiero ver a las mujeres libres enseñar su pelo, quiero conocer gente con diferentes propósitos, quiero saber lo que es un móvil, internet, ver una película y dejarme crecer el pelo...

Cuando Ori enmudeció me di cuenta de que respiraba deprisa y se me habían escapado algunas lágrimas. Él me miró con las emociones rebosándole en los mares azules de sus ojos.

—Muy bien, Ori Amar, ¿a qué estamos esperando?

Cuando llegué a la pubertad, yo entendía que mi cuerpo iba a transformarse en el cuerpo de una niña y no me gustaba la idea. Sabía que algo dentro de mí era distinto y... esa cosa distinta es que yo era trans. Pero en ese momento no sabía cómo expresarlo, no tenía palabras, no conocía el término «trans».

Comencé a portarme mal en el colegio, siempre sentía el rechazo constante de mis compañeros [...]. Un día recuerdo que la profesora se tomó la libertad de regañarme delante de todos mis compañeros. Me dijo que tenía que ser más «señorita», comportarme como una, que debía tener amigas y asearme y aparentar ser una mujer, porque eso era yo.

[...]

Yo no deseaba que me miraran, quería pasar desapercibido, sentía un rechazo muy grande hacia mi cuerpo.

[...]

Algunos me preguntan si volvería al colegio; sí, volvería siendo Gabriel. Yo entonces no podía hablar, no sabía cómo enfrentarme a tanta gente... Me sentía como un pez nadando a contracorriente y no sabía cómo expresarme, cómo luchar por mis derechos. [...] Pero hoy sí. Hoy sí me atrevo; tengo la información, la valentía, la fortaleza. Nadie tiene por qué aceptarte, la aceptación va primero hacia ti mismo. Ser trans no está mal, es el mundo el que está mal, la sociedad, las mentes cavernícolas. [...]

Nunca olviden quiénes son ustedes, sean fieles a eso que son.

Gabriel Sepúlveda, chico trans, *youtuber*

3

CLAIRE

Junio de 2019

Scarlett Lemaire, así era como se llamaba la escritora que había ido a casa de Ori cuando él tenía diez años. La encontramos gracias a sus redes sociales y a un artículo acerca de Asher que databa de 2011 en el que desmenuzaba sus obras y compartía su pasión por los artistas revolucionarios. Nunca llegó a publicar ese libro del que Ori hablaba, pero accedió a responder algunas preguntas; de hecho, el tema seguía interesándole tanto que propuso que nos viésemos en una cafetería para entrevistarla en persona.

—En aquel entonces, el fallecimiento de Asher era muy reciente, y la familia se volvió muy distante y cuidada con todo lo referente al pintor. Se cancelaron muchas de las exposiciones, se guardaron sus obras... Fue un asesinato, al fin y al cabo. El impacto de su muerte fue inmenso —comenzó a explicarnos Scarlett, una mujer rubia y guapa de mediana edad que soplaba su taza de café sumida en sus pensamientos—. Mi libro nunca salió a la luz por respeto a ellos, a los familiares de Dray.

—¿De qué trataba tu libro? —Ori le había contado a la escritora que había sido su familia quien había accedido a ser entrevistada ocho años atrás en Estrasburgo.

Aquello la había impresionado mucho, sobre todo verlo por París sin esas patillas rizadas a ambos lados de la cara.

—Hice muchas investigaciones. Asher era un artista al que admiraba en vida… No creo que él se imaginase la repercusión que tuvo no solo su obra, sino tambiénsu historia personal. De modo que su muerte me afectó… mucho. Quería saber todo de él y reflejarlo al mundo, para que todos supiesen quién era Asher Dray de verdad, además de todas las especulaciones y escándalos que se cernían sobre su figura. —Scarlett nos miró con una pizca de conmoción; por lo visto, nunca había dejado de importarle—. En aquel entonces, cuando Asher empezó a despegar con sus obras, la sociedad no estaba familiarizada con que alguien se mostrase como lo hizo él. Algo que la gente solía esconder, Dray lo hizo público sin tapujos. ¿Podéis imaginaros la cantidad de gente a la que ayudó sin saberlo? Yo sí lo sabía, por eso quería escribir ese libro.

—Y si ese libro ensalzaba la figura de Asher, ¿por qué creíste que su familia se disgustaría si lo publicabas? —le pregunté.

La escritora suspiró y tomó un sorbo de su taza.

—Sabía que no era el momento —contestó de forma escueta, pero entreví algo en su mirada que me decía que escondía algo—. Incluso hoy en día su familia es inaccesible. Amélie Mathieu, la madre de Asher, ya era una famosa pianista en su momento. Supongo que vosotros también la conoceréis, aunque no la relacionéis con Asher. Si queréis descubrir algo del pintor, no será a través de la familia. Pero os aliento a que lo hagáis; indagad. Asher era alguien por el que merece la pena gastar tu tiempo. Yo me terminé de enamorar de él cuando descubrí los entresijos de su personalidad y sus vivencias. —La escritora miró más allá de nosotros con media sonrisa colmada de tristeza—. Lo que más lamento de no haber publicado el libro es que la gente siempre seguirá pensando que Asher era un personaje polémico del que todo el mundo tenía derecho a opinar, en vez de la criatura sensible y bella que realmente fue. Algunas de sus obras reflejan su constante conflicto entre su sexo y su género, pero lo que más expresaba en sus pinturas y en sus fotografías era el amor; un amor brutal que deja sin aliento.

Nuestro encuentro con Scarlett había sido demasiado breve y enigmático. Ambos habíamos apreciado esa mirada brillante que encerraba información valiosa; una información que no había querido desvelarnos. En vez de ello, nos había empujado a buscarla por nuestra cuenta. Y, lejos de desanimarnos, su actitud misteriosa había reforzado nuestra idea de saber más de Dray.

Al cabo de unos días, nos fuimos a Dieppe, a la playa, y Dean y Marc conocieron a Ori.

Él, nada más llegar a nuestro destino, miró el mar como un ave que mira al vacío antes de volar. Se desnudó, ensimismado, y, sin quitarse los pantalones, se adentró en el agua despacio. Vi su sonrisa nerviosa desde mi sitio en la arena, vi los temblores de su cuerpo. Flotó en el agua y pude notar el halo de libertad que desprendía su piel. Entonces supe que él no era una de esas personas que pasan por la vida sin más; Ori era de los que la atravesaban como un huracán y lo dejaban todo destrozado.

Terminé de reafirmar ese hecho cuando una oleada de viento marino cruzó por mi costado, haciendo volar nuestras cosas. Su bloc de dibujo, que yacía sobre su toalla en la arena, se desplegó como si alguien hubiese pasado sus hojas a propósito para enseñarme algo: era un retrato, era mi rostro y mi pelo dibujado como ondas de fuego que estallaban por toda la hoja. Casi me parecía que iba a salir del papel para incendiar el mar.

Me costó escuchar mi teléfono, que sonaba con insistencia en mi mochila, y tuve que recuperar el habla y el aliento para responder.

—¿Claire? Soy el profesor Pierre Dubois, antiguo maestro de la Escuela de Bellas Artes. Me ha comentado tu profesora, la señorita Trouvé, que buscas el ejemplar de las memorias de Asher Dray.

Se me salió el corazón por la boca.

—Sí, sí... Ella dijo que era muy improbable que todavía existiese —respondí acelerada.

—Oh, por supuesto que existe, Claire. Ha estado en mis manos todo este tiempo.

4

MEMORIAS DE ASHER

Nota del autor:

Quizá sea un poco pretencioso empezar a escribir mis memorias a los veintiséis, pero las palabras queman en mis dedos, son demasiadas. Siempre he utilizado el dibujo, la pintura y la fotografía como medio para comunicarme, para transmitir y vaciarme. Esta vez, sin embargo, necesito usar las palabras. Quizás el motivo por el que puedo llenar hojas y hojas acerca de mis vivencias sea por quien soy; soy pintor y fotógrafo, me expreso con mi cuerpo mejor que con el habla y me derramo entero sin medida ni razonamiento cuando algo me apasiona. Pero ante todo soy un ser humano que siente, con un cuerpo, con un corazón. Con sueños, con miedos, con anhelos. Soy alguien que no sigue un patrón establecido, con la mente llena de ideas acerca del mundo que la mitad de la población no contempla y que, debido a esto, ha debido hacerse más fuerte y enfrentarse a cosas que la mayoría apenas estará cerca de vivir. Escribo porque lo necesito.

Adelanto a quien quiera leer esto: la percepción de todo lo que conoce cada cual acerca del mundo y del ser humano cambia cuando comprende la variedad de matices y colores que existen. Y he descubierto que en esta vida no todas las personas tienen la capacidad de saber verlos.

En este libro me centraré en las partes de mi vida que siempre reflejo en mis obras: mi transición y mi primer amor. Por eso lo he denominado

Retrato de una piel desnuda y unos labios con sabor a cereza. Es el nombre de una de mis pinturas que engloba todo lo que he vivido; en el interior del tomo, cada capítulo representa una de mis creaciones y los he llamado como tal.

Cuando termine, no sé qué haré con las palabras que han surgido de mis entrañas. Pero, si estás leyendo esto, espero que lo hagas con el pecho abierto, igual que voy a escribirlo yo.

Carboncillo sobre papel rugoso: «Autorretrato: Asher»
Septiembre de 1992

«Tranquilo, estoy a tu lado», me dijo Eitan. Él es mi hermano mayor y, en aquella época, era un chico de dos metros con un rico repertorio en su vocabulario que lograba convencerme de lo que fuese aunque a mí no me hiciese mucha gracia.

Enfilábamos hacia un grupo de niñes desconocides que se lanzaban agua con botellas de plástico y la tensión de mi larguirucho cuerpo me impedía caminar sin parecer un palo cojo.

Acabábamos de mudarnos a la Albufera. ¡Otra nueva mudanza!, la tercera; las dos primeras habían sido cuando tenía siete años, primero a París (donde apenas llegamos a instalarnos) y después a Valencia capital. En aquel entonces no me había enterado de nada porque era demasiado pequeño. Aunque debía de vivir muy en mi mundo para no darme cuenta de que nos íbamos de nuestra casa porque mi propia familia (abueles, tíes, primes y amigues) hacía imposible mi existencia. Y me refiero concretamente a *mi* existencia porque, en términos que puedo citar textualmente, «es inmoral y no se puede permitir». Para suavizarlo un poco remarcaré que mi padre había crecido en el seno de una comunidad jasídica contraria a toda modernidad. Y yo era una «modernidad». Un caso extraño capaz de corromper las mentes más vulnerables.

Aquella vez en la que mi padre decidió que nos marchásemos del barrio, no fue la primera vez que se saltaba las normas, pues, años atrás, se había enamorado de una francesa que no pertenecía a su comunidad y nos habían tenido a mi hermano y a mí.

Para que se entienda la situación de mi familia y por qué decidieron marcharse, debo explicar un poco qué significa pertenecer a un barrio judío ortodoxo. En la comunidad existe una fuerte voluntad de separatismo social, una vestimenta específica, barrios específicos e incluso comercios e instituciones religiosas específicas, por lo que el contacto con el resto de la humanidad es nulo. Todo lo que se conoce es lo que se desarrolla ahí dentro. La televisión o internet son rechazados a causa de sus constantes imágenes indecentes e incluso existe un periódico propio, que es lo único a lo que la comunidad puede acudir para conocer el mundo. Todas las acciones, desde levantarse, comer o relacionarse, están gobernadas por los textos sagrados.

Estaba claro que yo no cabía entre todo eso y, aunque ni mi padre ni mi madre sabían qué me pasaba y no terminaban de entenderme, lo que más les preocupó fue mi felicidad e hicieron todo lo que pudieron para conseguirla. En aquel momento, no era consciente de lo especiales que eran —¡y son!— mis padres, pero con los años he podido darme cuenta de ello.

En cuanto a mí, en 1987, cuando salimos de la comunidad, era un crío inocentón que imitaba todo lo que hacía su hermano y jugaba sin parar, ignorando lo que ocurría a mi alrededor; por lo que me resultó divertido y fácil adaptarme a nuestra nueva vida y aprender un tercer idioma (además del yidis y del francés). El cambio no fue tan sencillo para Eitan y mi padre, que tardaron en acostumbrarse no solo a la lengua, sino también a los nuevos estilos de vida, la tecnología o la comida (aunque no abandonamos nuestra alimentación ni algunas de nuestras costumbres y prácticas religiosas, sanas y esporádicas). Mamá, por su parte, lo llevó casi tan bien como yo. De hecho, ella había nacido fuera de la comunidad y sé que nunca le había gustado ser mujer en un entorno tan cerrado de mente. De algún modo, nos habíamos mudado para que yo fuese libre, pero mi familia también se liberó.

En las costumbres judías ortodoxas, las diferencias de género son mucho más marcadas que fuera de la comunidad. Estrictamente marcadas. Las mujeres se relacionan mayoritariamente con mujeres en cualquier ceremonia, hay labores muy distintas para hombre y para mujer, vestimenta diferente... No es difícil imaginar que, en ese ambiente, me sintiera terriblemente mal cuando me trataban como a una niña, aunque fuera un crío y lo que más me importara fuera jugar, divertirme o explorar.

Papá y mamá no infravaloraron mis sentimientos y, a pesar de que el término «transgénero» fuera prácticamente desconocido en esa época y de no saber qué me pasaba (ni tan solo yo lo sabía), buscaron especialistas que les aconsejaran (por supuesto, fuera de la comunidad jasídica), porque sabían que, desde el desconocimiento, es muy difícil actuar de la forma correcta. Creo que no es necesario decir que les estaré eternamente agradecido por ello.

Puede parecer exagerado no irnos solo de Estrasburgo, sino también del país, pero esto último no tenía nada que ver conmigo, sino a una enorme oportunidad profesional que le surgió a mi madre gracias a su pasión por el piano; y es que ella es una pianista buena, muy muy buena.

—¡Vámonos a nadar esta tarde!

Les niñes de la Albufera, que no eran muy diferentes a les de Valencia capital, nos estaban invitando a ir a la playa a nadar. Nos había bastado una breve guerra de agua con botellas de plástico para hacernos amigues. Eitan, que tiene tres años más que yo y siempre ha poseído una facilidad alucinante para que todes lo admiren, sonrió, escupió al suelo y accedió a la invitación. Le imité, escupí en el suelo y me recoloqué bien los pantalones.

Me encantaba nadar, a veces me tiraba tanto rato en el agua que se me arrugaban los dedos de las manos y de los pies y mamá me gritaba para que saliese de una vez. Pero nunca había ido sin mi familia.

Esa tarde me miré en el espejo con el bañador puesto y observé mi aspecto. El pantaloncito rojo que me había comprado papá era holgado y llegaba hasta un poco por encima de las rodillas, como a mí me gustaba. Posé la mano sobre mi sexo, vacío, y noté esa incomodidad rara que hormigueaba en mi piel, habitual en los últimos meses.

Cogí un calcetín del cajón de mi habitación y me lo puse bajo el bañador, colocándolo bien. No, seguro que se me caería cuando se mojase. Me lo quité y pensé, estrujándome el cerebro. Recorrí con la mirada cada objeto que había en mi cuarto. Debía ser alargado y... y pequeño. Opté por ponerme unos calzoncillos que apretasen bien el calcetín y, sobre este, el bañador. Me moví, salté, me subí a la cama y brinqué; no, no se caía. Volví ante el espejo, miré el bulto, luego me miré la cara: tenía labios de chico, ojos de chico y pelo de chico. Además era delgado y liso como una tabla. Cuando le preguntaba a mamá preocupado acerca de mi desarrollo, ella respondía: «¡Uh! ¡Yo no tuve tetas hasta los dieciséis! Y tu abuela tampoco. En la familia Mathieu tenemos un crecimiento tardío y desesperante».

Contraje los músculos ante mi reflejo y puse la pose típica de los futbolistas, imitando sus gestos. Nadie que me mirase podía ver a una chica.

Aquellos primeros días en la Albufera fueron geniales. Nuestra casa era una encantadora barraca con un gran terreno rodeado de arrozales y vegetación. De todos los lugares en los que habíamos vivido, ese era mi favorito; y también el de Eitan y el de papá y mamá. Nos gustaba el clima cálido y soleado, la naturaleza, la playa a pocos metros, la paz.

Las semanas pasaron y yo sentía que ese era el sitio definitivo, donde viviríamos para siempre. No podía parar de dibujar y de escribir por todos lados, mis ganas de crear rebosaban de mis dedos. Cualquier superficie era buena para la alarmante necesidad de plasmar las imágenes de mi mente. Dibujaba cuando no sabía expresarme hablando y escribía cuando tenía prisa, y trazar con el lápiz lo que deseaba trasmitir me parecía demasiado lento. Me aliviaba y me reconfortaba sacar fuera de mí todo el caos que había en mi interior.

Eitan y yo tocábamos el piano a diario, aquellos días nos apetecía siempre. No lo he dicho, pero mi madre, Amélie Mathieu, ya tocaba el piano antes de conocer a mi padre. Lo dejó tras enamorarse y tenernos a Eitan y a mí, pero, en cuanto nos fuimos de Estrasburgo, la oportunidad de vivir de su pasión surgió como cuando un genio te concede tu primer deseo.

Recuerdo como si fuese hoy la primera vez que mamá accedió a enseñarme a tocar: «El piano te llama, yo también lo escucho. Tiene ganas de sacarte la música de la cabeza», me dijo.

De los primeros días de nuestra mudanza a la Albufera, lo que más recuerdo, además del ajetreo de muebles y la colocación de trastos, es el miedo al cambio de mi aspecto, con el incipiente rechazo hacia mi cuerpo que eso suponía (al fin y al cabo entraba en la adolescencia, a pesar de que mi madre me asegurase que en la familia nos desarrollábamos tarde), y lo mucho que me fijaba en los gestos de mi hermano.

A los doce años pensaba que el mundo se me estaba viniendo encima y empecé a escribir notas por todas partes. Como esta:

Eitan tiene cara de chico, cuerpo de chico y voz de chico. Ríe y le da igual su aspecto, porque nadie va a poner en duda que es un chico. Me gustaría ser como él. Quiero ser él.

Escrita un día de septiembre de 1992 en una servilleta

También me daba miedo el inicio del curso escolar, por lo que recé para que el comienzo de las clases fuese bien, para que mis profesores fuesen amables y que mis compañeres me acogiesen, aunque ya tuviesen sus grupos formados de años anteriores. Siempre es difícil ser el nuevo, pero, en mi caso..., bueno, en mi caso ocurrió lo siguiente:

—¡Asha Dray!

Quizá lo había oído mal. La clase estaba sumida en un barullo constante que el profesor de Castellano, el señor Roberto, no lograba acallar para intentar pasar lista.

—¡Bajad la voz! ¡A aquel que no responda le pondré falta de asistencia!

Los murmullos cesaron poco a poco y yo apreté los puños bajo el pupitre.

—Bien. Continúo por donde iba: Asha Dray —llamó de nuevo, levantando la vista de la hoja que sostenía en sus enormes dedos.

Sus ojos rapaces escrutaron la clase por encima de sus gafas con mirada de profesor. Nadie respondió. Y sentí que mi corazón frenético y mi respiración ahogada sonaban en todos los rincones de esa aula. Me dolía la tripa. Me dolía un montón. Y mi dolor se extendió, se materializó por la clase y se arrastró por los pupitres y por el suelo como una masa negra y viva que lo envolvió todo.

—¿No ha venido Asha? —insistió.

Levanté la mano. Me parecía estar levantando un edificio entero, como el Empire State o algo parecido.

—Señor Roberto, es que... se ha equivocado. No es Asha, es Asher. Asher Dray —le rectifiqué, intentando que mi voz sonase segura y firme.

El profesor me observó con cierto asombro al principio, luego carraspeó, miró la hoja y de nuevo a mí.

—Bien. Continuamos... Alejandra Martín.

«Bien» no paraba de repetir esa palabra. Nada estaba *bien*. Raúl, un niño que se sentaba a mi lado, se rio y me susurró que me había llamado como a una chica, mofándose del profesor. Yo me reí para seguirle el juego, pero lo cierto es que me seguía doliendo la tripa.

—¡Dray! —El señor Roberto me llamó cuando estaba a punto de salir de clase.

Les pidió a Raúl y a Mikel que se marchasen y noté que todo se hacía grande, enorme, y se cernía sobre mí de forma apabullante. Temblé mientras esperaba a que todos mis compañeres de clase saliesen.

—No he tenido la oportunidad de hablar con tus padres, me gustaría citarlos —comenzó mientras ordenaba los papeles de su mesa.

—Hum... Ya hablaron con el director antes de que empezasen las clases. Puedo... decirles que vengan otra vez.

—Sí, me gustaría.

—Vale. —Me quedé quieto como un árbol hasta que alzó su mirada de profesor y me observó, lo hizo de esa manera inquisitiva que ya había podido ver en otres adultes. No podía respirar—. ¿He... he hecho algo mal?

El señor Roberto me miró arrugando su poblado y despeinado entrecejo, como si estuviese concentrado en sus pensamientos, y luego se irguió llevándose los papeles al pecho, se hizo tan grande y alto que me sentí un insecto.

—No puedes mentir a la gente, Asha. Tu nombre no es el que dices, no el que pone en tu documentación. En este colegio no nos gustan las mentiras.

No podía moverme, me preguntaba si de verdad me había convertido en un árbol, uno enano y tembloroso.

—Pero ese ya no es mi nombre...

—No sé qué te habrán metido tus padres en la cabeza, chiquilla, pero uno no puede ser quien le dé la gana ser. Has nacido chica, ¿no es cierto?

Tenía los dedos tan agarrotados que, cuando quise cerrar los puños, dolió como si fuesen pequeños bloques de hielo partiéndose.

—¿No es cierto? —repitió un poco más alto.

Di un brinco y mi estado vegetativo se esfumó. Lo único que deseaba con todas mis fuerzas era echar a correr.

—Pero soy un chico.

El profesor pegó un manotazo en la mesa haciendo que esta vibrase y emitiese un sonido seco que se metió en mis tímpanos. Instintivamente, di un salto hacia atrás, más cerca de la puerta, por donde quería huir. Quería ser invisible y correr a mi casa.

—No eres un chico —dijo despacio, como si intentase meterme esas palabras con un taladro en el cerebro—. Di a tus padres que quiero hablar con ellos.

Asentí con la cabeza rápido y luego salí escopeteado de allí, agarrando los cordones de la mochila fuerte para que se pegase contra mi espalda.

Soy un chico. Soy un chico. Soy un chico. Soy un chico. Me llamo Asher.

Escrito un día de septiembre de 1992 en la tapa de una libreta

A pesar de lo que había vivido hasta el momento, era una persona optimista. Me dije que aquel suceso no tendría por qué repetirse, que después de que mamá y papá hablasen con él, se resolvería todo. Pero no iba a ser así, en absoluto:

—No puedes entrar ahí.

Escuché la voz de ultratumba de un hombre mayor, encorvado y delgaducho que reconocí como el profesor de Religión justo cuando estaba a punto de entrar en los aseos.

Me detuve antes de pasar y también se detuvo otro niño más pequeño que se había dado por aludido. Sin embargo, el profesor dejó claro a quién se dirigía clavándome una de sus garras-dedo en el hombro.

—Es el váter de los chicos —aclaró, como si no supiese distinguir el monigote dibujado en la puerta.

—Lo sé.

—¿Entonces dónde crees que vas?

—A hacer pis. —¿No era evidente?

—En ese caso, el váter de las chicas está al otro lado del pasillo —me indicó con su garra.

—Él es un chico —dijo el niño pequeño que se había detenido a mi lado.

Debía de tener unos siete u ocho años y tenía de sobra más conocimiento que el profesor de las garras.

—No, señor García, es una niña y por lo tanto debe ir a los aseos de las niñas. —¿Quién llamaba a un crío de siete años «señor»?

—No soy una niña —repetí, con la ilusión de que exclamase: «¡Ah, es verdad! ¿Cómo no me había dado cuenta? Mis más sinceras disculpas. Pasa, pasa».

Pero en vez de eso, deformó su arrugada cara en una expresión siniestra. El niño pequeño se asustó y se olvidó de que tenía que ir al baño, porque se alejó sin despedirse.

—No pasarás a este baño. Aquí solo entran los niños, ¿está claro, *señora* Dray?

De repente me di cuenta de que habíamos provocado un círculo de niñes. No estaban cerca, porque seguramente el profesor de Religión les infundía el mismo temor que al niño pequeño que había huido, pero se acumulaban cerca de los aseos, mirándonos. Y noté sus ojos clavárseme en el cuerpo como picos de pájaros furiosos. Quería gritar: «¡¿Es que no ve que soy un niño?! ¡¡Soy un niño que quiere hacer pis, *señor*!!». Pero me desgarré la garganta en silencio y bajé la vista hacia mis pies, alejándome.

—Por ahí no se va a los aseos de las niñas, *señora* Dray, ¿quiere que le indique? —la voz de ultratumba del profesor sonó hostil.

¿Por qué me odiaba? ¡No me conocía! ¿Por qué el mundo estaba tan mal?

—Ya no tengo ganas —dije sin mirarle, aunque lo cierto es que me iba a estallar la vejiga.

Pero prefería que me estallase a entrar en el aseo de las chicas. Me convertiría en una masa de carne esparcida por las paredes del colegio, habría trocitos de Asher por todas partes que tendrían que limpiar durante un año. Y el profesor de Religión se llevaría las manos a la cabeza, viendo los pedazos del *señor* Dray esparcidos por su colegio y gritaría: «¡¿Qué he hecho?!».

Las dos horas que quedaban para salir se me hicieron eternas. Además de que había empezado a encontrarme muy muy mal y tenía ganas de vomitar del pis que me hacía, podía notar un cambio raro en la actitud de mis compañeres de clase.

Sonó el timbre y salí corriendo (todo lo que puede correr alguien que teme que se le escape el pis) y enfilé directo hacia la zona poblada de vegetación, que para mi angustia estaba un poco alejada. Adoré los árboles que se alzaban frente a mí como si me estuviesen susurrando: «Ven, Asher, nosotros te protegeremos mientras vacías tu pobre vejiga». Salté un desnivel hacia el bosque repleto de álamos y fresnos y casi me caí rodando, pero mantuve el equilibrio sujetándome a un tronco y luego busqué un lugar resguardado. Solté un gemido de dolor y placer cuando por fin me vacié. Al salir hacia el camino de nuevo, andaba más holgado, como si pudiese flotar. Todavía me dolía la vejiga, pero podía respirar, el aire entraba más fresco a mis pulmones.

—¿Es verdad que eres una chica? —dijo alguien a mis espaldas.

Me giré y vi un grupo de tres chicos justo detrás de mí. Eran de mi edad, pero no me sonaba haberlos visto en mi clase. Llevaban sonrisas de suficiencia en sus caras y me quedó claro que eran los *malotes* del colegio.

—No —respondí con rotundidad, dispuesto a zanjar el tema apretando el paso.

—Eso no es lo que dicen por ahí —soltó otro.

Me paré y los miré uno a uno. Me estaban persiguiendo y no tenían intención de desviarse.

—¿No veis que soy un chico o qué?

Tenía ojos de chico, labios de chico, pelo de chico, ropa de chico. ¡Puñetas! ¿Estaban ciegos?

—Demuéstranoslo —me pidió el del medio.

—¿Qué?

—Que nos lo demuestres —repitió, mirando hacia mi calcetín. Y no el de los pies.

—¡No tengo que demostrar nada! ¿Vosotros vais enseñando vuestra *cosa* por ahí o qué?

Los tres *malotes* se rieron. Lo hicieron como los típicos abusones del colegio, mirándose unos a otros, apoyándose en los hombros del otro, un aparente acto de camaradería.

—Tus excusas solo nos confirman que eres una chica —dijo entre risas uno de ellos.

—Si no nos lo demuestras le contaremos a todo el colegio que eres una mentirosa.

Aquella amenaza me dejó helado. Tragué saliva y me sentí acorralado, como un animal salvaje rodeado de llamas feroces en mitad de un bosque que se está incendiando. Apreté los músculos, impotente. Era increíble que, aunque la misma escena se repitiese varias veces (con algunas variaciones), nunca supiese cómo salir de ahí. Nunca sabía cómo defenderme. Todo el mundo aprendía («cuanto te tropiezas te levantas» y todo ese rollo), pero yo no tenía ni puñetera idea de cómo actuar ante ese grupo de chicos que lo único que querían era divertirse a mi costa. Haciendo daño. ¿Por qué a la gente le gusta hacer daño? Es algo que nunca entenderé de la humanidad.

Di un paso hacia atrás y noté que me temblaban los dedos de las manos.

—¡Venga, enséñanoslo!

—¡Embustera!

—¡Marimacho!

Y entonces empecé a correr. Y pensé que menos mal que me había dado tiempo a hacer pis antes, porque necesitaba correr muy rápido hasta el autobús. Mis piernas se convirtieron en látigos que golpeaban contra la tierra, se volvieron borrones para la vista de cualquiera. Corrí tan rápido que noté ardor en las extremidades, como si me estuviese pegando fuego. Los oí correr detrás de mí, los escuché gritarme y noté golpes en la espalda, como si me estuviesen lanzando agujas, pero eran piedras.

Comprobé que habían dejado de seguirme cuando me alejé lo bastante de la zona vegetal y vi un grupo de niñes acumulades frente a las puertas abiertas del vehículo escolar. Reduje el paso y respiré con ahogo, notando que me iban a reventar los pulmones. Estaba ardiendo, estaba envuelto en llamas. El aire que entraba en mi garganta quemaba y tenía tantas ganas de llorar que los fluidos que intentaban salir al exterior eran como lava que me abrasaba por dentro.

Quería dibujar cuando subí y me dejé caer en el asiento, pero mis dedos estaban agarrotados. Necesitaba exteriorizar lo que me había ocurrido, aunque me haría falta un folio tan grande como el mundo.

Al abrir la puerta de casa y dejar caer la mochila, que pesaba como si llevase dentro una apisonadora, mamá me vio. Me vio desde la cocina, de la que emergía un delicioso aroma a romero y miel, se puso seria y se acercó a mí; no dijo nada, solo me cogió en brazos. Me cargó y me apretó contra ella, y yo me enrosqué alrededor de su cuerpo, que olía a mamá; a suavizante, a talco, a especias y a su perfume floral. Entonces me meció, como si fuese un bebé. Me meció y cantó bajito. Yo apoyé la cabeza en su hombro, relajado, respirando. Ella me besó en la nuca y me apretó.

Lo hacía siempre que me veía así, porque sabía que no podía sacar mi voz, que no sabía expresarme… Nunca sabía contar lo que me pasaba. Mi cerebro estaba estropeado y solo podía vaciarme a través de los dibujos y las palabras escritas.

En casa no me preguntaban al momento por qué lloraba. Más tarde, cuando me acostaba, venían papá y mamá a arroparme, y entonces me lo comentaban con cautela.

Esa noche les conté todo. Lo de la confusión de nombre del señor Roberto (don Monstruo), lo de los aseos de los chicos y el «señor de las garras» y lo de los tres abusones que querían que les enseñase mi calcetín.

Me quería meter debajo de las sábanas y no salir nunca más. Quería quedarme allí hasta que me saliese barba.

¿Alguna vez has deseado ser otra persona? Yo sí, desde que tengo memoria. Con cuatro años, me metía en la cama y rezaba (sin saber rezar) por ser una niña al día siguiente. [...]

Pero eso nunca sucedió.

Jedet, mujer trans, artista multidisciplinar
(cantante, actriz, escritora)

5

MEMORIAS DE ASHER

Óleo sobre lienzo: «Burbujas de cereza»
Septiembre de 1992

Aquel día no fui al colegio. No estaba enfermo ni nada, pero mamá se acercó por la mañana a mi cama, me besó la frente y dijo: «Hoy te quedarás en casa, ¿vale, Asher? Papá y yo hablaremos con tus maestros. Hasta que no se aclare todo, seguramente no vuelvas al colegio, ¿te parece bien, cariño?». Yo le dije que sí. Era la mejor idea del planeta.

Ese fin de semana fuimos a la playa.

A mí no me apetecía nada porque podía encontrarme con alguien del colegio, pero mamá insistía en que el agua del mar tenía un efecto sanador. «Cura las heridas del alma, cielo». Siempre creía a mamá en todo, pero ese día no estaba de humor. Y no quería quitarme la camiseta y la toalla de las piernas aunque me estuviese abrasando de calor.

El mar me hacía daño en los ojos cuando intentaba mirarlo fijamente, parecía que a lo lejos hubiese millones de luciérnagas nadando debajo del agua. No había ni una sola nube y el sol parecía incidir solo en mi pelo churrascado y en mi ropa. Había sido un fallo no acordarnos de la sombrilla, pero, claro, todes pensaban bañarse y jugar en el mar. De vez en cuando salían, mojades y fresquites, y me preguntaban: «¿Seguro que no quieres bañarte? El agua está estupenda». Yo negaba con la cabeza y simulaba estar la mar de a gusto allí solo.

Noté una gota de agua en mi brazo y me giré de golpe. No había nadie a mi lado, así que era posible que me lo hubiese imaginado; quizás estuviese sufriendo una de esas ilusiones que tienen las personas cuando se pasan varios días en el desierto muriéndose de deshidratación... Pero entonces me di cuenta de que en el aire flotaban burbujas, que explotaban y caían sobre mí. Estiré el cuello para otear a mi derecha, de donde parecían venir; solo había gente espachurrada en sus toallas y tumbonas, leyendo, escuchando música, hablando... Sin embargo, el aire se llenaba de brillos y un olor dulce que juraría que venía de las burbujas. Las intenté coger con la mano y luego las olí: exacto, era cereza. Me levanté de la silla plegable y deambulé por detrás de la gente, horadando la muchedumbre con la mirada hasta que localicé a una niña tumbada boca abajo; desde mi perspectiva parecía que las burbujas saliesen directamente de su boca. Sonreí y la observé un poco más. La niña, que sería de mi edad, no paraba de mover las piernas: arriba y abajo, arriba y abajo; su coleta rizada brincaba con el movimiento y llevaba puesto un traje de baño violeta. De su boca no paraban de brotar pompas de jabón, que se elevaban y se extendían por la playa.

No me sonaba haberla visto en el colegio, aunque todavía no había podido ver bien su cara. Me daba miedo acercarme. Sin embargo, tenía curiosidad y las burbujas llamaban mucho mi atención (lo habían hecho desde que era un bebé), así que me aproximé despacio, saltando piernas y pies, y me senté un poco lejos en la arena, justo hacia donde venía el aire y traía todas las pompas. La miré de reojo, intentando que no me pillase observándola: reía cada vez que soplaba y salían una docena de círculos perfectos y brillantes. Llevaba la coleta despeinada y algunos rizos color chocolate le iban a la cara.

Alcé la mano y atrapé algunas; el olor a cerezas era muy agradable.

—¿Ves cómo tardan en explotarse? Eso es porque he conseguido hacer una receta de jabón secreta.

Pegué un respingo y me giré hacia ella, que ahora estaba sentada con las piernas cruzadas y su cuerpo en mi dirección. ¿Me estaba hablando a mí? Se me aceleró tanto el corazón que me dolió el pecho.

—¡Míralas! ¿Ves cómo tardan? ¿Ves? —repitió, contenta—. Me ha costado un montón, no te creas.

Me estaba mirando. Me quedé rígido, pero ella no parecía percibirlo. Seguía soplando y metiendo el palo con el aro dentro del frasco, y riendo cada vez que lo hacía. Me pareció la niña más alegre que había visto. Parecía que brillaba y que, de un momento a otro, iba a flotar igual que las burbujas.

—¿Quieres probar? —Me ofreció el frasco con una sonrisa tan grande que me sentí cómodo aceptando.

—Vale —susurré.

Ella dio botes sobre su pompis y le dio igual rebozarse en arena; se arrastró hasta mí para que alcanzase el bote. Yo lo cogí y, cuando lo abrí, el aroma a cerezas se intensificó. Alcé la mirada hacia su rostro ovalado y la combinación de sus ojos verdes, el pelo chocolate y el bañador violeta me recordaron a una golosina.

Esa niña alegre ya no me asustaba.

Soplé a través del aro y salieron disparadas un montón de pompas de jabón; la Chica de las Burbujas, como decidí llamarla a partir de ese momento, soltó carcajadas y jugó a cazarlas con sus manos. Reía de una forma tan sincera e inocente que ya no sabía si me gustaba más soplar o que ella las explotase. Antes de darme cuenta, me estaba riendo también.

Ella se levantó de un salto, fue hacia el mar, se mojó las manos y volvió corriendo en mi dirección. Se tiró de rodillas justo a mi lado y, con cuidado, cogió una pompa de jabón, que resbaló en su mano morena sin romperse.

—¡Ala! —dije.

Ella me miró con una sonrisa; el verde de sus ojos era muy claro, como un espejo que reflejaba el sol.

—¿Ves qué frágil es? Apenas tiene unos segundos de vida… —murmuró, absorta con la burbuja que aún sostenía en la palma de la mano.

Yo la observé, admirando los miles de colores que encerraba dentro, como si hubiese absorbido un arcoíris y lo guardase en su interior. De pronto estalló y una gota diminuta de jabón fue a parar a su nariz. Reí y la miré, notando pequeñas cosquillas en la tripa.

Entonces ella se giró de golpe.

—Me están llamando —anunció, poniéndose de pie.

En ese momento fue consciente de que estábamos un poco alejados de su toalla y de que una mujer con un gorro enorme de paja vestida con un pareo estaba recogiéndola.

—¡Ya voy, mamá!

—¡Espera! Te olvidas esto. —Me puse en pie para devolverle el frasco.

—Te lo regalo. —Se encogió de hombros mientras se alejaba—. Antes estabas triste, ¿verdad?

Me dedicó una sonrisa aún más grande que la primera y luego corrió a reunirse con su madre.

Me quedé parado mirando el bote de burbujas con olor a cerezas y busqué a mi familia con la mirada. Sabían dónde estaba, porque mamá estaba tumbada en su toalla leyendo un libro tranquilamente y papá y Eitan jugaban con las raquetas en la orilla.

Cuando me giré de nuevo hacia la Chica de las Burbujas, ella y su madre se estaban alejando hacia la pasarela de madera.

El mar curaba las heridas del alma. Y las niñas con aroma dulce que soplaban burbujas, también.

Le pedí por favor a mi familia volver a la playa al día siguiente, pero, por mucho que la recorrí de arriba abajo, la Chica de las Burbujas no apareció por ninguna parte. Incluso intenté atraerla sentándome cerca de la orilla y soplando sin parar. Llené de pompas la superficie del mar, pero solo conseguí que dos niñes pequeñes viniesen hacia mí con sus menudos cuerpos moviéndose a una velocidad alucinante, saltando para atraparlas con sus manitas. Eitan y yo jugamos con elles un rato hasta que se cansaron. Y volvimos a casa sin encontrarla.

Me pasé el resto del día dibujándola: la Chica de las Burbujas con su bañador violeta tumbada boca abajo, la Chica de las Burbujas soplando, la Chica de las Burbujas sonriendo… Entrecerraba los ojos y trataba de recordarla al detalle. Tenía la capacidad de que se me grabasen las cosas de forma nítida en la cabeza (memoria fotográfica o «eidética», lo había llamado el médico), y eso a veces era una ventaja, pero otras era un fastidio, porque podía recordar muy bien las arrugas siniestras del «señor de las garras» o los gestos de la cara de los abusones antes de que saliese corriendo. Sin embargo, ese día estaba feliz de tener ese don.

Es la niña más alegre que he visto nunca. Y tiene una cara que me recuerda a las golosinas. Seguro que sus pompas de jabón son una receta secreta para que todo el mundo sea feliz como ella. Yo estaba triste y luego —¡pum!— estaba contento. Su sonrisa es tan bonita que tenía que entrecerrar los ojos para poder mirarla. ¿Y si era un hada y nunca más vuelvo a verla?

Escrito un día de septiembre de 1992, en la esquina de un dibujo de la Chica de las Burbujas

La dibujé tanto que me quedé dormido en la mesa del salón sobre algunos lápices y folios llenos de dibujos de pompas, cerezas y Chicas de las Burbujas. Cuando abrí los ojos, papá me estaba llevando en brazos a mi habitación para acostarme en la cama.

La mañana siguiente tampoco fui al colegio y entendí que nada se había *aclarado* todavía, como había dicho mamá.

Salí con la bicicleta por los caminos arenosos sin temor a tener un encontronazo desagradable, ya que todes les niñes y profesores estaban en el colegio. Y me dije que eso sería lo que haría a partir de entonces: salir por las mañanas bajo el sol matutino y encerrarme en casa por las tardes.

Frené de golpe e hice un derrape que casi me hizo saltar de la bicicleta cuando vi de refilón una silueta sentada en uno de los embarcaderos, a lo lejos. Reparé en unos rizos que ondeaban en el aire y en la forma de un vestido blanco en el extremo de una de las pasarelas de madera que se metían en el lago. Se me había disparado el pulso, que palpitaba en mis oídos. Respiré rápido y caminé llevando la bicicleta al lado, esquivando las hierbas altas.

Cuando crucé todos los obstáculos, dejé la bici en el comienzo del embarcadero y avancé sin prisa hacia la niña sentada al borde del muelle con las piernas suspendidas en el aire. El sonido de los pájaros que sobrevolaban nuestras cabezas y el ronroneo del agua en calma se fusionaban y ella... ella estaba allí.

—Buenos días, Aurinko —dijo sin girarse.

Pegué un respingo ante su saludo. La Chica de las Burbujas observaba con atención un libro que descansaba sobre sus piernas.

—¿Cómo dices? —No me atrevía a sentarme a su lado.

Tenía los rizos sueltos, que caían por su espalda bronceada, y su vestido tenía estampadas unas diminutas flores de colores que parecían bailar sobre su piel debido a la brisa cálida que lo mecía.

—Aurinko —repitió, alzando la cabeza para mirarme. Entrecerró los ojos por el exceso de luz—. Significa «sol» en finlandés.

Me entró un escalofrío de lo bonita que era; ¿el otro día era tan guapa? Me dieron vergüenza mis pensamientos y me retraje. La Chica de las Burbujas dio unas palmaditas en la madera a su lado y entornó el libro que tenía sobre las piernas.

Obedecí y me senté, aunque no tan cerca como ella me había pedido.

—Es por tus ojos y por tu piel, ¿sabes que tienes los ojos del color del sol? El otro día me di cuenta en la playa —me explicó, inclinándose un poco hacia atrás para apoyarse en las manos.

—No... lo sabía. —Mi voz sonó baja al lado de la suya, que me recordaba a campanas de viento.

La Chica de las Burbujas sonrió y miró hacia delante.

Frente a nosotres se extendía un enorme lago que destellaba, y a lo lejos había verdor, árboles y arrozales y casas de cuento. Ese lugar me gustaba. Me gustaba de verdad. Papá estuvo muy acertado al proponer que nos trasladásemos a un sitio tranquilo, más natural (estábamos hartos del ruido de la ciudad), con el mar al lado. Creo que todes lo necesitábamos.

Me quité las zapatillas y me relajé como ella, moviendo los dedos de los pies en el aire.

Ella me imitó y no dijimos nada más mientras mirábamos nuestros pies desnudos en contraste con el fondo verdoso del agua.

Una libélula sobrevoló nuestras cabezas, era grande, de colores azules. Me sorprendió que se posase en su rodilla; la miré con la boca medio abierta, pero ella no le dio la más mínima importancia, como si aquello le sucediese todos los días. La libélula se tomó su tiempo y luego se marchó volando al ras del agua.

—¿Qué... lees? —curioseé.

Me apetecía mirarla otra vez y no se me ocurría una mejor manera de hacerlo.

—*Tuck para siempre* de Natalie Babbitt. —Me enseñó la carátula del libro.

Por las dobleces de las esquinas de las páginas, deduje que el ejemplar tenía varios años o quizá se lo había leído tantas veces que el tacto continuado con los dedos lo había estropeado.

—En realidad no muchos niños de doce años conocen a la escritora —dijo al ver mi expresión.

Me sentí estúpido al no saber quién era esa autora a la que ella parecía admirar. Me gustaba leer y conocía a varios escritores, pero no se lo dije. No dijimos nada más.

Ella cerró los ojos y alzó la barbilla hacia el sol para que le diese en la cara. Tenía dos pecas en la parte superior izquierda del labio; una era más grande que la otra y parecían dos burbujas elevándose hacia sus ojos. Me entró otro escalofrío. Y entonces caí en la cuenta de que ella no debería estar allí.

—¿Por qué no estás en el colegio? —le pregunté, sin pensar en que ella podría hacerse la misma pregunta.

—No soy de aquí —dijo sin abrir los ojos—. Mi madre y yo hemos venido de vacaciones.

—Ah. —No sabía si sentir alivio o desilusión.

Alivio: no había escuchado los rumores que se extendían como una plaga en el colegio. Desilusión: era de lejos y, por lo tanto, se marcharía y no volvería a verla.

—¿Y en tu ciudad aún no han empezado las clases?

La Chica de las Burbujas se encogió de hombros. Tenía unos hombros morenos y brillantes.

—Sí, pero mi madre necesitaba este… descanso —musitó.

Noté tristeza en su tono de voz, algo que me impactó. Ella parecía siempre tan feliz…

—¿Qué me dices de ti? —Abrió los ojos, que eran como un bosque en plena primavera, y los plantó en los míos.

Se me atascó el aliento en la garganta. La imité, me encogí de hombros y miré hacia delante porque su cara me intimidaba.

—Mi familia y yo nos hemos mudado aquí hace poco. Aún hay cosas que gestionar. —Le estaba contando una verdad a medias.

—¿Vives aquí? ¿En la Albufera? —se sorprendió, y esa alegría volvió a su rostro.

—Sí.

—Me encantaría vivir aquí —confesó, agitando las piernas, que colgaban del embarcadero—. ¿Cuál es tu casa?

Me giré hacia la hilera de barracas que había al otro lado del embarcadero y alcé el brazo para señalarle la casa de tejado triangular y fachada blanca que se veía aislada en la distancia.

—Es esa.

—¿Me la enseñarás algún día antes de que me vaya?

«Antes de que me vaya». Se me agrietó algo en el pecho.

—Claro, cuando tú quieras.

Ella soltó una risotada y se abalanzó hacia mí para abrazarme; me envolvió una ola de olor a cerezas, a crema solar y a verano. Rio bajito en mi oído mientras me rodeaba el cuello y yo le rocé la cintura, notando la sangre estrellándose contra mi cara. No me gustaba que me abrazasen desconocides, pero ella lo hizo de una manera tan cálida y dulce que me hubiese pasado la vida pegado a ella.

Ese sentimiento se estancó en mis tripas y me sentí muy tímido de golpe.

—¿Sabes que mi madre y yo estamos alojadas a unas pocas casas de la tuya? —musitó.

—¿En serio? —me emocioné.

La Chica de las Burbujas se separó de mí y asintió con la cabeza, provocando que sus rizos brincasen alrededor de su cara. Luego se levantó decidida y se retiró los tirantes del vestido de flores, haciendo que resbalase hasta sus pies. De la sorpresa abrí mucho los ojos y noté un vuelco extraño en el estómago, algo que no me había pasado nunca. Mi cuerpo actuaba de forma rara cuando estaba con la Chica de las Burbujas.

Me di cuenta de que su familia no tenía un «crecimiento tardío y desesperante» como el de la familia de mi madre; ella se había desarrollado un poco, como podía ver bajo el bikini negro que llevaba puesto.

Entonces, sin más, soltó una carcajada breve y se impulsó para saltar al agua; de improviso, sin venir a cuento. Me incorporé de un salto y miré el agujero en movimiento que había dejado en el agua al desaparecer bajo esta.

—¡Chica de las Burbujas! —la llamé, dándome cuenta de que todavía no sabía su nombre.

Esperé a ver su cabeza sobresalir del lago por alguna parte, pero no lo hacía, y, tras aguardar un poco, me entró el pánico.

—¡¡Chica de las Burbujas!!

Me deshice de la camiseta y respiré hondo antes de saltar a la laguna. Me hundí en el agua fresca y abrí los ojos abajo, sin ver rastro de ella por ningún lado. Buceé, notando el peso de mis pantalones pirata vaqueros, con la esperanza de ver alguna pierna o un brazo, pero no sucedió. Así que saqué la cabeza a la superficie y cogí aire con ahogo. En ese momento fue cuando oí unas risas; podría identificar esa clase de carcajada en cualquier parte: la Chica de las Burbujas estaba bajo el embarcadero, sujetada a uno de los postes.

—¿Estás loca? —le grité, salpicándola sin conseguir que le llegase.

Ella rio más alto.

—¡Sí, definitivamente lo estás!

Nadé hacia ella, sintiendo que los pantalones se me iban a resbalar bajo el agua. La salpiqué cuando estuve más cerca y ella me salpicó también, divertida.

—No hace gracia —mascullé.

Ella se impulsó hacia mí ayudada del poste y colocó los brazos en ambos lados de mi cuello. Sus arrebatos eran tan rápidos y poco predecibles que me sentí tonto. Noté sus pies tocar los míos y su cara estaba cerca; sonreía, sonreía un montón y yo no podía respirar. Se acercó más y casi emití un gemido estúpido cuando acarició su nariz contra la mía, solo las puntas, lo hizo varias veces y susurró:

—Auri, me gusta ser tu amiga.

Me deshice como si fuese un bloque de hielo bajo un sol despiadado, me descompuse, me sentí de otro material distinto, la piel me desapareció.

Quería decirle que a mí también me gustaba ser su amigo, pero no sabía cómo volver a hablar. Solo la miré y la miré y ella no dejaba de sonreír con esa cara tan bonita... Y entonces, otro arrebato: me hundió en el agua y escuché sus carcajadas con las orejas inundadas. Salí y la sujeté, mi risa se escapaba de mí como si tuviese vida propia, no podía manejarla de lo feliz que era.

Intenté meter su cabeza en el agua también, pero era rápida. Y la perseguí y luego ella me persiguió a mí. Nos hundimos y no paramos de reír, tosiendo de vez en cuando porque uno no puede reírse bajo el agua sin que le entre por la nariz.

Nadamos un rato olvidando capuzarnos y luego subimos de nuevo al muelle, donde estaba esparcida nuestra ropa y su libro. Nos tumbamos boca arriba, dejando que el potente sol nos secase el cuerpo. Les dos respiramos con agitación, con los ojos cerrados hacia el cielo.

Respiré profundamente, sonriendo al dejar entrar en mi cuerpo el efluvio a agua del lago, a cereza y a crema solar. Abrí un ojo y la contemplé; ella parecía dormida, aunque sabía que no lo estaba. Vi su mano, que estaba muy cerca de la mía, y decidí rozar con levedad sus dedos con el envés de los míos. Percibí, con una alegría estratosférica, cómo su piel se puso de gallina y cómo ella también movía despacio los dedos para que los entrelazáramos.

Recuerdo esa época como la más inspiradora de mi vida. La dibujé, la dibujé sin parar, llené mi habitación de papeles: la Chica de las Burbujas a los lejos en el embarcadero, la Chica de las Burbujas leyendo, la Chica de las Burbujas y Auri dándose un beso de esquimal...

Con ella me siento tan a gusto como con mi familia. Solo que la Chica de las Burbujas no es mi familia. Es una niña preciosa que tiene arrebatos de locura y pinta el universo de colores con su sonrisa. Es eso, somos dos burbujas volando en compañía. Ella y yo volamos.

Un día de septiembre de 1992, detrás de un dibujo
de la Chica de las Burbujas

6

CLAIRE

Junio de 2019

Cuando descubrí que Ori se alojaba en un albergue, le invité a quedarse en el piso que compartía junto a Dean y Marc. Al llegar a casa, él estaba tan cansado que se quedó rápidamente dormido en el sofá, y yo me trasladé a mi cama. En toda la noche no pude quitarme de la cabeza la idea de ir al salón, despertarle y tumbarme junto a él para que me abrazase, que me tocase. Sus gestos conservadores me martirizaban, parecía que temiese acercarse a mí, como si tocarme o mirarme fuese pecado. Cuidaba mucho las distancias y eso me tenía desconcertada, pero no olvidaba el dibujo de su bloc; su actitud se debía sin duda alguna a sus raíces arraigadas, a sus costumbres y educación.

Esa misma tarde, Pierre Dubois, el antiguo profesor de la Escuela, nos había prestado con gusto el tomo único con las memorias de Dray (que de momento solo habíamos hojeado) y también nos había hablado un poco de él.

Asher fue alumno suyo, un artista brillante a pesar de su juventud. Lo recordaba como un muchacho que no solo atraía por su talento y por su concepto de la vida extravagante, sino también por su timidez tierna y esa tristeza implícita en su personalidad que parecía acompañarle siempre. Él mismo lo decía: «No estoy entero. Partes de mí se han quedado por el camino. Las personas a veces caminan por ahí incompletas».

—Los alumnos de la Escuela de Bellas Artes suelen ser melancólicos y estrafalarios al mismo tiempo —nos había asegurado el profesor Dubois en su antiguo despacho—. El mundo del arte lo es; posee ideas modernas, tolerantes, libres. Pero Asher tenía algo más, algo que atraía. Durante sus años como estudiante de Bellas Artes vi a muchachas y muchachos llorar por él. No os confundáis, él no era culpable en absoluto; lloraban porque tenían el corazón roto, bien porque Asher no correspondía sus sentimientos, bien porque no se atrevían a decirle nada. En aquel entonces, cuando Asher despuntó con sus obras y se dio a conocer, creó una serie de pasiones involuntarias en la Escuela. Los artistas se enamoran con mucha facilidad, sobre todo de sus referentes, de las personas a quienes admiran. Los alumnos tenían confianza conmigo para contarme ese tipo de cosas porque siempre he sido partidario de derramar con los dedos las emociones que te desgarran el pecho y, de hecho, nunca dudé a la hora de contarles mis experiencias personales para inspirarlos. Asher era demasiado introvertido para contarme nada, pero Camille, una antigua alumna, lo hizo. Era mi último año como docente, y tanto Asher como Camille hacía un par de años que habían acabado sus estudios en la Escuela cuando ella vino a propósito a verme.

El profesor Dubois había mirado al infinito con añoranza. Y Ori y yo lo habíamos contemplado sin pestañear; aquel hombre tenía magnetismo. Lamentaba que ya se hubiese jubilado y no pudiese tener la oportunidad de recibir una clase suya.

—Esa muchacha me dio mucha pena... En sus ojos había esa clase de amor que raya en la locura. Amaba a Asher de forma... pasional y desequilibrada. Me contó que vivían juntos desde hacía unos meses. Dijo: «Sé que me quiere, pero siempre estará ella. Ella siempre ocupará el hueco que queda entre los dos en la cama», me lo contó con una tristeza que hoy aún no puedo olvidar. Me preguntó qué haría yo en su lugar; si vivir con un fantasma entre ambos o abandonar. Y le dije que no era nadie para indicarle a su corazón qué debía hacer.

»Más tarde supe que en el correo ordinario de la Escuela llegaba cada semana una carta desde España. Me dio por curiosear y descubrí que en el remitente aparecía el nombre de Alma Suárez al lado de dos burbujas dibujadas con lápiz, por lo que deduje que se trataba de la Chica de las Burbujas, que intentaba comunicarse con Asher. De hecho, él era el destinatario de las cartas, pero era Camille quien iba a recogerlas. Y, a raíz de la visita de la muchacha...

—¿Crees que no le daba las cartas a Asher? —le había preguntado aunque estuviese segura de la respuesta.

—Solo hay una forma de averiguarlo —nos había sugerido el profesor.

Después de levantarnos, Ori y yo nos trasladamos en mi coche al Boulevard Saint Michel, donde Camille trabajaba (información amablemente proporcionada por el profesor Dubois). Antes de encontrarnos con ella, fuimos a desayunar a una cafetería en la que Ori se aseguró que había comida *kosher* (me había contado por encima algunas de las normas que quería mantener), y ambos tomamos un cruasán y un té.

—Estoy segura de que no le dio nunca las cartas a Asher —comenté mientras masticaba.

—¿Por qué? Si ella le quería y tenía algo de dignidad, debería habérselas dado. No solo por él, sino por ella misma. Además, no sabemos lo que ponía Alma en las cartas. De todos modos, si él quería a Camille, ella confiaría en que Asher se quedase a su lado, ¿no?

—Precisamente por eso creo que nunca se las dio, ¿lo entiendes? Además, no sabemos por qué Alma y Asher se separaron. ¿Y si ella le pedía que volviese?

Ori bebió de su taza, pensativo.

—Pero ¿por qué Alma mandaba las cartas a la Escuela? ¿Por qué no las mandaba a su casa?

—Muy buena pregunta... También está la cuestión de cómo se enteró Camille y Asher no.

—Debió de descubrir las cartas de casualidad e hizo lo posible para que él no supiese nada. Puede que en una de sus visitas al profesor... Al fin y al cabo, sabemos que ella regresó a la Escuela para hablar con Dubois.

Tras finalizar nuestro desayuno, fuimos a buscar a Camille. No nos costó dar con ella; era una mujer muy guapa, con el cabello rizado, y que parecía muy ocupada hasta que le nombramos a Asher. Se quedó parada y nos miró a ambos.

—¿Sois periodistas?

—Somos estudiantes de la Escuela de Bellas Artes, yo soy Claire y él es Ori; nació, como Asher, en un barrio judío ortodoxo. Estamos escribiendo acerca del pintor, es muy importante para nosotros —dije, tratando de ganarme su confianza.

Parecía un poco reacia a hablar del tema, pero su expresión cambió en cuanto nombramos la Escuela.

—Esperad fuera —nos pidió.

Una hora después, seguíamos esperándola. Ori y yo nos miramos con desilusión, habíamos perdido la esperanza de que nos atendiese. Supusimos que no sería fácil para ella hablar de Asher, y menos con dos desconocidos, por lo que decidimos que era mejor no entrometernos más de la cuenta. De algún modo, sin embargo, nos negábamos a darnos por vencidos y no nos movimos de donde estábamos. Hubo muchos instantes de silencio que yo intentaba llenar con hipótesis. Ori era callado, pero tremendamente expresivo, y en cada silencio había alguna mirada que me incendiaba por dentro. ¿Se daría cuenta de lo que me afectaba?

—No es mala idea —dijo Ori rompiendo uno de los instantes mudos.

—¿El qué?

—Escribir sobre Asher Dray. Scarlett no lo hizo, hagámoslo nosotros —propuso, ilusionado con la idea—. Tenemos sus memorias, sus obras...

—¡Es una idea fantástica! Me apunto —respondí con excitación.

—Sería un honor escribir a dos manos contigo, Claire. Dejar huella en este mundo antes de regresar al mío —confesó.

Eso me golpeó el pecho. Aunque ya lo supiese, esos leves retazos que dejaba de vez en cuando acerca de su marcha me apagaban. Sin embargo, su propuesta no podía gustarme más.

Centrados como estábamos en nuestro nuevo proyecto, casi no nos dimos cuenta de que Camille salía de la galería en la que trabajaba con su bolso al hombro y unas gafas de sol que cubrían casi la totalidad de su cara menuda.

—Vamos, hablemos de Asher Dray —anunció al llegar junto a nosotros.

Ori y yo nos miramos con sorpresa y luego la seguimos a toda prisa por las calles de París. Nos llevó a su casa y nos dijo que se había pedido el resto de la mañana libre para hablar con nosotros. No podíamos salir de nuestro asombro.

—No era… necesario que lo hicieses, Camille. Gracias, de verdad, pero… —comencé a decirle, abrumada.

—He tomado una decisión. Voy a dejarle ir, ya es hora —me interrumpió mientras entrábamos en el salón—. Poneos cómodos, traeré algo de limonada.

Ori y yo nos sentamos en los sofás con movimientos torpes debido al estupor. Ella entró con paso desenvuelto con una jarra y tres vasos.

—Alguien os habrá hablado de mí para que hayáis acudido en mi búsqueda, ¿verdad?

—El profesor Pierre Dubois —declaró Ori.

Ella asintió, comprensiva, mientras servía la limonada y nos la daba.

—Un genio, el profesor Dubois, y muy buen hombre —opinó.

Tanto Ori como yo pudimos ver la guerra que se libraba en su cabeza; pensamientos y recuerdos que se entrecruzaban en su mente y hacían ruido en toda la habitación.

—Bien, ¿por dónde empiezo? —dijo al sentarse con su vaso en la mano, esbozando una sonrisa amarga y triste—. Quiero dejaros claro que no he hablado con nadie antes. Muchos han venido a preguntarme por Asher, pero, en mi opinión, nadie tiene por qué hablar de un amor roto aunque ese amor sea foco de todas las miradas. Hacía muchos años que nadie venía preguntándome por él. Creo en las señales… y vosotros sois una muy grande. Es hora de que Asher deje de doler.

La miramos absortos y ella nos contempló como si esperase algo.

—¿No vais a apuntar nada para vuestro trabajo?

Pegué un respingo y saqué mi móvil.

—¿Te importa que te grabemos?

—Adelante —dijo extendiendo sus manos.

Camille se acomodó en su asiento y cerró los ojos. Contuve la respiración y, de alguna forma, supe que Ori también lo hacía.

—Conocí a Asher en una clase en la Escuela, en el año 1999, cuando sus obras todavía no se habían expuesto y, por lo tanto, aún no era el centro de las miradas... Pero yo sí le miré, le vi desde el primer instante y me enamoré de él (un amor platónico, por supuesto). Para captar la atención de Asher debías hacer lo imposible: era un chico vergonzoso, con unas metas claras y unas ideas brillantes; pocas cosas lo distraían.

»Cuando su obra despegó y el mundo le miró, su actitud cambió un poco. Seguía siendo ese chico dulce, inseguro y, aunque poco hablador, carismático. Pero me enfadó que empezase a prestar atención a algunas chicas cuando yo había tratado de ponerme en su centro de mira durante tanto tiempo. Entonces, un día, me vio. Me vio (no de la forma que quería, pero al menos conseguí hacerme su amiga) y hasta me confesó quién era la famosa Chica de las Burbujas que salía en sus cuadros. Me pareció una historia preciosa de la niñez, y siguió pareciéndomelo hasta que el galerista que llevaba sus exposiciones se lo llevó a España. —Camille hizo una pausa dramática. Suspiró hondo, cruzó las piernas y continuó—: Asher regresó diferente. «La encontré», dijo; pero eso fue lo único que comentó de ella, jamás volvió a mencionarla. Dejé pasar su duelo, pero... no creo que dejase nunca de llorarla. Ni aun cuando le besé por primera vez, ni cuando me propuso que nos fuésemos a vivir juntos o cuando nos desnudábamos el uno frente al otro.

»Me enamoré de él de forma insana. Y él nunca me correspondió porque, aunque en aquel entonces me lo negué y lo ignoré a conciencia con todas mis fuerzas, su mente y su corazón se habían quedado en España con la Chica de las Burbujas. Y le odié por haber dejado que le quisiese así cuando sabía que él nunca me amaría. Le odié y le he odiado durante muchos años. —Camille abrió los ojos y nos observó con la mirada vidriosa y enrojecida—. He hecho cosas y he sentido cosas de las que no me siento orgullosa hoy, pero sé que las volvería a hacer y a sentir una y mil veces por él. Porque el amor es incontrolable, un ente devorador se apodera de ti cuando amas tan profundo y te das cuenta de que la otra persona jamás te mirará como deseas que lo haga. Sé que Asher me quiso, que me quiso mucho, pero no fui la mujer que ocupó su corazón. Ella lo abarcaba todo.

Camille hizo un movimiento con la mano indicándome que dejase de grabar y luego se levantó de su asiento para salir del comedor.

Ori y yo nos miramos sin decir nada; ¿él también tenía el estómago en un puño como yo?

—Podéis llevaros esto. —Camille apareció en el salón y dejó un fajo de cartas atadas con una goma elástica encima de la mesa—. Supongo que el profesor Dubois sabría algo de las cartas, ¿verdad?

Ori y yo nos quedamos mudos. Ella bosquejó una sonrisa amable colmada de pena.

—Son de España, de Alma Suárez. Yo... El secretario de la Escuela de Bellas Artes me conocía y sabía que tenía relación con Asher, me interceptó de casualidad un día de los que fui de visita a la Escuela. Me encantaba volver a recorrer sus pasillos, reencontrarme con antiguos profesores... Él me dijo que tenía un par de cartas para Asher, que pensaba llamarlo por teléfono, pero aprovechaba que estaba allí para decírmelo a mí. Vi el remitente y... —Camille dudó de si proseguir—. Le dije que no lo hiciese, que yo se las daría y las recogería en caso de que viniesen más. Y vaya si vinieron, vinieron muchísimas más. Y tuve el máximo cuidado de recogerlas todas yo.

Se detuvo unos instantes para cuadrar los hombros sin levantar la mirada. Percibí cierta incomodidad en su postura; no le enorgullecía contarnos aquello.

—Nunca las abrí. No me creía con el derecho, ya hacía bastante negándoselas. Pero yo le amaba y éramos felices dentro de nuestra extraña normalidad. Ella ya me lo quitaba sin estar, no tenía el derecho de venir y reclamar su atención, así, tan fácil. Además, me convencí a mí misma de que, si Asher no había querido darle su dirección, era porque no quería saber nada de ella. —Camille no pudo mirarnos a la cara durante su confesión—. Juro que quise dárselas cuando rompimos. Cuando *él* rompió, para ser más claros. «No voy a seguir haciéndote daño», me dijo. En aquel momento me pareció una excusa absurda y ruin. Hoy la entiendo y se lo agradezco; amarle me consumía. Pero le odié por marcharse y guardé las cartas en el fondo de mi armario. —Camille miró las cartas con expresión ausente y bebió de su vaso—. Pensé muchas veces en dárselas, pero luego temí que fuese él quien me odiase. Y no podía soportar esa idea. Tachadme de cobarde, es lo que fui, soy consciente y no estoy orgullosa de ello —confesó, mirándonos—. ¿Alguna vez habéis amado de esa manera? Es tan difícil controlar tus emociones... Él lo hizo. Asher amó de la forma en que yo le quise a él... Nunca me contó el motivo por el que se separó de ella, pero siempre he pensado que debió de ser muy grave.

—¿Nunca te habló de ello? ¿No le preguntaste? —intervine.

—Claro que lo hice, pero él prefirió evitar el tema. Y siempre que le decía algo al respecto, su humor empeoraba; entristecía tanto que su dolor se traspasaba hasta mí. Asher tenía esa capacidad, tanto para bien como para mal. De modo que dejé de preguntarle. —Camille cerró los ojos de nuevo y le tembló el labio inferior—. Han pasado ocho años desde que no está y aún le siento, aquí. —Se señaló el pecho—. Le siento allí donde voy. Dejó tanto bueno en el mundo... que hoy lamento que su vida no fuese más feliz. Ojalá yo pudiese haberle hecho feliz.

Salimos de casa de Camille con una sensación fuerte de congoja en el pecho y un fajo de cartas en la mano.

Ori y yo apenas hablamos en el camino de vuelta. Su mano rozó la mía al bajar del coche y se me erizó toda la piel del cuerpo.

Estábamos a punto de conocer a la mítica Chica de las Burbujas.

7

CARTAS DE ALMA

Querido Asher:

He pensado muchas veces en escribirte. Confieso que hoy lo hago con los dedos temblorosos y la incertidumbre de no saber si alguna vez leerás estas palabras. No es fácil encontrarte. Nunca ha sido fácil.

Pero si no hago esto, esas palabras terminarán ahogándome. Sé que lo entiendes.

Auri, quiero contarte que cada día imagino un escenario en el que tú nunca te fuiste. Imagino que seguimos en la Albufera y que tú pintas en el embarcadero mientras tomo el sol a tu lado. A veces mis fantasías son tan reales que al despertar vuelvo a despedirme de ti. Puede que suene masoquista, pero se ha convertido en una forma de vivir.

No creo que imagines todo lo que aportaste a mi vida, Asher. Fuiste como una estrella fugaz en dos momentos separados de mi vida y son los instantes que más me han marcado de cada año que he respirado en este mundo desde entonces. Me enseñaste que los sueños se pueden alcanzar, que las huellas que dejan nuestros pies en la orilla y que son llevadas por el mar son una preciosa metáfora de la vida, efímera, como tú. Me enseñaste que cada minuto puede ser emocionante, que las cosas pequeñas importan. Nunca podré describirte con qué intensidad te quise (y te quiero), las ventanas que abriste en mí o las cicatrices que dejaste en mi piel.

No voy a decirte que me alegro del dolor, pero sí voy a asegurarte que valió la pena. Esos picos intensos, estallidos en mi organismo con cada apari-

ción tuya, que forman parte de las estadísticas de mis veintitrés años de vida, son la evidencia de que la existencia es preciosa y volátil.

Auri, te imagino a mi lado mientras escribo. Aún huelo el óleo, el aroma agreste de tu pelo, el jabón de tu cuerpo, de tu piel tras los baños en el lago. Cuando pienso en ese sitio, se me encoge el pecho hasta que me quedo sin aliento. Es mi casa, pero ya no lo es. Tú eres mi casa, pero ya no lo eres. Mis manos se ven tan vacías a veces que es insoportable. ¿Lo puedes soportar tú, Auri? Dime cómo puedes hacerlo. Dímelo si tienes la manera.

¿Sabes? Empecé a escribirte al poco de marcharte. Nunca me atreví a mandarte todo lo que escribía, pero tal vez es el momento de dejar de ser cobarde. Entiendo si tú no me respondes, pero yo seguiré escribiéndote hasta que se me agoten las palabras o se me agote el corazón.

Allí donde estés, querido Asher, caminaré yo, aunque ignores por dónde van mis pasos.

La Chica de las Burbujas, 17 de febrero de 2004

Según María Elósegui, la transexualidad es una enfermedad, una desgracia [...]. Bueno, pues yo creo que en mi desgracia soy más feliz que siendo quien no era, quien me obligaron a ser al nacer.

[...]

¿[...] por no tener un órgano sexual que va hacia fuera soy menos hombre? ¿Eso es lo que te identifica como hombre? A mí lo que me identifica está aquí (se señala la cabeza), a mí lo que me identifica está aquí (se señala el corazón). Es lo que siento, es lo que siempre he sentido y es lo que siempre he sido.

[...]

Si vosotros queréis vivir en la ignorancia, ¡adelante! Tenéis la puerta de la ignorancia abierta. Tenéis una puerta al lado que significa libertad. [...] Vosotros escogéis si cruzar una puerta o si cruzar otra. Si luego os arrepentís, si queréis volver atrás, por mucho que lo intentéis no podréis arreglar el daño que habéis hecho a las personas a las que un día atacasteis [...].

Xavi Marruenda, chico trans, *youtuber*

8

MEMORIAS DE ASHER

Carboncillo sobre lienzo: «La chica del vestido de mariposas»
Septiembre de 1992

Esa mañana de finales de septiembre recuerdo sentirme impaciente. Eitan estaba en el colegio y mamá y papá en sus respectivos trabajos; mamá, aunque muchas veces tenía giras (la echábamos mucho de menos cuando se iba) u otros eventos relacionados con el piano, continuaba ejerciendo de enfermera porque le encantaba, y papá había empezado a trabajar como «manitas» (así es como lo llamaba mamá) porque se le daba bien todo, desde reparar una nevera hasta pintar las paredes con una maña profesional; de ahí que no parasen de llamarlo. Y yo me había hartado de dibujar, de leer y de hacer el vago, así que decidí salir a dar una vuelta con la bici.

Quizás... ella estuviese de nuevo en el embarcadero.

Con esa idea latiéndome en la cabeza, salí escopeteado de casa en busca de la bicicleta, pero frené de golpe en mitad de mi carrera al ver de refilón a una persona sentada en el comienzo del camino de tierra, en el cerco de madera medio roto. Sentí el corazón tan fuerte contra mi garganta que tragué por si se me salía. Era ella, estaba sentada de espaldas a la casa, tenía flores salvajes entre las manos y llevaba puesto un vestido con estampado de mariposas. Era curioso porque los mosquitos parecían concentrarse en el aire a su lado y había dos o tres mariposas pululando alrededor de ella. Una se posó en su hombro, como la libélula del día anterior. Me fascinaba que causase ese magnetismo en los bichos.

Se volvió hacia mí de repente, como si me hubiese escuchado, y ensanchó su boca en una sonrisa tan grande como el lago.

—¡Buenos días, Auri! —alzó el brazo para agitarlo y luego bajó de un salto del cerco.

Contemplé cómo corría en mi dirección notando que iba a reventar de felicidad. Y lo hice, exploté cuando su cuerpo golpeó el mío y me abrazó y ese olor suyo a verano de azúcar me invadió. La apreté contra mí y nos reímos.

—Hola, Chica de las Burbujas.

Ella se apartó para mirarme, cogiéndome de los hombros. ¿Sus rizos eran ese día más elásticos y brillantes? ¿Podía ser más guapa que antes? Me mareé.

—Mira, he recogido margaritas. Crecen muchas cerca del canal, son mis flores favoritas —declaró, ofreciéndomelas.

Le sonreí con todas mis ganas.

—Las pondremos en un jarrón.

—¿Me enseñas tu casa? —me pidió con entusiasmo.

La cogí de la mano sin pudor y la arrastré hacia el porche.

—Este es el porche. Mamá se mece en esa silla de allí mientras lee y en esa mesa pequeña de ahí tomamos refrescos y té. —Abrí la puerta y la hice entrar—. Este es el comedor, ¿a que es grande? Ah, y allí está el piano.

—¡Un piano! —Dio brincos hasta llegar al instrumento, que acarició de una esquina a otra, admirándolo.

—Mi madre es una gran pianista; ¿sabes que ha salido por la tele?

—¡No fastidies! —Sus mejillas estaban rosas de emoción.

—Eitan y yo también tocamos. Ella nos enseñó… Bueno, en realidad siempre estamos aprendiendo canciones nuevas.

—¿Sabes tocar? ¿Puedes tocar algo? —me pidió, pletórica.

Me encogí de hombros, vergonzoso. Estaba acostumbrado a tocar con gente mirándome, porque mamá a veces había invitado a les vecines cuando vivíamos en Valencia capital; sin embargo, me daba vergüenza tocar delante de la Chica de las Burbujas.

—Vamos, Auri, solo una. Una corta —insistió, haciendo sobresalir su labio inferior.

Me reí de su mueca infantil soltando una risita nerviosa, y accedí. Tras dejar las margaritas en la mesa, me senté en el pequeño banco frente al piano. La Chica de las Burbujas dio palmadas. Yo pensé, intentando decidirme entre mis favoritos: Chopin, Bach o Debussy, los tres tan dispares como intensos. Me decanté por Bach. Cerré los ojos para concentrarme y miré mis dedos moviéndose deprisa sobre las teclas, sintiendo ese éxtasis que me embargaba habitualmente cuando tocaba, pero esta vez era más potente porque ella se sentaba a mi lado, imprimiendo el calor de su brazo en la piel del mío.

—Vaya... —la escuché decir en voz baja.

Me empleé más en mi pasión al tocar, hasta sentir la música circular por mis venas. La Chica de las Burbujas exclamó de nuevo y luego se levantó; la seguí con la mirada y vi cómo empezaba a moverse por toda la sala, bailando. Sonreí con ganas, turnando la mirada del instrumento a ella, que alzaba los brazos y se desplazaba con suavidad, haciendo volar la falda de su vestido de mariposas.

No pude evitar evocar a mamá y a papá en esta misma situación, ella tocando y él bailando. Me preguntaba si seríamos igual cuando creciésemos. Nos casaríamos, tendríamos hijes y nos querríamos muchísimo. Esa idea me resultó tan agradable que de pronto me asusté. Si se casaba conmigo sabría mi secreto. ¿Ella me odiaría como lo hacían otres? ¿Se alejaría de mí?

Paré de tocar y ella se detuvo en mitad de la sala con la cara encendida. Sus rizos se habían despeinado y estaba todavía más bonita.

—¿Te apetece tomar un helado?

Pusimos las flores en un vaso con agua en la cocina y luego corrimos al porche con nuestros cucuruchos en la mano. Lamíamos la crema de vainilla sentados en el porche mientras hablábamos de cuando había empezado a tocar el piano. A ella parecía interesarle mucho el tema, aunque admitió que nunca había tocado ningún instrumento. Mientras ella hablaba, me tensé de golpe porque acababa de ver una silueta a lo lejos que venía hacia casa. Era Eitan. Y era pronto; ¿por qué venía tan pronto? «No, Eitan, da la vuelta».

Pensé que ojalá nos viese, que girase sobre sus talones y se marchase. No era por nada, pero es que Eitan era Eitan. Ella vería a mi hermano y se quedaría prendada de él. No podría soportar mirarlo sin quererle al instante. Eitan tenía unos hoyuelos adorables, el pelo rebelde y sedoso y la sonrisa más increíble del mundo. Era popular allí donde iba, tenía mil amigues y una buena cola de enamoradas. Pero la Chica de las Burbujas no, ella no podía sumarse a esa cola.

Lo miré fijamente para probar por enésima vez si teníamos poderes de telequinesis; le estaba gritando con la mente, pero no pareció captar la señal porque vino directamente hacia donde estábamos. Como último recurso usé la mirada endureciendo las facciones para que me viese, pero Eitan pasó de mí. Me giré hacia ella, que lamía su cono de helado sin enterarse de que estaban a punto de robarle el corazón, y yo no podía hacer nada. Nada. Quería decirle que entrásemos corriendo a casa y nos encerrásemos dentro, ignorando si alguien llamaba a la puerta.

—¡Hola, renacuaj...! —Mi hermano dejó la frase sin terminar cuando vio a una niña preciosa detrás de mí sentada en la mecedora.

Me dirigió una mirada de sorpresa y luego sonrió. Esos hoyuelos. «¡Haz el favor de no sonreír, Eitan!».

—¿Qué haces aquí tan temprano? —le espeté en español, sin saludarle. Cuando estábamos en familia solíamos hablar en francés, pero cuando había más gente delante siempre cambiábamos de idioma.

—Tenía Ciencias Sociales las dos últimas horas y la profesora está enferma. Me ha traído en coche la madre de un amigo —me explicó subiendo las tres escaleras del porche.

Sus movimientos masculinos, su ropa, todo él... Ella se iba a fijar. Contaba los segundos que quedaban para ser invisible a sus ojos. Tres, dos, uno...

—¡Hola, yo soy la Chica de las Burbujas! —se presentó de esta forma tan poco convencional, tendiéndole la mano a Eitan.

Él rio y se la estrechó.

—Encantado, Chica de las Burbujas. Yo soy Eitan, su hermano.

—Debes de serlo, ¡os parecéis un montón!

¿Me parecía a Eitan? ¡¿Me parecía a Eitan?! Tenía las extremidades rígidas, no sabía volver a hablar.

—¿Puedo tomar yo también uno de esos? —Señaló el cucurucho que llevaba en la mano; se estaba derritiendo y la vainilla caía por mis dedos.

—Adelante, estás en tu casa —dijo ella.

Eitan rio de nuevo. Oh, no. Él también se estaba dando cuenta de que la Chica de las Burbujas era espectacular. Se estaban enamorando a mi costa.

Pasamos al interior de la casa y Eitan fue directo a la cocina.

Ella dio vueltas en el centro del comedor mientras mordía el barquillo del helado, sus rizos chocolate volaban alrededor de ella y su vestido ondeaba. «Que Eitan no salga ahora, por favor, porque terminará de flipar de lo preciosa que es». Intenté interponerme en el camino de la puerta de la cocina al salón, pero mi hermano me revolvió el pelo y me rodeó con un brazo por la espalda, susurrándome al oído:

—Ella es la de tus dibujos, ¿verdad?

¡Plaf! Caí en la cuenta de que casi le había enseñado la casa entera a la Chica de las Burbujas, incluida mi habitación, que estaba empapelada de ella por todas partes. Me entró un bochorno asfixiante que hizo que me olvidase por unos segundos de que tenía que distraer a Eitan; él levantó la mirada y la vio. Tarde. Demasiado tarde. Su cerebro habría sufrido un cortocircuito de belleza.

—¿Le has dicho a la Chica de las Burbujas que sabes tocar el piano? —dijo él en voz alta.

El remolino con olor a cerezas se detuvo en mitad de la estancia y nos observó con sus ojos alegres.

—¡Sí! Ha tocado un poco, ¡ha sido increíble!

¿Increíble? «Ha sido increíble».

—¿A que sí? A veces pienso que da igual que le lleve tres años de ventaja, él tiene un don innato.

—Es verdad, Auri me ha dicho que tú también tocas. —Volvió a emocionarse—. ¡Sois una familia de artistas!

Eitan rio de nuevo. No hacía más que reaccionar así ante los comentarios de ella. Le caía bien. Conocía a mi hermano, le gustaba. «Me-cago-en-todo-lo-que-se-menea».

—¿Por qué no tocas tú también? —le propuso ella.

No. Eitan podía decir lo que quisiera, pero ambos sabíamos muy bien que quien tocaba como los ángeles era él.

Mi hermano miró el helado sin abrir que acababa de sacar del congelador y luego dio media vuelta y regresó a la cocina. Lo había decidido: iba a terminar de destronarme. Ahora ella le daría a él los besos de esquimal y le llamaría Auri.

Eitan enfiló hacia el piano y se sentó frente a él. La Chica de las Burbujas juntó sus manos morenas sobre su barbilla y lo contempló con admiración. ¿Me habría mirado a mí así antes? No, qué va. En ese momento, mi hermano empezó a tocar una pieza que nos fascinaba a ambos y que también parecía fascinarla a ella.

Entonces, cuando ya casi me estaba arrastrando por el suelo, sucedió algo impredecible, otro de sus arrebatos. Vino hacia mí y me cogió de la mano, acercándome a ella de un estirón. Me dio un vuelco la tripa y la Chica de las Burbujas me cogió de la cintura y bailamos. Sus rizos me hicieron cosquillas en el cuello y en la mejilla, su olor era muy potente y su vestido tocaba mi ropa.

La cara me iba a explotar de un instante a otro mientras nos deslizábamos por el comedor, juntes. Hice que pasase por debajo de mi brazo y reímos; sus mejillas eran del color de las fresas. Entonces Eitan cambió de forma brusca la música y empezó a tocar una más rápida y alegre, de Chopin.

—¡A mover el esqueleto! —voceó mi hermano golpeando las teclas.

Me entró la risa floja. La Chica de las Burbujas pegaba saltitos frente a mí, me cogía de ambas manos y dábamos brincos por toda la sala.

Nos descalzamos y subimos por los sofás, y bailamos y volvimos a bajar. Escuché la risa de Eitan y el sonido de los pies de mi remolino de mariposas brincando contra el suelo.

—¡Ya he llegado! —voceó una voz de tenor desde el recibidor.

El remolino y yo nos detuvimos y Eitan paró de tocar. Papá se hizo visible en el comedor y observó la estampa con la misma cara que había puesto mi hermano nada más llegar. Llevaba puesta una camisa un poco manchada por el trabajo, unos pantalones vaqueros y se estaba dejando crecer la barba. Me di cuenta de que era la viva imagen de Eitan con cuarenta y un años.

—¡Buenos días, hijos y...! —La miró a ella con curiosidad.

—Chica de las Burbujas —respondió, levantando el brazo para ofrecerle la mano igual que había hecho con Eitan.

Mi padre también rio exactamente como lo había hecho él y le estrechó la mano.

—Bienvenida, Chica de las Burbujas. Es un placer. Yo soy Saulo, el padre de estos dos pianistas locos.

—Un placer también. —Sonrió de esa manera que dejaba embobado a cualquiera, hasta a mi padre, que solía ser inmune a todo menos a mamá.

—Seguid, seguid, no voy a ser yo quien os estropee la fiesta. —Papá alzó las dos manos y le brilló la cara antes de desaparecer hacia las habitaciones.

Y eso hicimos, Eitan retomó la pieza y la Chica de las Burbujas y yo continuamos bailando.

Al rato regresó mi padre, ya vestido con su ropa cómoda, y sustituyó a Eitan en el piano (casi no sabía tocar, pero nos dio igual). Mi hermano se unió a nosotres, que brincamos y jugamos a hacer recorridos de saltos con obstáculos usando los sofás y las sillas. Lo hicimos hasta que no pudimos más y nos dejamos caer agotades sobre los cojines. Papá nos ofreció unos refrescos y luego mamá llegó a casa.

—Pero bueno, ¿qué me he perdido? —Miró con alegría a mi remolino. Parecía que fuese a abrazarla y a achucharla de un momento a otro—. Tú debes de ser la Chica de las Burbujas. —La señaló con el dedo, sonriéndole de esa manera que embelesaba.

Ambas compitieron con sus sonrisas fulgurantes. Y después se hicieron amigas enseguida, hablaron de los helados de vainilla, del piano y la juerga que nos acabábamos de montar en el salón.

—¿Te apetece… que salgamos a pasear? —le propuse, deseando que el tiempo con ella se alargase.

Salimos como dos balas con las bicis por los senderos. El viento con olor a flores, a lago y a plantas nos daba en la cara y nos movía el pelo. Su vestido volaba tras ella.

Pasamos frente a los embarcaderos y nos lanzamos a las carreteras. No lo hacía estando solo, pero con ella me atrevía a lo que fuese. Sí, era eso. Con ella era capaz de hacer lo que me diese la gana.

Seguimos el camino flanqueado por arrozales y los coches nos saludaban al pasar por nuestro lado.

—¡Tu familia es guay! —voceó ella.

—¡Sí!—sonreí.

Quise añadir algo más, pero el aliento se me atascó en la garganta, me atraganté y tosí. Acababa de ver algo espantoso: había reconocido a uno de los tres abusones que me habían interceptado al salir del colegio unos días atrás. Eché el freno, incapaz de apartar la vista de la figura corpulenta de ese chico y escuché el ruido de las ruedas de su bici derrapar contra la tierra delante de mí.

—¿Auri?

No me había acordado de que todes les niñes habían salido del colegio ya, que debería haberme quedado en casa.

—Auri, ¿qué pasa?

Agarré fuerte el manillar porque, aunque quise hacerme invisible, el abusón había levantado la vista y me había mirado. Tenía que salir de allí. Tenía que huir. Ella no podía saber mi secreto, no así.

—¡Eh! ¡Eh! ¡Pero si es doña Marimacho! —vociferó, y vi a un grupo que se giraba hacia mí.

—Vámonos, Chica de las Burbujas —le supliqué, blanco como la leche.

Lo sentía en las venas, la sangre no me circulaba. Si ella se enteraba, si mi remolino descubría mi secreto… pensaría que era un impostor, un mentiroso.

—¡Eh! ¿Dónde vas, Marimacho?

Ella se giró hacia el grupo de chicos de entre doce y catorce años que se dirigían hacia nosotros.

—¿Te lo dicen a ti, Auri?

—Vámonos, por favor.

La Chica de las Burbujas me miró con gesto desconcertado, pero se recolocó bien en su bici y pedaleó a mi lado cuando di la vuelta y regresamos por donde habíamos venido.

—¡¡Eh!! ¡Que se pira! —oí gritar a ese gorila sin corazón.

Lo peor vino cuando me cercioré de que el sonido que le precedió provenía de unas ruedas arañando la arena de la carretera. Esos malditos abusones también tenían bicicletas.

—¿Nos están persiguiendo? —voceó ella, incrédula.

Le pedí perdón con la mirada. «Lo siento mucho, Chica de las Burbujas, lamento que tengas que pasar por algo así por mi culpa». Me dolía el estómago y me temblaba todo el cuerpo mientras intentaba pedalear más rápido. Ella me seguía el ritmo, se me encogía el pecho al verla asustada. No podía dejar que viese aquello, no quería que pasase por ese infierno conmigo.

Se me cayó una lágrima cuando torcí hacia la derecha, adentrándome en un camino repleto de malas hierbas. Me ardían las piernas de lo veloz que me alejaba de ella, sosteniendo el manillar con tanta fuerza que me dolían los huesos de las manos. Pedaleé y pedaleé, notando que me iba a derrumbar de las ganas que tenía de echarme a llorar. Entonces se interpuso ante mí, como una aparición fugaz, una bicicleta desconocida y grande que provocó que ni siquiera me diese tiempo a darle a los frenos. Giré de manera brusca y fui a parar al suelo de cabeza. Me golpeé el hombro, el codo y las rodillas con tanta furia que durante unos instantes no pude respirar. Tampoco oía nada. Hice el esfuerzo de llenar mis pulmones, que se hincharon de forma agresiva, y tragué arena con ahogo. Noté el dolor abrasador y agónico, pero era secundario, porque oía sus voces. Eran varios y estaban de pie a mi alrededor. Iba a morir. Sabía que ese era mi fin.

Cerré los ojos y la vi a ella. A partir de entonces, nunca dejé de verla cada vez que las luces desaparecían ante mí.

9

MEMORIAS DE ASHER

Acuarela sobre papel de acuarela: «Para siempre»
Septiembre de 1992

—¡Vamos, bajadle los pantalones!

—Tío, sí que da el pego. Parece un chico, en serio.

—¡Pues se llama Asha! No nos puede mentir esta pringada. ¡Las cosas se saben antes o después!

—¡Buah, joder, está muy encogida; no puedo quitarle los pantalones! ¡Ayudadme, cabrones!

Y otro estirón. Y otro. Y un golpe fuerte en la espalda para que me rindiese. ¡Pum! ¡Pum! Más golpes. Noté la gravilla clavárseme en la cara y en las costillas. Estaban consiguiendo bajarme los pantalones. Noté sus dedos perforándome la carne de los glúteos.

Escuché un grito salvaje como si fuese a reventarse las cuerdas vocales, pero aun así gritó y gritó. Al abrir los ojos vi un fogonazo blanco. «Oh, no».

—¡¡Dejadle en paz!! ¡¡Estúpidos agresivos!!

Era ella, estaba metiéndose entre ellos, golpeándolos. «No, vete. ¡Vete, Chica de las Burbujas!».

—¡¿En vuestras casas no os han enseñado a respetar a los demás?! ¡¡Sois unos malditos violentos!! ¡¡Siento asco por la gente como vosotros!!

—¡Niña!, ¡¿quieres callarte de una vez?!

Le harían daño si no hacía nada. Me incorporé un poco, pero alguien me atrapó y me golpeó, así que volví a la arena, encogido.

—¡¡No!!

Vi perfectamente cómo daba una patada al abusón número uno y luego saltaba como una rana sobre el que me estaba sujetando contra la tierra, para subirse a su espalda.

—¡¡Mi padre es policía y os detendrá!! ¡¡Vais a ir a la cárcel!! —chilló con todas sus fuerzas.

—¡Mentira! ¡Esta quiere hacerse la lista! —graznó uno de ellos.

—¿Mentira? ¡Como le cuente esto a mi padre, será mejor que os escondáis! Una vez metió a dos críos como vosotros en un correccional de menores, estarán allí hasta que no se acuerden ni del nombre de sus madres, ¡os pasará lo mismo a vosotros!

Los agresores se detuvieron por un segundo.

—No la creáis, ¿no veis que es una trola?

—¿Y si es verdad, tío? Yo ya tengo bastantes problemas...

—¡Venga ya!

—¡Claro que es verdad! Me quedo con vuestras caras, ¡en unos días mi padre llamará a las puertas de vuestras casas!

En esta ocasión ni el abusón número uno replicó. Vacilaron unos instantes y luego se esparcieron para montarse en sus bicicletas y largarse.

Hubo un delicioso silencio entre la ausencia de los agresores y el *shock* que nos embargó.

Noté una mano fría y suave en mi nuca.

—¿Auri? —Su voz tembló mucho—. Auri, ¿estás bien?

Respiré rápido. No sabía si podía hablar. Ella lo había oído, lo había escuchado todo, seguro que lo había hecho: «Da el pego, parece un chico». «¡Pues se llama Asha!». Cerré los ojos con fuerza.

Noté un peso sobre mi hombro y entonces la escuché llorar. La Chica de las Burbujas estaba llorando y notaba sus temblores. Fue lo único que me hizo falta para despertar del estado enajenado de terror y destensé los músculos con dificultad.

—Ey, no es nada. No es nada —dije, mi voz sonó rasposa.

Traté de moverme, pero sentí un latigazo de dolor en el hombro.

—Tranquilo, Auri. Yo estoy contigo —me dijo.

Se arrastró por la arena y se tumbó frente a mí, dejó su frente muy cerca de la mía, cogió mis manos y acopló las rodillas en mis piernas encogidas.

—¿Te duele?

—No —mentí mientras miraba su cara mojada por las lágrimas.

Sus rizos despeinados estaban llenos de tierra y tenía los ojos hinchados.

—Lo siento —dije en un hilo de voz.

Ella parpadeó con sorpresa.

—¿Por qué lo sientes? No es tu culpa, Auri.

Cerré los ojos y volví a intentar levantarme, pero estaba agarrotado y dolorido.

—Shhh, déjame que te vea… —Se incorporó para examinarme la espalda y el cuello. Sus manos, de pronto cálidas, se deslizaron sobre mi nuca, entre mi pelo y sobre mi brazo.

—¿Tu padre es policía? —pregunté como un acto desesperado por salir de ese bochorno.

Ella tardó demasiado en contestar.

—Mi padre murió hace seis meses —soltó la granada, así, sin verlo venir, y estalló en toda mi cara. Quise decir algo, pero ella me interrumpió—. Estás herido, Auri. Puede que tengas el brazo roto.

—Genial. —¿Genial? Me acababa de decir que su padre estaba muerto y yo decía «genial». ¿Podía ser más inútil?—. Siento mucho lo de tu padre.

La Chica de las Burbujas volvió a acostarse frente a mí, seria. Me cogió de las manos de nuevo y estuvo mirándome así hasta que dejé de sentir las palpitaciones en el brazo.

—Auri, me quedaré aquí contigo hasta que creas que puedes moverte. Cuando lo hagas, te llevaré con la bici a tu casa, ¿vale?

Afirmé con la cabeza y ella esbozó una suave sonrisa.

Su compañía me tranquilizó más pronto de lo que esperaba, a pesar de que seguía creyendo que había descubierto mi secreto. Ella se acopló a mi cuerpo con cuidado, me abrazó y se quedó callada. Tuve su frente a milímetros de mis labios, su piel olía dulce y a arena, quería besarla, pero no lo hice. Me concentré en su respiración. Dibujé mentalmente su perfil, nuestras manos cogidas, sus mejillas llenas de lágrimas.

Respiré hondo, ella me miró. Esperé a que me preguntase algo en relación a lo sucedido: «¿Quiénes eran esos chicos?». «¿Por qué decían que eres una chica?»... Pero no dijo nada. Conseguí incorporarme la próxima vez que lo intenté; ella me ayudó. Nos pusimos en pie a trompicones, su brazo pasó por debajo de mi axila y sujetó el peso de mi cuerpo. Me dieron muchas ganas de llorar. Nadie, que no fueran mis padres o Eitan, me había cuidado tanto, y me abrumaba importarle así.

—Súbete a mi bici, yo pedalearé sin sentarme. Luego volveremos a por la tuya, ¿te parece bien?

Asentí mientras me soltaba con precaución, se agachaba a por mi bici y la llevaba hacia las hierbas altas para camuflarla de la vista de cualquiera que pasase. Después me ayudó a montar en la suya. Aguanté el dolor mordiéndome la lengua para no emitir ningún quejido, y después ella cogió el manillar y saltó con agilidad delante de mí.

—Cógeme con tu brazo bueno —me pidió, de espaldas a mí.

Se me aceleró el corazón y pasé la mano derecha por su cintura. Ella me cogió de la muñeca de improvisto y apretó la sujeción de mi brazo en torno a su cuerpo.

—Ya te has caído bastantes veces de la bici por hoy, ¿no crees? —replicó de buen humor.

No dije nada porque mi voz se había perdido. Tenía la cara pegada a su espalda y notaba la calidez de su piel bajo su fino vestido. Agradecía que no viese cómo me ponía rojo. La Chica de las Burbujas empezó a pedalear y mi brazo acompañó sus movimientos. Debía sujetarla fuerte para no perder el equilibrio y cerré los ojos para controlar la emoción pujante, desconocida y asfixiante que sentía por ella. El dolor de las heridas y el brazo no eran nada en comparación. Nada.

Fue ella quien contó a mi familia lo ocurrido, a falta de mi nula capacidad para expresarme cuando me sentía abrumado.

En efecto, en la caída descomunal se me había salido el hombro y en el hospital tuvieron que volver a colocarlo en su sitio (lo que terminó de destrozarme. ¡Cómo dolió!). Tenía heridas en carne viva en las dos rodillas, en el codo y, por supuesto, en el hombro. Una rodilla, la izquierda, había salido peor parada porque hasta tuvieron que darme puntos. Estaba hecho un ocho, pero sabía que al día siguiente volvería a ver a mi remolino y lo que había ocurrido no me parecía tan grave.

Mamá, papá y Eitan no opinaban lo mismo; bramaban y maldecían a los «niños sin corazón» (como los llamaba mamá) que me habían hecho eso, en el camino de vuelta. Unas horas antes, papá había llevado a la Chica de las Burbujas a su casa, porque se estaba haciendo tarde y su madre se preocuparía por ella.

Cuando llegamos, comimos la ensalada de pasta que había preparado papá y luego cocinamos churros con chocolate para ver una peli en el salón. Los churros con chocolate eran otro remedio de mamá, esos de los que curan el alma. Y no podía estar más de acuerdo cuando cogí un churro caliente rebozado en azúcar y lo mojé en mi taza, antes de llevármelo a la boca con la mano derecha, la que no tenía aprisionada contra mi abdomen con una escayola. Di gracias a que fuese esta la mano que se había salvado, porque así podía dibujar. Quería dibujar mucho, tenía ganas infinitas. Y también me apetecía escribir. Así que fui a mi habitación en cuanto se acabó la película y Eitan me dijo qué diablos hacía recogiendo platos si estaba lisiado. Les dejé la faena a elles y saqué los folios, los lápices y los colores con ilusión.

Mi remolino con olor a cerezas se transforma en rayos blancos con mariposas cuando se enfada. Es valiente. Es tempestad y calma en los momentos oportunos. Es preciosa, de otra galaxia. Y la quiero. La quiero. La quiero.

Un día de septiembre de 1992 en la esquina de una hoja rota

Esperé ver a la Chica de las Burbujas por la mañana, pero no fue así y el miedo se convirtió en un monstruo que me acechaba.

Era fin de semana, por lo tanto, mamá, papá y Eitan estaban conmigo en casa, lo que hizo un poco más llevaderas las horas. De todos modos, después de comer, maldije mi brazo malo porque lo que más quería en el mundo era agarrar mi bici (que había traído mi padre el día anterior con el coche) e ir a buscarla.

Hacia el final de la tarde, sin embargo, cuando mi desesperación casi me había engullido por completo, una mujer de la edad de mamá llamó a la puerta.

—Hola, soy la madre de la Chica de las Burbujas, ¿puede venir Auri a mi casa?

La escuché hablar con mi madre. No pude oírlo bien, estaba espiándolas desde la cocina, pero entendí que mi nueva amiga estaba triste y que ambas habían tenido un día un poco difícil. «Es una niña muy sensible», recuerdo que dijo. «Su padre está muy presente aún y a veces se niega a separarse de mí. Es muy intuitiva, sabe cuándo tengo un día más... complicado. Pero no deja de nombrar a tu hijo; me ha contado lo que ocurrió ayer. Espero que esté bien». Era una mujer muy guapa y muy triste. Reconocí a la Chica de las Burbujas en su expresión en cuanto la vi.

Mamá y papá me dejaron ir con ella. Recogí algunas de mis cosas en una mochila, me despedí de mi familia y subí al coche con una versión adulta de la Chica de las Burbujas.

—Ella no sabe que he ido a recogerte. Vamos a darle una sorpresa, ¿vale? —me propuso.

Y se me pusieron unos nervios raros en la tripa. La echaba mucho de menos y, al mismo tiempo, me daba miedo que no reaccionase bien ante mi visita inesperada.

Ella estaba en el salón viendo la tele cuando su madre abrió la puerta. Todas mis dudas desaparecieron cuando se giró hacia nosotres y se le iluminó la cara al verme.

—¿Auri? —exclamó, confusa pero contenta. Sus ojos estaban enrojecidos, sus labios se veían más gruesos que el día anterior y se había recogido los rizos en una coleta—. ¡Auri!

Pegó un salto del sofá y corrió en mi dirección, para abrazarme con cuidado de no hacerme daño en el brazo. Su olor y su tacto me sacaron la sonrisa más grande del mundo.

Me enseñó su casa. En el escritorio de su habitación (que olía igual que ella) había un montón de libros. Me dijo que le gustaba mucho leer.

—Me he leído *Tuck para siempre* unas... ¡doce veces!

Al poco rato, nos sentamos a cenar en el salón y reímos intentando que la comida no se nos saliese por la nariz. La madre de la Chica de las Burbujas, Paola, nos miró con una amplia sonrisa en el rostro. No participó mucho en nuestra conversación, pero parecía disfrutar de ver a su hija feliz.

De postre comimos tortitas con sirope y frambuesas. La Chica de las Burbujas metió todas sus frambuesas en sus dedos y se las comió, divertida, ofreciéndome una de vez en cuando. Yo las comía con la cara encendida, rojo como la fruta que masticaba.

—Estás muy guapo cuando algo te da vergüenza —declaró con naturalidad.

La contemplé atónito y se me embaló el pulso. Ella suavizó su sonrisa y me miró con seriedad. En ese momento se me paró el corazón. Sin decir nada, me ofreció otra frambuesa de su dedo. Me la comí y entonces nos echamos a reír.

Después de la cena nos tumbamos en los sofás y contamos chistes. Paola nos contó alguno con los que la Chica de las Burbujas y yo nos desternillamos.

Acabamos tumbados en su cama jugando con los pies, uno en cada extremo del colchón.

—De mayor quiero ser como mi madre —dijo ella, apretando la planta de su pie contra la planta del mío—. Es modelo.

—¿Es modelo? —repetí con emoción.

—Sí. Por eso nos hemos ido tan lejos de vacaciones, en nuestra ciudad es bastante conocida. Últimamente tenía mucho trabajo... pero necesitaba un descanso, ya sabes.

—Claro... Me alegro de que hayáis venido aquí.

—Yo también. —Su pie cayó sobre mi estómago sin querer y gemí, también sin querer—. ¡Ay! ¡Auri, lo siento!

Se incorporó rápido y se echó sobre mí, no me dio tiempo a pararla cuando me levantó la camiseta por la parte del vientre para verme. Quise apartarla corriendo, me sentí precipitadamente incómodo por que estuviese tan encima de mí y me examinase. Nunca había dejado a nadie que no fuese mi familia tocarme así, pero entonces ella hizo algo que me dejó paralizado: me besó la tripa. Plantó sus labios al lado de mi ombligo y me besó.

—¿Te he hecho daño? —me preguntó preocupada.

—No —exhalé con el aliento trémulo.

—No te hagas el duro conmigo. —Puso un tono pícaro y me hizo cosquillas en el costado.

Me retorcí e intenté reír, pero estaba tan impactado que dejé escapar un ruido raro en vez de carcajadas. Me obligué a reaccionar para hacerle cosquillas a ella con el brazo bueno; la Chica de las Burbujas estalló en risas y trató de esquivarme. Se lanzó a la cama a mi lado e intentó apartarme los dedos, que se colaban en su estómago y sus costillas. Ambos reímos muy alto y nos enredamos en la cama en mitad de una pelea de cosquillas.

—¡Vale! ¡Me rindo! ¡Me rindo! —chilló ella entre risas mientras yo agitaba la cabeza para hacerle cosquillas con mi pelo en la tripa.

Ella me agarró, se puso como un monito alrededor de mi cuerpo y me aprisionó.

—Cuando una se rinde, el otro para. ¿No te sabes las reglas del juego, Auri?

Intenté deshacerme de su presa, pero fue tarea imposible. Además... me gustaba estar así. Me gustaba mucho. Ella rio triunfal al comprobar que dejaba mi cuerpo flácido entre el suyo, pero la sujeté para que no se separase de mí enseguida. Respiramos deprisa por el cansancio, soltando el aire en nuestras respectivas orejas.

—He ganado —musité—. Te has rendido.

—De eso nada, estás atrapado —respondió.

—Y eso que tenía desventaja... Estoy lisiado y te he ganado —repetí, divertido.

Ella se apartó para mirarme a la cara con gesto de fingida indignación.

—Te he dejado ganar...

—¡Ja! Mala perdedora.

Ella se echó a reír y luego se tumbó encima de mí de nuevo; el pelo de su coleta me hizo cosquillas en la nariz. Nos quedamos así mucho rato. Tanto que nos entró sueño.

—Papá se puso enfermo cuando yo tenía diez años —empezó ella en un hilo de voz—. Siempre creí que se pondría bien, que mejoraría. Pero no lo hizo. Llevaba sabiendo que papá se moriría hace mucho, pero nunca estás preparada para que alguien a quien quieres se vaya.

Miré al techo y luego acaricié su espalda con los dedos. Ella suspiró. Después nos movimos, nos acostamos bien en la cama y nos tapamos con la sábana. La Chica de las Burbujas se acurrucó a mi lado.

—No nos hemos puesto el pijama —le recordé en un susurro.

Ella hizo soniditos gangosos de sueño.

La miré mientras ella mantenía los ojos cerrados. En realidad, yo no tenía sueño, quería quedarme toda la noche mirándola.

De repente abrió los ojos y me sorprendió observándola; no hizo nada, me devolvió la mirada, callada. La Chica de las Burbujas era una maga que conseguía ralentizar o propulsar mi corazón con solo un gesto.

—Ojalá fuésemos eternos, Auri —susurró—. Ojalá no existiesen las despedidas. ¿Te imaginas que existiese una fuente como la de *Tuck para siempre*? Que solo la bebiesen las personas buenas. Que las personas buenas no se muriesen nunca. Que no existiese cáncer que pudiese con ellas. Tú y yo nunca moriríamos, Auri. Papá no se hubiese muerto.

La miré mientras sus palabras se filtraban en mí. Era una niña muy inteligente, la situación que se había visto obligada a pasar la había hecho madurar a la fuerza. Por eso me fascinaba.

Le retiré un rizo de la frente con los dedos.

—No he leído ese libro. Cuéntame la historia —le pedí.

Ella se incorporó, mirándome con ilusión. Fue a por él y lo trajo con ella.

—¿Puedo leértelo?

Accedí, contento de que su humor hubiese mejorado por mi propuesta. Ella suspiró con entusiasmo y se colocó bien sobre los cojines; abrió el libro por el principio, me miró a mí y luego las páginas.

—La primera semana de agosto queda suspendida en el punto más álgido del verano, el punto más álgido de todo el año, como la cabina más alta de una noria cuando esta cesa de girar... —comenzó con voz sedosa, mimando cada palabra.

Por unos largos minutos, su voz fue lo único que se escuchó en esa casa.

Y mirándola me di cuenta de que ya no sabría cómo vivir sin ella. ¿Cómo llega un niño de doce años a ese punto? No sabía que una desconocida podía hacer eso con tu cuerpo. Nunca creí que pudiese amar a nadie tanto como quería a mi familia, no al menos siendo tan pequeño.

Dejó de leer cuando sus párpados pesaron más que sus ganas de seguir contándome la historia. Le quité el libro de las manos y continué leyendo yo.

—Auri... Auri, encuentra esa fuente y ven a buscarme cuando me vaya. No esperes a que sea vieja. Prométeme que, cuando seamos mayores, me pedirás que me case contigo.

Hablaba medio grogui, entre el sueño y la vigilia. No dije nada porque sus palabras se habían enredado en mi estómago y mi corazón y los habían aprisionado.

No podía respirar.

Y ella se durmió. La contemplé y noté cómo una lágrima caía por mi mejilla. La sequé al instante con los dedos por si abría los ojos. Seguí con la mirada la línea de su perfil, su nariz, sus labios, su cuello. Me apetecía dibujarla. Quería retenerla en mi mente y la fijé con todas mis fuerzas para que mi memoria eidética la guardase definida, exactamente como la veía.

Luego dejé el libro en la mesita, apagué la lamparita y me acosté frente a ella en la penumbra. Intenté no dormirme para tenerla cerca más tiempo, pero el sueño me venció antes de que mis ojos se acoplasen a la oscuridad.

10

MEMORIAS DE ASHER

Carboncillo sobre lienzo: «Caos»
Septiembre de 1992

Tenía las palmas de las manos mojadas y frías mientras miraba por la ventana del coche sin ver nada. Durante el trayecto, tanto mamá como papá me decían palabras alentadoras para que me distrajese, pero no lo conseguían.

Con mamá a mi derecha y papá a mi izquierda, cruzamos la puerta del colegio, hacia el despacho del director. Daba gracias a que fuese hora de clases y todes estuviesen metides en sus aulas.

Un grupo de profesores nos recibió en ese despacho; distinguí al director, al «señor de las garras», a don Monstruo y a un par de mujeres más que creía que eran orientadoras o psicólogas.

—Siéntense, pónganse cómodos. —El director se incorporó de su silla y ofreció a mis padres los dos asientos que había frente a su mesa, llena de papeles y ordenadores.

—Gracias, estamos bien —respondió papá.

Tanto él como mamá se quedaron de pie. Así que todes estábamos de pie en esa sala.

—Como quieran. —El director sonrió y salió de detrás de la mesa—. ¿Cómo estás? Bueno, parece que eres muy fuerte, ¿eh? Enseguida te curarás y podrás volver a jugar sin problemas.

—Sí —respondí con timidez para el cuello de mi camisa.

—Asher, cariño, ¿son estos dos los señores de los que nos hablaste? —dijo mi madre, haciendo caso omiso a las palabras del director.

Alcé la mirada hacia los profesores de Castellano y Religión, que estaban ahí plantados, los dos con los brazos cruzados, y volví a bajarla enseguida.

—Sí.

—¿Puedes volver a contarnos lo que le dijiste a tus padres acerca de estos dos profesores? —me pidió el director.

Accedí y, con mucho menos ímpetu del que había usado al contarle lo ocurrido a mi familia, relaté lo que había sucedido y cómo me había sentido. Traté de reprimirlo, pero me temblaron las cuerdas vocales todo el tiempo.

—Roberto, Antonio, ¿es eso lo que ocurrió? —El director los miró a ambos.

—Es cierto que le pedí que se quedase para que les comunicase que me gustaría hablar con ustedes. —Don Monstruo parecía supertranquilo.

—Y aprovechó la oportunidad de imponer sus pensamientos y decirle a un niño cómo debe sentirse, ¿no es cierto? Es usted muy valiente usando su autoridad con críos vulnerables...

—Amélie... —Papá detuvo los reproches furiosos de mamá, acariciándola con cariño—. Hemos venido a aclarar las cosas. Ha habido un gran malentendido. Mi hijo ha sufrido por la escasa comunicación entre ustedes. Francisco, vinimos a propósito antes de que comenzasen las clases para explicarle todo, le dimos los papeles necesarios. No comprendemos cómo ha podido ocurrir esto.

—En realidad sí hicimos una reunión y tocamos el tema. Todos los maestros en este centro están enterados —se defendió el director.

—En ese caso, ¿cómo es posible que mi hijo tuviese que aguantarse las ganas de ir al baño durante dos horas porque no le permitieron entrar en el aseo de los chicos? ¿Cómo es posible que pasase lista y le nombrase como Asha en vez de por su nombre? Me gustaría comprenderlo.

—Y a mí me gustaría comprender lo que está diciendo usted, señor Dray. —Cómo no, el «señor de las garras» llamando a todo el mundo «señor»—. Nos está pidiendo que llamemos a su hija por un nombre que no figura en su documentación, nos pide que la tratemos como quien no es.

—Mire, no esperamos que lo entienda, solo que lo respete...

—Solo le están haciendo daño a su hija...

—¡Es nuestro hijo! —Esta vez papá elevó la voz unas octavas.

—Asher, cielo. Sal y espéranos fuera, ¿vale? No tardaremos, te lo prometo. Tu padre y yo vamos a intentar averiguar si estos señores tienen corazón o son un caso perdido. Esperamos que sea lo primero. —Mamá sonrió todo el tiempo mientras me hablaba y abrió la puerta del despacho, intentando infundirme calma, pero vi cómo le temblaban las comisuras.

Tenía unas ganas terribles de gritar.

—Siéntate aquí. Si necesitas algo, dínoslo. ¿Está bien, cielo?

Me senté en una de las sillas que formaban una hilera contra la pared del pasillo del colegio, mamá me besó la frente y luego volvió a entrar en el despacho, antes de cerrar la puerta.

Se iban a matar.

Era como si estuviese dejando que libraran una batalla por mí, como si dejase que mis padres fueran a la guerra... Y no se podía saber quién ganaría ni cuáles serían los estragos.

Mamá me había dejado concienzudamente apartado del despacho, en uno de los asientos más alejados. El pasillo estaba silencioso y no se oían gritos ni golpes de muebles astillándose contra las paredes. Curioso, me levanté y caminé despacio por delante del resto de sillas, aproximándome a la puerta.

—Solo queremos respeto —replicó papá de nuevo.

—Entendemos su disgusto, señor Dray...

—No pueden meterle en la cabeza esas cosas descabelladas a una niña —le interrumpió una voz masculina y rasposa que identifiqué con la de don Monstruo.

—Intentamos que entiendan, por favor. No podemos cambiarle de colegio por dos profesores retrógrados. —Lo que dijo mamá me provocó un pinchazo en la tripa.

—No tienen por qué cambiarle de colegio, hay otras alternativas... —intervino el director.

—Como usted comprenderá, no voy a dejar a mi hijo en un lugar donde le discriminan y le hieren. El pilar de la educación reside en los modelos a seguir, que supuestamente son los maestros de un colegio, y, por lo que veo, aquí hay modelos nefastos —les escupió papá.

—No me he reunido con ustedes para ser insultado —protestó uno de ellos.

—Ni yo he venido para escuchar que no sé educar a mi hijo. —Mi padre volvió a elevar unas décimas su voz de tenor—. Sin embargo, aquí estamos. Solo hemos venido para resolver malentendidos. Mi hijo es un varón, les guste o no, y deberán tratarlo como tal.

—No pienso acceder a eso...

—A ver, dialoguemos como personas civilizadas. Estamos hablando de una criatura que necesita estabilidad. Ya se ha cambiado una vez de colegio —intervino una voz femenina.

—¿Y eso, señorita López, no le dice más de los padres que de los colegios? Quizás el problema no resida en los profesores.

—Ya he escuchado bastante. —La voz de diez mandamientos de mi padre retumbó en toda la sala—. Francisco, ¿no tiene nada que añadir? ¿Dejará que dos miembros de su claustro discriminen a uno de sus alumnos sin mover un dedo?

—Escuche, señor Dray, de verdad que le comprendo, pero no está todo en mi mano. No puedo hacer que su... hijo entre en los aseos de los niños. Pueden darse situaciones incómodas, quejas de padres, escándalos... Sí podría hacer que cambiase de profesores...

—Como ha dicho mi marido, ya hemos escuchado bastante, Francisco, gracias —le cortó mi madre—. Todo esto se solucionaría fácilmente si cada uno de ustedes contase con cierto grado de humanidad. Reunión de padres, cuentos para niños, una campaña..., lo que sea. ¿Qué es más importante que la tolerancia y el respeto en la educación? Si esa no es su prioridad, mi hijo está bien lejos de este colegio.

—En este colegio somos muy tolerantes. Mire el porcentaje de niños extranjeros y lo sabrá. Ustedes mismos son franceses, judíos además, y no tuvieron ningún problema en inscribirle en esta escuela. —Otra vez ese tono acatarrado del «señor de las garras».

Mi madre emitió una carcajada incisiva que me sorprendió hasta a mí.

—¿Entiende tolerancia como un número determinado de niños que acogen de otros países? Estoy hablando de acciones, de... actos que integren y hagan que los niños se sientan aceptados y queridos. Si no entienden eso, no sé cómo pueden ocupar sus cargos.

—No puede venir aquí cuestionando nuestra manera de enseñar, Amélie —se atrevió a nombrarla Don Monstruo.

—La cuestiono porque son completamente incapaces de comprender a un niño que lo único que necesita es afecto y aceptación. Ustedes se empeñan en creer qué es lo mejor para él, se creen que pueden saber cómo educarían a sus hijos si se diese el caso de Asher. Oh, y ruego que no se dé el caso jamás, porque ese niño no se merecería el infierno que ustedes le harían pasar.

Escuché cómo se acercaban a la puerta y me alejé un poco, con el corazón embalado.

—Mi hijo no está enfermo ni nosotros somos unos padres negligentes. Él es feliz, está sano, es un niño con una bondad infinita, con talento e inteligencia. Los enfermos son los intolerantes, la gente que cree que puede opinar acerca de aquello a lo que no se ha enfrentado jamás y actúa haciendo daño. Asher supo que era un niño en cuanto tuvo conciencia y nos lo hizo saber en cuanto aprendió a hablar. Claro que estuvimos confusos, ningún padre o madre tiene instrucciones de uso para cada hijo que viene al mundo. Pero, ante todo, nos afanamos por hacer que nuestro hijo fuese feliz.

En cuanto mi padre dejó de hablar, se hizo un silencio denso en la sala.

Pasaron unos instantes hasta que mamá rompió ese mutismo:

—Ningún niño necesita complicarse la vida. Ellos se desenvuelven por esta existencia retorcida y tratan de descubrirla y descubrirse. A ellos no les gusta sufrir y ser discriminados, si actúan de determinada manera, siempre hay una razón. Y la razón es que, sí, nuestro pequeño nació siendo niña, pero es un niño. Lo es porque se siente así y porque no podemos cuestionarlo.

Otra vez silencio.

—Bueno..., quizá podríamos convocar una reunión de padres... —titubeó el director.

—No se moleste, Francisco, vamos a sacar a nuestro hijo de aquí. Lo lamento por todas aquellas criaturas que sientan algo parecido o sepan que son diferentes y estén condenadas a no ser comprendidas en este colegio. Y de verdad suplico que nunca tengan hijos que se salgan de los estereotipos.

La reunión estaba concluyendo, así que me aparté de la puerta y volví a mi asiento. Agarré el plástico rígido del borde de la silla con fuerza, tensando todos los músculos.

Lo recordaba todo.

Recordaba tener cuatro años, sentarme en las piernas de mamá y decirle: «Mamá, ¿por qué yo no tengo lo mismo que Eitan si soy como él?». Recordaba las ganas que tenía de que ella me respondiese: «Porque eres pequeño, cariño, ya te crecerá». Pero no había sido así. Ella me había dicho que yo era una niña. ¿Una niña? No podía ser. Odiaba los vestidos, odiaba mi pelo largo y las cosas que les gustaban a las niñas. Me sentía de otra forma, actuaba como Eitan. Todo lo que él hacía, yo lo reproducía. Necesitaba que mamá y papá lo entendiesen; sin embargo, por más que intentaba mandarles señales, nunca lo entendían. Hasta que un día, me había echado a llorar con tantas ganas que casi había formado un río dentro de nuestra casa. En aquella ocasión íbamos a una boda y yo tenía que ponerme un conjunto muy pomposo. Aún tenía pesadillas con ese conjunto. Primero había ido al baño, cogido unas tijeras y casi me había rebanado una oreja cortándome el pelo; luego había corrido a su encuentro y, sin esperar reacción por su parte, les había gritado fuerte que era un chico y los chicos no se ponían esas cosas, que eran crueles y malos conmigo. Y entonces me había puesto a llorar con toda mi alma.

Su reacción no había sido la esperada. Yo había creído que se enfadarían por destrozarme el pelo y por chillarles, pero no se habían enfadado en absoluto. Tanto mamá como papá habían actuado con cautela y habían dejado que me explicara (todo lo que se puede explicar un crío de cuatro años, claro). No les había importado llegar tarde a la ceremonia...

Al salir de la escuela, de camino a casa, estaba inusitadamente callado. Mamá y papá me preguntaron cómo estaba, y yo les respondí con un seco «bien». Quería llegar, encerrarme en mi cuarto y gastar folios y folios con dibujos sinsentido que hiciesen que se me vaciase el alquitrán espeso que llevaba en las entrañas. Necesitaba ver a mi remolino. Necesitaba pedirle a Eitan que tocase el piano toda la tarde para mí. Pero en vez de eso, papá y mamá me pidieron que nos sentásemos a la mesa (nuestro lugar de conversaciones trascendentes habitual).

—Cielo, sé que es duro. Hemos hecho lo que hemos podido —empezó mamá.

—Sabes que tu madre y yo jamás tomaríamos una decisión que te perjudicase, ¿verdad? Sabes que lo hacemos porque eres nuestra vida.

—Exacto, cariño. Creíamos que este sería un lugar con mentes más despiertas, pero nos equivocamos...

No nos habíamos marchado de Valencia capital solamente porque necesitásemos aire puro y mar, sino para alejarnos de una situación bastante parecida a esa: colegios poco acostumbrados a tener a niñes como yo en ellos, malas gestiones, incomprensión por parte del profesorado y de algunes padres y madres... Era la pescadilla que se mordía la cola y volvía a estar en la misma situación. Solo que esta vez era distinto: en Valencia no había hecho amigues de verdad, allí no la había conocido a ella.

—No quiero irme —la interrumpí.

Tanto mamá como papá me contemplaron con sorpresa.

—Me gusta la Albufera, me gusta esta casa y el paisaje. Me... —Se me escaparon dos lágrimas que sequé de inmediato con el dorso de la mano—. Y he conocido a... la Chica de las Burbujas...

—Cielo, sabes que ella no es de aquí, ¿verdad?

—Lo sé, ella se irá. —Se me cayó otra lágrima—. Pero sabrá dónde encontrarme si quiere volver. Porque... volverá.

Mamá exhaló y se incorporó para venir a abrazarme. Yo la recibí con ansiedad, rodeándola y acrecentando el llanto.

—Está bien, mi vida, está bien —canturreó, cogiéndome en brazos.

Papá también se levantó y se colocó detrás de mamá para acariciarme la cara, en silencio, mientras ella cantaba bajito.

—Nos las arreglaremos, renacuajo —dijo Eitan, que estaba en el vano de la puerta del comedor con la mochila a la espalda.

—Claro que sí. —Papá se acercó a mi hermano, le cogió de la mano y lo atrajo hacia sí para abarcarlo con un brazo, pegándole a su cuerpo—. Sabemos que os gusta este sitio. No nos iremos.

—Podríamos probar qué tal se me da hacer de profe particular, ¿no? —ideó mamá.

—Seguro que bien. Podríamos ser ambos tus nuevos profes, ¿qué te parece? —propuso papá.

Y así, las lágrimas se me acabaron y, en un momento, Eitan y papá se pusieron a decir tonterías de las suyas y a hacer bromas, y acabamos riendo.

Mi familia siempre lo conseguía.

11

CLAIRE

Junio de 2019

Era sábado al mediodía. La noche anterior había tenido que dejar solo a Ori tras la lectura de parte de las memorias de Asher y alguna de las cartas de Alma para irme al restaurante. Durante todo mi turno, no había parado de darle vueltas a la cabeza mientras servía platos y anunciaba pedidos; necesitaba seguir leyendo, la intriga me podía. Como siempre, había llegado a casa baldada a las tres de la madrugada.

Varios fines de semana, cuando comenzaba el calor, Dean, Marc y yo nos íbamos a pasar el día al campo para hacer pícnic y tomar el sol; sin embargo, en esa ocasión, tuvieron que irse solos.

Ori y yo habíamos comido algo rápido y trasteábamos con el ordenador portátil en el piso. Él releía la primera carta de Alma en voz alta. Sabía que el *shabat* era un día sagrado de descanso judío, pero Ori no lo había mencionado y supuse que, por mucho que estuviese arraigado a sus costumbres, lo que teníamos entre manos era demasiado importante para él como para perder un día entero cuando teníamos el tiempo tan ajustado.

—¿Cuál es nuestro propósito con todo esto, Ori? —le pregunté, filosófica.

Estaba sentada en el sofá con el portátil sobre las piernas flexionadas y él revisaba una y otra vez la carta, caminando frente a mí con aire distraído.

—¿A qué te refieres?

—Digo que... al principio quisimos saber más de Asher porque tenía raíces jasídicas como tú, porque se convirtió en artista a pesar de eso. Ahora sabemos que se marchó a los siete años con su familia a España y que sus padres le dejaron desenvolverse libremente... La respuesta la tenemos. Sus padres eran unos visionarios, eran revolucionarios... en ese entonces, no puedo calificarlo de otra forma. Eran unos seres maravillosos.

Ori me contempló quieto durante unos segundos y luego asintió, ido de nuevo. Suspiró y volvió a pasearse delante de mí.

—Supongo que... la meta ha cambiado —murmuró, pensativo—. Quería saber más de Asher por si él me revelaba la clave para ser quien quieres ser a pesar de donde provengas. Y... en parte me está dando eso, pero... esto se ha convertido en algo más, ¿verdad?

Se detuvo para mirarme con intensidad. Yo traté de devolverle la misma expresión, porque lo sentía así de verdad, pero estaba poco acostumbrada a que me mirase de esa forma y no sé qué mensaje pude darle.

—Vamos a escribir un libro juntos —recalcó.

—Sí —le sonreí.

—Lo quiero hacer porque se ha convertido en un reto, en algo más personal. No puedo quedarme en este punto sin terminar de conocerle. Cada vez que indagamos descubrimos cosas nuevas de él... ¿Por qué lo quieres hacer tú?

Miré a Ori y las cartas de la Chica de las Burbujas sin leer sobre el sofá. Se me encogió el corazón.

—Porque Asher se merece que lo conozcan. Y porque las personas se merecen conocerle —respondí con un nudo en la garganta.

Ori sonrió mucho, de esa manera en la que su cara se transformaba de forma peculiar y deseaba grabar en cualquier superficie.

—Tendrás que enseñarme cómo manejar este trasto —dijo señalando el ordenador—. Nos turnaremos para escribir. Aunque en mi turno seremos más lentos, lo siento.

—Bueno, nos quedan... dos semanas exactamente. Nos dará... tiempo, ¿no?

Hubo un denso silencio significativo tras mi comentario, que hacía más patente la cuenta atrás en la que nos encontrábamos.

—No pensemos en el tiempo. Hagámoslo y ya está —concluyó.

Pasamos la tarde planeando cuál sería la forma más adecuada de escribir el libro y nos hicimos algunos mapas, notas y esquemas de la posible distribución de toda la información que habíamos recopilado. También buscamos información en internet: noticias, blogs y entrevistas, que databan desde el año 2000 hasta 2017, pero el *boom* más grande de noticias se encuadraba en 2011, el año de su fallecimiento.

—El cambio de mentalidad en los titulares es increíble —comenté—. Mira este, es horrible: «Los artistas ya no saben cómo llegar al público; Asher Dray, mujer convertida en hombre». Pero eso no es lo peor: «Los tiempos no han cambiado tanto. Antes una mujer debía ocultar su nombre real y sustituirlo por el de un hombre para que sus obras fuesen aceptadas; hoy, esta artista francesa va más allá».

—Esos noticiarios basura solo sirven para crear polémica y odio —comentó Ori con el ceño arrugado.

—Son los mismos que generaron esa idea falsa de él...

—¿De verdad la gente pensaba que todo lo que él hacía era para tener fama como artista? —se indignó.

—Mucha gente se cree cualquier cosa que le dicen... Pero ¿ves? Viene todo desde la ignorancia. ¿Qué sabía el periodista que escribió esta noticia de Asher? No sabía nada. Eso es lo peor. Cualquiera puede difundir información sesgada por sus ideas, incluso un periodista en un periódico tan popular como este. ¿Dónde está la profesionalidad? ¿Y la moral? Seguro que no intercambió ni una sola palabra con Asher, seguro que no se molestó en saber más...

—Mira esto... —Ori se había apropiado del ordenador y buscaba información mientras yo me paseaba delante de él; habíamos cambiado los papeles—. Es él...

Me senté a su lado en cuanto dijo lo último. Se trataba de un vídeo de YouTube donde aparecía una imagen congelada del pintor.

—Dale al *play* —le pedí.

Ori reprodujo el vídeo; Asher se encontraba sentado frente a una mujer que lo entrevistaba en un programa de televisión:

—Nos encontramos con el polémico artista de moda, Asher Dray, cuyas pinturas y fotografías están recorriendo el mundo y robando corazones.

La cámara enfocó a Asher; él sonreía con timidez pero con un porte adulto a pesar de que rondaría los veinticinco.

—Asher, me han dicho que siempre has tenido claro quién eres. ¿Cómo puede un niño pequeño darse cuenta de que no se identifica con el sexo con el que nació?

—En realidad un niño no es consciente de ello en su totalidad. Puede que la presencia de mi hermano mayor me ayudase a darme cuenta muy pronto de quién era yo, porque la manera en que lo trataban a él..., su ropa, su pasatiempo..., todo eso yo también lo quería, y no solo por el egocentrismo infantil, sino porque me identificaba con ello. Sabía que yo era igual que mi hermano.

—Supongo que no debe ser fácil para unos padres aceptar que su niña es en realidad un niño, ¿no es así?

—Para mis padres supuso el mismo impacto que para cualquiera, supongo. Se tomarían su tiempo para pasar el duelo por la niña que creían tener y aceptar al niño que tenían. Mis padres son unas personas maravillosas. Me dejaron ser quien de verdad soy, y por eso hoy puedo sentarme frente a ti, contarlo todo y sin vacilar, porque he crecido con unos fuertes valores que he ido aprendiendo a lo largo de mi vida.

La manera de hablar de Asher nos hipnotizó. Su voz era suave y cadenciosa, transmitía una sensualidad dulce con sus gestos, con su manera de expresarse, un arte innato y natural. Se notaba su timidez pero también su arrojo.

—Para mí el género es un espectro. Es importante romper con las cadenas que nos atan a los estándares, la belleza ideal..., el aspecto masculino perfecto, el aspecto femenino perfecto. Siempre estamos en desacuerdo con nuestro cuerpo, da igual por el motivo que sea: demasiado delgado, demasiado gordo, muy femenino para ser un hombre, muy masculino para ser una mujer... Tenemos que aceptar que somos diversos y libres.

»Puede ser que una de las razones por las que me sometí a tratamiento fuera la necesidad de «encajar» un poco más dentro de esos estándares. Yo lo deseaba con todas mis fuerzas, y nunca sabré si ese deseo se vio empujado también por la presión social y no solo por mi incomodidad con un aspecto con el que no me identificaba. Las personas trans siempre tendremos que pasar por ese aro. Para no ser discriminadas o señaladas, para que nos traten con el respeto que merece cualquiera. Mira..., he llegado a un punto de mi vida en el que todo eso queda relegado a un segundo plano. Yo soy mis sentimientos, mis reflexiones..., no soy aquello que alguna vez he querido demostrar para ser aceptado. Para mí hoy no encajar es la virtud, no el defecto. Si me hubiese movido por la línea del resto, mis obras nunca habrían sobresalido. Nunca podría haber alzado la voz, no estaría aquí. Si el mundo hubiese conseguido meterme en esa cajita, me habría quedado encerrado para siempre. Pero nunca encajé en esa caja.

La piel se me puso de gallina. Ori y yo nos miramos con gestos excitados.

—No sé si habrás oído la tasa de intentos de suicidio que existe en la actualidad entre la comunidad trans; hablan de que asciende al 41% —comentó la presentadora.

Asher aspiró por la nariz con cautela.

—Eso da mucho que pensar, ¿verdad? Yo perdí a una amiga así. A todas esas personas les diría que no están solas, que no se rindan, por favor. Que son valiosas, que sus vidas importan. A veces es difícil lidiar con la crueldad del mundo, pero tirar la toalla no es una opción.

—No lo es —le secundó la presentadora, que lo miraba con admiración—. Háblanos de tu fundación para la ayuda a personas trans; ¿en qué consiste?

—Es un espacio donde todo aquel que lo necesite puede encontrar ayuda: información, apoyo y amigues, muches amigues... La plataforma se llama Aurinko.

—Ya sabéis, no olvidéis el nombre: Aurinko —repitió ella hacia la cámara—. Y, cambiando de tema, Asher, nos ha llegado información acerca de la mítica Chica de las Burbujas, la niña que aparece tantas veces en tus obras y que ha dado tanto que hablar. Dicen haberla identificado, ¿sabes algo respecto a esos rumores?

Asher cuadró los hombros y mantuvo su postura seria.

—Estoy aquí para hablar del lanzamiento de la fundación. Si deseo contar algo de mi vida personal, lo haré como siempre a través de mis pinturas —la esquivó con elegancia.

—Bueno, tú mismo la muestras en tus pinturas. Dicen que se parece mucho a una modelo española llamada Alma Suárez.

—La Chica de las Burbujas será siempre una incógnita. Eso es precisamente lo que la ha hecho famosa y así seguirá siendo. Siempre habrá especulaciones y comparaciones.

—Y tú nunca nos revelarás su identidad, ¿no es cierto?

Ambos nos quedamos mirando el ordenador cuando el vídeo se detuvo con esa pregunta. Suspiré y dejé caer la espalda en el sofá. Ori tenía los ojos cansados y la cabeza decaída. Estábamos agotados.

Le miré en silencio durante unos instantes.

—¿Y si paramos? Vamos a descansar. Cenemos algo mientras vemos una peli, ¿te apetece ver la primera película de tu vida?

Ori se giró hacia mí y esbozó una sonrisa.

Nos preparamos un poco de verdura y unos tacos para cenar y nos pusimos *Amélie*. Yo ya la había visto, pero era la película perfecta para meternos más en situación: su banda sonora nos había envuelto en la exposición de las obras de Asher y sabíamos la razón, pues había referencias a *Amélie* en sus memorias.

Ori estaba entusiasmado. Miraba boquiabierto la película y casi no probó bocado de lo atento que estaba a la pantalla. Era divertido mirarle.

En realidad, se me encogía un poco el estómago cada vez que le observaba; era como un visitante de otro mundo. Su inocencia y su ignorancia hacia el modo de vida moderno contrastaban fuerte con su aspecto;

alto, de hombros anchos y ese atractivo llamativo. Estaba de paso, pretendía dejar huella, ser libre durante un instante de su vida. ¿Cómo no iba a aferrarme a él? Todo lo que se salía de la normalidad me atraía, todo aquello que desprendiese arte y nostalgia.

Cuando se acabó la película, tuve claro que le había mirado más tiempo a él que a la pantalla. Nos quedamos en silencio un buen rato; ambos teníamos la cabeza apoyada en el respaldo del sofá. Mi cara estaba girada hacia él y la suya hacia mí, solo que Ori miraba a la nada.

Muchas veces la necesidad de conocerle me empujaba a preguntarle, pero él pocas veces hablaba a no ser que fuese acerca de Asher y nuestra investigación.

No me di cuenta de cuándo sus ojos se habían puesto en mí, puede que estuviese más cansada de lo que creía. El caso es que, cuando le miré, él no retiró la vista enseguida como era habitual; mi cuerpo medio dormido reaccionó de forma gradual, como una efervescencia recorriendo el camino hacia la superficie de mi piel. Su mirada era... profunda, algo triste.

—Ori..., ¿estás bien? —dije en un hilo de voz.

Cerró los ojos unos segundos y luego los volvió a abrir. Después arrastró su cabeza salvando la distancia de nuestras caras; vi su rostro venir y se me detuvo el corazón. Ori posó con suavidad sus labios sobre los míos. Emití un sonidito involuntario en consecuencia. Él me miró muy de cerca para comprobar mi reacción, asimilando lo que había hecho. Sabía que me arrepentiría, pero me quedé paralizada por si era él quien se lamentaba. Sin embargo, no lo hizo: pasó el dedo índice por mi pómulo, mirándome de una manera que no me dejaba respirar, y posó sus labios en la comisura de los míos, luego en la parte inferior de la nariz y después de nuevo en los labios, de forma blanda y suave. Respondí llevando la mano hacia su cara; entreabrí la boca y él gimió despacio cuando humedecí su labio inferior. Respiró deprisa al deslizar su boca entre la mía.

—Claire... —susurró.

—Lo sé...

Ori cerró los ojos. Se apartó sin abrirlos, recuperando la serenidad y el aliento.

Pasaron unos instantes densos en los que mi cabeza no dejó de dar vueltas. Él habló antes de que mi pulso se estabilizase:

—Nunca he hablado con ella —comenzó en un susurro—. Vamos a casarnos en unos días y no hemos intercambiado ni una sola palabra. Debería... parecerme normal; es algo que me han inculcado desde crío, es algo que he visto, que he vivido... y aun así... —Respiró hondo y expulsó el aire por la nariz despacio—. Tiene un pelo rubio largo que se recoge en una trenza. Deberá... raparse en cuanto se case, tendrá que deshacerse de su pelo y sustituirlo por una peluca morena y rígida que llevan todas las mujeres tras unirse en matrimonio. Ella parece ansiosa por todo eso. Parece... tener ganas de que ocurra, de unirse para siempre a un desconocido y tener el mayor número de hijos posible con él. Y no puedo... evitar pensar en si... si ella conociese todo esto, si supiese que existe... *esto.* —Nos señaló a ambos y a la pantalla, refiriéndose a la película. Se me encogió el pecho—. Ella cree que lo que le depara el futuro es lo mejor que le puede pasar, su máxima felicidad. Hubo un tiempo en que yo también lo creí...

—¿Ya no lo crees?

—Creo en mi Dios, creo en mi familia y en los sabios. Pero me cuestiono sus formas de ver la vida, me cuestiono... sus motivos, sus costumbres. Los hombres solo se dedican a estudiar la Torá, las mujeres son las que trabajan, las que traen el jornal a casa y... deben ir tapadas hasta los tobillos, deben esconder su belleza, no pueden cantar en público... Están oprimidas y se conforman, se contentan...

—Ori... —Froté su pierna con afecto. Me había informado sobre las costumbres ortodoxas, pero todavía me resultaba increíble que aquello fuera cierto.

—Ahora mismo mi familia debe estar preocupada por mí, pero sobre todo enfadada por desobedecer y romper las leyes sagradas. Lo más probable es que no me hablen cuando regrese y solo me perdonen si cumplo con mis obligaciones. Esa idea me consume, no me deja dormir, sin embargo..., hay una parte fuerte de mí que desearía no regresar jamás.

—Te comprendo —musité.

Me miró con la tortura surcándole sus ojos claros y apoyó la cabeza en mi cuello.

—Ven aquí —le pedí, abrazándole fuerte.

Tan fuerte que dejé de respirar a pesar de que mi corazón martillease con fuerza contra mi caja torácica. Ori me devolvió el abrazo.

Mi pierna rozó el fajo de cartas que había sobre el sofá, provocando que se esparciesen por el suelo.

Él suspiró en mi oído.

—Siento haberte metido en esto, Claire —musitó.

—¿Bromeas? No podría imaginar nada mejor para una fanática del arte y el misterio.

Ori me sonrió con amargura antes de agacharse a recoger las cartas. Yo cerré los ojos y traté de serenarme con muy poco éxito.

—Claire... —Ori se detuvo con una carta en la mano.

—¿Qué?

—Esta carta no es de Alma...

Me agaché a su altura en cuanto dijo lo último. Cogí el sobre de sus manos y leí el remitente:

—Fleur Bordeu...

—¿Quién es?

—No lo sé —musité. Ambos nos miramos—. Tendremos que averiguarlo...

12

CARTAS DE ALMA

Querido Asher:

Nunca me había detenido a pensarlo, pero es curioso cómo mi infancia se condensa en aquellos días de verano de 1992. Aún con el dolor de la reciente pérdida de mi padre, admito que las expectativas de los veranos de los años siguientes eran muy bajas sabiendo que tú estarías a kilómetros de mí.

En aquel entonces no lo supe, pero me ayudaste a descubrir partes de mí misma que no conocía. Me gustó darme cuenta de esto, Auri. «Tendrás decenas de amores de verano, cariño», me decía mi madre. «Es la vida, Alma; tu Auri pasará a ser un recuerdo precioso en tu memoria». Mi madre tenía razón: fuiste un recuerdo precioso, pero no tuve decenas de amores de verano. Si te digo la verdad, hoy aún dudo de cuál fue el motivo de ello. No destaco por mi timidez, ya lo sabes; me gusta conocer gente, hablar con las personas. Pero... nadie se parecía ni remotamente a ti, Asher. Busqué esa forma de mirar en otros ojos, busqué ese gesto dulce, esos rasgos que atraen la mirada aunque no quieras mirar por descaro. Busqué la ternura. Busqué el arte, la humildad, la bondad. Y no los encontré. A veces te maldije por quitarme la opción de enamorarme. Pero luego te pedía perdón desde mi cama y te prometía que, algún día, volvería a verte.

No sé por qué no te pregunté. Supongo que tenía miedo de oírte decir que tú sí lo hiciste; sí te enamoraste. ¿Lo hiciste, Auri? ¿Las comparabas conmigo? ¿O yo solo era un espectro en tu memoria sin repercusión en tu vida? ¿También la dibujaste a ella? ¿O a ellas? ¿Te rompieron el corazón?

A veces pienso que eres la persona que más conozco en el mundo. Pero luego me surgen miles de preguntas y sé que nunca sabría lo suficiente de ti.

Querido Asher, cuéntame, por favor. Háblame de ti.

La Chica de las Burbujas, 24 de marzo de 2004

Quiero creer que me esperan años muy felices llenos de cosas buenas. He estado triste tanto tiempo que debo de haber pagado con creces mi condena.

Jedet, mujer trans, artista multifacética (cantante, actriz, escritora)

13

MEMORIAS DE ASHER

Carboncillo sobre lienzo: «Te querré hasta el día que muera»
Septiembre de 1992

La misma tarde en que mi familia y yo decidimos que no iría más al colegio, fui con la Chica de las Burbujas y su madre a la playa.

Noté un poco diferente a mi remolino, estaba un poco menos dinámica de lo normal, pero me convencí de que mi percepción de su comportamiento se debía a mis sentimientos por todo lo sucedido en el colegio.

Soplamos burbujas con olor a cereza en la orilla, corrimos de aquí para allá el uno detrás de la otra bajo la despreocupada mirada de Paola, nos comimos un helado de fresa, le manché la nariz con el helado y comenzamos una guerra de arena.

Aluciné cuando, sentades en la orilla, con el agua cubriendo nuestras piernas, dos peces muy pequeños aparecieron al lado de su pierna. Le dije que no se moviese para que no se asustasen, pero ella hizo algo espectacular: acercó sus dedos y acarició a uno de ellos con el índice, y... ¡el pez se quedó quieto! Se ahuyentaron porque yo chapoteé sin querer de la emoción. Aquello fue asombroso, ella reía divertida por mi reacción, pero no parecía sorprendida de lo que acababa de pasar. En ese momento me dio por pensar que lo de la libélula, las mariposas y los peces tenía relación; la Chica de las Burbujas tenía un don especial con los animales.

Nos cogimos de la mano al pasear por la orilla; nos miramos con seriedad porque en realidad intuíamos nuestras emociones. Sin embargo, no dijimos nada y simplemente dejamos que esa tarde en la playa fuera especial. En aquel entonces éramos niñes y no éramos conscientes del daño que supondría el futuro próximo ni de que nos queríamos diferente a como habíamos querido antes a cualquier otre niñe, de que nos rozábamos continuamente por necesidad de estar cerca sin saber por qué. No sabíamos qué era esa clase de amor, no teníamos ni idea. Pero no queríamos parar.

Ese sentimiento de dolorosa nostalgia al echar a alguien de menos es muy intenso cuando eres pequeñe, porque un día te parece una eternidad y los segundos pasan más despacio. A esa edad, la percepción del tiempo es distinta y las emociones a veces te embargan y no sabes gestionarlas.

Eso fue lo que me ocurrió al día siguiente.

Habíamos quedado en vernos por la mañana, pero la Chica de las Burbujas no apareció. «Cielo, no te preocupes, ya la conoces. Quizás ha querido quedarse con su madre», me consolaba mamá al verme desesperado en la hamaca del porche, mirando con insistencia hacia el sendero por si ella aparecía. De nuevo maldije mi brazo lisiado por no poder coger la bici e ir a buscarla.

Mamá tocaba el piano mientras papá hacía la cena con la ayuda de Eitan mientras yo continuaba observando el camino con dolor de tripa.

El sol se escondió y el cielo adoptó tonos azules y naranjas. Contemplé el horizonte, la longitud del camino de tierra rodeado de arrozales hasta donde me alcanzaba la vista y sentí una nostalgia tan fuerte que necesité coger aire profundamente porque me parecía que se iba a acabar.

Me levanté de la hamaca y caminé, lo hice por inercia, y atravesé el jardín y el terreno delantero de la casa. Empezaba a hacer un poco de frío, así que me cogí el cuerpo con el brazo bueno y me detuve en mitad del sendero cuando me di cuenta de que estaba alejándome demasiado. Pero no volví sobre mis pasos. Me senté allí como pude en uno de los desniveles de tierra y emití un quejido al notar un tirón en el brazo.

Tenía grabado en la mente lo que me había dicho mi madre el día anterior: «Cielo, sabes que ella no es de aquí, ¿verdad?». No, ella no era de aquí y se iría pronto. Pero no se marcharía sin despedirse de mí, ¿o sí?

El día en que había creído que iba a morir a manos de los abusones, decidí que estaba enamorado de ella. ¿Acaso sabía yo lo que significaba esa palabra? Era demasiado pequeño e ingenuo para ese tipo de asuntos. Esa misma frase se la había oído decir a Eitan acerca de sí mismo cuando tenía trece años y salía con una chica que habíamos conocido aquel verano. «Bah, soy demasiado joven para saber lo que es el amor», había dicho cuando tuvieron que separarse (aunque luego le había escuchado llorar en su habitación por la noche).

Levanté la cabeza cuando me pareció oír el sonido de unas ruedas de bici contra la arena; a lo lejos vi luces como de linterna. Me levanté todo lo rápido que me permitió mi cuerpo magullado y advertí cómo alguien se acercaba por el camino. Se me pusieron todos los pelos de punta.

—¿Auri? ¿Qué haces aquí?

Escuché su voz y me impresioné porque casi rompí a llorar. Ella bajó de la bicicleta de un salto y avanzó en dos zancadas hacia mí. La abracé con mi brazo bueno, estrujándola contra mí con todas mis fuerzas; apreté los ojos para aguantar las lágrimas. Ella me abrazó con cuidado por mis lesiones y la oí suspirar despacio, como si hubiese esperado durante todo el día para estar allí.

—Siento no haber venido antes, no he... podido —su voz atiplada sonó llena de pena y eso encendió mi sistema de alarma.

—¿Ha pasado algo malo?

—No, Auri, no ha pasado nada —musitó.

Se giró hacia su bicicleta, cuya luz delantera seguía encendida, la dejó a un lado del terreno y se sentó frente a esta de modo que su cuerpo quedó iluminado. Llevaba puesto su vestido de mariposas de nuevo. Me agaché para colocarme a su lado. Mi remolino se quitó una mochila de pequeño tamaño que acababa de darme cuenta de que llevaba a la espalda y la abrió, extrayendo un *walkman*.

—Sé qué tipo de música te gusta a ti, ahora te toca saber cuál es mi favorita —desenrolló los cables de los auriculares y me dio uno, colocándose el otro en la oreja—. Esta se llama *Fuego contra fuego*.

Nos quedamos callades para escuchar el inicio de la canción; me encantó. Los años posteriores se convertiría en una de mis favoritas porque evocaría ese momento y la tendría de nuevo allí, a mi lado. Meneamos los pies y nos mecimos a un lado y al otro al mismo compás lento, sonriéndonos. Llevaba los rizos sueltos y algo despeinados, su cara era más bonita que los días anteriores. Lo era cada vez más y lo sería más y más hasta que todo el mundo se desmayase al mirarla.

La canción se acabó y empezó a reproducirse una nueva.

—*¡Burbujas de amor!* Esta canción nos representa, Auri —dijo alegre y luego hizo el amago de levantarse, ofreciéndome la mano—. ¿Me permites este baile?

Le cogí la mano y la mía, no sé por qué, tembló sin querer; nos incorporamos y pegamos nuestros cuerpos. Acerqué la mano buena a su cintura y ella pasó los dos brazos por encima de mis hombros. Cerré los ojos para dar la primera vuelta, aspirando las cerezas, el champú y el efluvio a verano que se escapaban de ese lugar como los pájaros en busca de otro hogar en el que estar más a gustito.

La Chica de las Burbujas apoyó la frente en mi cuello y sentí su aliento en la piel. Estaba seguro de que los árboles y los arrozales nos tenían envidia, lo sabía porque se balanceaban a nuestro alrededor con la brisa intentando acercarse.

La Chica de las Burbujas empezó a tararear la canción susurrando y luego elevó un poco más la voz: «Quisiera ser un pez, para tocar mi nariz en tu pecera y hacer burbujas de amor por donde quiera». Se me puso la piel de gallina de lo bien que sonaba. Nunca la había escuchado cantar. «¿Por qué no me has dejado escucharte antes, remolino?». Su voz en ese contexto, en la penumbra del sendero y el reflejo azul y anaranjado del agua de los arrozales, con el aire tintado de la frustración que había sufrido, del dolor que no podía apartar... Me parecía la canción más triste y la voz más sensible que había oído. Parecía que estuviese relatando nuestra historia, una historia emocionante que iba a tener un fin inevitable e indeseado.

Me hubiese pasado la noche entera meciéndome junto a ella, escuchando su voz, pero se separó de mí y volvimos a sentarnos en cuanto la canción llegó a su fin. Me quité el auricular y la miré intentando averiguar qué ocurría; me iba el corazón deprisa por estar tan cerca de ella, aunque también dolía porque sabía que pasaba algo. La Chica de las Burbujas mantenía los ojos cerrados, estaba escuchando la siguiente canción con un solo casco. La observé desde mi sitio, el largo de su cuerpo, las curvas que seguía la tela del vestido, que se posaba sobre ella con ligereza, la arruga que hacía la falda sobre sus muslos bronceados... Me entró un calor sofocante en la nuca y se me aceleró aún más el corazón. Posé la mano en mi pecho, intentando descifrar mi cuerpo y su nueva reacción. No me había ocurrido algo así antes al mirar a una chica. Era doloroso y placentero al mismo tiempo, como cuando te metes en una bañera de agua muy caliente, que al principio quema pero luego se te eriza toda la piel del gusto.

Aparté la vista de ella, sabía que estaba colorado. Recordé que en el bolsillo de mis pantalones guardaba un rotulador, un lápiz y una goma de borrar (siempre estaban ahí, por si acaso). Busqué el rotulador negro y, sin preguntar, me incliné hacia sus piernas y posé la punta del rotulador en la piel de su empeine. Ella se incorporó un poco, pero no dijo nada mientras le dibujaba dos burbujas, una más grande y otra más pequeña, como las pecas que tenía sobre el labio. Vi su sonrisa de refilón. Cuando terminé observé el resultado y me sorprendí cuando giré los ojos hacia su rostro: me estaba mirando a la cara muy cerca, con la barbilla apoyada en una de sus rodillas. Me observaba atenta, pude apreciar sus ojos cristalinos.

—Auri..., mañana nos vamos —musitó despacio.

Aquello fue como un golpetazo en el estómago.

—Siento mucho no habértelo dicho antes. Yo... no era capaz. —Su tono de disculpa vibró con ligereza, como si fuese a llorar.

No podía moverme, no era capaz de digerir el daño que me causaba su noticia. Sabía que el día llegaría, pero ¿tan pronto?

—Nos veremos una vez más, ¿prometido? Mañana en los embarcaderos.

Asentí, mi voz se había fugado de mi cuerpo. Ella arrugó el ceño y luego apoyó la cabeza en mi hombro bueno, rodeándome el brazo. No recuerdo cuánto tiempo nos quedamos así, solo sé que el brillo del agua se había vuelto difuminado y abstracto en mis pupilas.

—No voy a volver al colegio —solté sin más.

Mi remolino levantó la cabeza del hombro para mirarme.

—¿Por qué?

Miré hacia el cielo, las nubes espesas se desplazaban deprisa a través del cielo cada vez más oscuro. Parecía el reflejo de mi interior.

—Soy... diferente. —Esperé que lo entendiese, porque había decidido dejar de mentirme.

Ella había oído a los abusones aquel día. Lo había oído y luego ignorado, no sabía con qué razón.

Su risa repentina me hizo observarla con desconcierto.

—¿Y quién no lo es, Auri? ¿Conoces a alguna niña de doce años que se sepa más de sesenta palabras en finlandés y se haya leído más de doce veces *Tuck para siempre* de Natalie Babbitt? Esa soy yo, además de muchos otros datos curiosos. —Me cogió más fuerte del brazo y me miró, atenta y categórica—. Mira, a la gente a veces le asusta lo diferente, pero es sencillamente porque son unos miedicas. A veces hace daño, es verdad, pero las personas no pueden dejar de ser quienes son solo porque a algunos les parezca mal.

Frotó las suelas de sus sandalias por la arena del camino, luego entrelazó nuestros dedos con suavidad. Cerré los ojos unos segundos.

—Me encanta *Tuck para siempre* porque viven en un bosque, en plena naturaleza. Adoro la Albufera por eso, querría vivir aquí siempre. Esto... me ha atraído desde bien pequeña. Y lo de las palabras en finlandés... Encontré un diccionario en mi casa, me fascinan los idiomas de sitios con nombres así: Finlandia. —Rio como si me contase confidencias, le miré agradecido, aunque ella estaba inmersa en su cabecita—. ¿Sabes qué? Este vestido me lo regaló mi padre. Un tiempo antes de dármelo, me había dicho algo que en realidad yo ya sabía, pero que hasta entonces había creído que le pasaba a todo el mundo. Al descubrir que era una peculiaridad que me hacía especial me sentí... rara. «Eres diferente, y los animales y los insectos lo saben, cariño. Ellos, los seres más puros e inocentes, pueden percibirlo», me aseguró mi padre. No me temen, Auri. Nunca me han picado, tienden a acercarse...

—Nunca... ¿nunca te ha picado ningún bicho? —pregunté, deslumbrado por lo que me contaba.

—Nunca. Ni las avispas, ni las abejas, ni los mosquitos, ni las medusas... ¡Y eso que una vez me topé con un banco entero de medusas!

—¡Ala!

—Al principio, cuando supe que era algo que solo me ocurría a mí, me enfadaba ser distinta. Cuando se acerca el verano, por ejemplo, siempre hay algún bicho volando cerca de mí y a la gente le molestan los bichos. Yo no quería atraerlos así. Entonces papá me regaló este vestido de mariposas y me dijo: «Los animales son tus aliados. Tu don es extraordinario». Y pensé: ¿un don? Yo había pensado que era una rareza... ¡Pero es que resulta que significa lo mismo! —La Chica de las Burbujas me apretó la mano y pasó el envés de mis dedos por su mejilla con una sonrisa—. Desde entonces me pongo este vestido y me siento... superbién. Soy... la reina de las mariposas —dijo con una carcajada.

—La reina de las mariposas —repetí, embebido.

Ella alzó la barbilla con una comisura elevada. No pude evitar que se me escapase una sonrisa enorme que ella imitó al instante.

Mi remolino volvió a colocarme el auricular en la oreja y la música inundó mi cerebro.

—No quiero irme, Auri —dijo en un hilo de voz, nombrándome tan bajito que hizo que mi apodo sonase trascendental—. Contigo... es más fácil. Si sé que voy a verte... no hace tanto daño.

Mi pecho retumbó como la batería de un percusionista loco cuando alzó su mano y me acarició con los dedos desde la sien hasta la mandíbula, tan despacio que me hizo cosquillas. Me miró y me adentré en el bosque frondoso y verde de sus ojos y luego noté su aliento en los labios. Pensé que no podría con eso, me aplastaba, me paralizaba, estaba tan asustado, tan eufórico, tan… desequilibrado. Mi remolino posó sus labios blanditos y calientes sobre los míos y los mantuvo ahí, apretados contra mi boca. Sentí cómo ella notó que yo respiraba muy deprisa; se separó despacio y nuestros labios hicieron un sonido suave al despegarse. En mi boca quedó un increíble gusto a cerezas y a verano. Estaba temblando de emoción.

—Te quiero, Auri —musitó.

Y exploté. Me convertí en un tornado de alegría y añoranza tan grande que desplacé las hierbas y las plantas que volaron a nuestro alrededor en un baile de amor.

Le sonreí, lo hice con todas mis ganas. También tenía muchas ganas de llorar.

—Te quiero, Chica de las Burbujas —susurré, apartándole un rizo detrás de la oreja.

Ella también sonrió mucho.

—¿Bailamos?

Dos canciones más tarde, ella debía irse; se colocó la pequeña mochila a la espalda y se subió a la bicicleta.

—¡Espera!

La cogí del brazo y me acerqué para buscar sus labios de nuevo. Ella posó una mano en mi nuca mientras la besaba despacio y luego rozó la punta de su nariz con la mía varias veces.

—Espérame en el embarcadero en cuanto abras los ojos por la mañana —me recordó.

—Allí estaré.

Entonces cogió el manillar y pedaleó, alejándose de mí.

—¡¡Te querré hasta el día que muera!! —grité al verla difuminarse entre la penumbra.

Aquella mañana esperé y esperé en el embarcadero. Mientras lo hacía me vinieron a la mente las famosas historias de las mujeres de los marineros que se quedaban a las orillas del mar esperando al amor de su vida y se marchitaban aguardando su regreso. Era buena idea fosilizarse en ese lago, sería un buen dibujo: *Autorretrato de chico convertido en fósil.* Era millones de veces mejor que esperarla pudiendo moverme o respirar.

Papá vendría a recogerme a las doce, apenas faltaban unos minutos para eso. Esperaba allí desde las ocho; aunque, si hubiese sido por mí, habría venido en cuanto hube abierto los ojos a las cinco de la madrugada. Si hubiese podido venir en bicicleta por mi cuenta, si hubiese ido a su casa en vez de al embarcadero, si…

—¡Auri!

Salté de la tarima y me puse en pie tan rápido que noté un fuerte pinchazo en el brazo, pero lo ignoré; la Chica de las Burbujas corría hacia mí llorando. Se estrelló contra mi cuerpo y lloró en mi pecho con fuerza.

Cogí aire con ahogo y la agarré contra mí.

—Auri, me tengo que ir ya —gimoteó contra mi cuello.

Vi el coche de su madre esperando en el camino; Paola bajó y nos miró con la cara más triste que había visto nunca.

—Pero…

Ella me cogió de la cara y me miró muy de cerca con el rostro empapado y sus ojos verdes brillando al sol. Luego posó sus labios mojados sobre los míos; se apartó y yo me acerqué de nuevo con ansiedad para besarla repetidas veces.

—No quiero que te vayas —le supliqué con la voz quebrada sobre sus labios.

Ella cerró los ojos fuerte y me cogió de la mano. Antes de que estuviese preparado, se separó de mí y echó a correr; se me salió el corazón tras ella.

—¡¡Te querré hasta el día que muera!! —gritó, deteniéndose antes de llegar al coche con su madre.

Luego subió al asiento del copiloto. Paola agitó la mano en modo de despedida. En ese momento no lo vi, pero más adelante entendí que, además de despedirse, me estaba pidiendo disculpas por arrebatármela de cuajo.

La Chica de las Burbujas se marchó, y con ella el verano. Y las cerezas y las mariposas. Y, aunque esperé los años siguientes y me convertí en un chico fósil, ella nunca regresó.

14

MEMORIAS DE ASHER

Óleo sobre lienzo: «Su verano interior»
Enero de 1995

Rigidez y frío. El aire de mitad de enero me arrancaba la piel desnuda. ¿Qué sentido tenía estar al borde del embarcadero cuando el invierno acechaba con matarme? Tenía sentido para mí. El agua del lago parecía poco preparada para recibir un cuerpo que desprendía treinta y seis grados. Estaba tan tranquila ella sola, asumiendo su temperatura.

Muerta.

Valeria se había quitado la vida.

¿Cómo podía ser? Una niña de catorce años confusa, rechazada por su padre, por sus compañeres del instituto, por mentes agarrotadas, llenas de prejuicios y opiniones.

Muchas personas trans se sienten confusas porque no saben ponerle un nombre a lo que les ocurre (esto aún sucede en pleno 2006, mientras escribo estas palabras); hay información ahí fuera, pero no la suficiente. Imaginad cómo sería en los años noventa.

A pesar de que mis padres siempre buscaron a profesionales que nos ayudaran, mi familia y yo caminamos un poco a ciegas durante años hasta que, gracias a su profesión, mamá conoció en Valencia a Tania Moliner, una mujer trans que era una admiradora de la gran Amélie Mathieu (mi madre). Mamá la invitó a venir a nuestra casa y estuvimos hablando con ella. Nos lo contó todo: cómo supo que era mujer, cuál fue la repercusión en su entorno, su tratamiento de hormonas... Aquel día, Tania Moliner me abrió un mundo nuevo. Volví a nacer.

Había más personas como yo. Lo que me pasaba le ocurría a mucha otra gente. Estaba eufórico. El nudo de mi estómago y mi pecho se liberó.

Tania fue quien nos habló de la asociación que pretendía dar a conocer a nuestro colectivo y allí fue donde conocí a Valeria.

—La gente no lo entiende, Asher. No entiende que soy una niña.

—Las personas no entienden muchas cosas, Valeria.

Ella y yo, tan iguales a todes les niñes que nos reuníamos una vez por semana para sentirnos un poco más comprendides. Niños que habían nacido con vulva y niñas que habían nacido con pene. Cosas que ocurrían a diario, en todas las partes del mundo. Algo tan sencillo como respirar o masticar. Nada difícil de ver, de mirar. Niñes con ganas de jugar, de bailar, de sonreír, de soñar, de ser niñes. Éramos eso. Solo que teníamos que pelear un poco más para ser felices porque el mundo nos lo ponía bastante complicado.

El suicidio había sido un concepto lejano para mí hasta esa mañana, cuando recibí la noticia.

Valeria había sonreído la tarde anterior por una tontería que yo le había dicho. Ella me había contado que soñaba cada noche con que se arrancaba el sexo y yo la comprendía tan bien que le había quitado importancia, lo había normalizado. Quizá no había sido el indicado para hablar con ella en aquel momento, quizá le había dicho algo inapropiado. Pero también le había asegurado que no podíamos rendirnos, que lo teníamos más difícil que otras personas, pero que podíamos con ello. ¿Había dejado de escucharme antes de que dijese eso?

Ahora entiendo que yo no influí en nada. Su cabeza ya había maquinado el plan, y solo era cuestión de tiempo que lo ejecutase...

Seguía en el embarcadero y respiré de golpe. Había aguantado tanto el aliento que mi corazón se asustó y empezó a latir frenético, mandando oxígeno a mis extremidades tensas. Se me escapó un lamento gutural cargado de impotencia, cerré los ojos tan fuerte que se me hundieron las córneas y luego... luego salté. Y el frío del aire se sustituyó por el frío del agua del lago. Noté los calambres violentos en las articulaciones debido a la agresividad de la temperatura. Grité bajo el agua por la rabia y miles de burbujas se escaparon de mi boca, huyendo hacia la superficie. Las miré, libres, y noté una angustiosa nostalgia. Cerré los ojos y sentí el agua entre mis dedos, sosteniéndome. Estaba suspendido en la luna, solo y sin aire. Vi la tierra allí, lejos, avanzar sin mí, sin importarle, pasiva, indiferente.

Entonces oí sus risas.

Abrí los ojos de golpe y las burbujas volvieron a emerger de mi boca. Ella estaba allí. Había sonado en mi cabeza. La busqué bajo el agua, esperando ver sus piernas morenas y su cara. La busqué desesperado hasta que tuve la sensación de que, en serio, iba a morirme. Braceé fuerte hacia arriba y saqué la cabeza del agua, tomando oxígeno con tanto ímpetu que mis pulmones no supieron acogerlo todo. Me moría. Iba a hacerlo. Era imposible que sobreviviese a eso. Me cogí a uno de los neumáticos que estaban pegados a los lados del muelle y tosí de manera que iba a expulsar el estómago. Cogí aire, sonando como el motor averiado de una vieja furgoneta. Me mantuve agarrado allí hasta que, poco a poco, recobré la cordura y el color de la piel, aunque temblase como un condenado y estuviese a punto de sufrir hipotermia.

—¡¡Asher!!

Era Eitan. Por un momento pensé en mimetizarme con el neumático y así ser invisible a su vista, pero luego recordé mi estado y fui consciente de que no me podría mover de allí sin ayuda.

—¡Asher! ¡Joder! ¡Asher! —Sus manos cálidas fueron a parar a mis brazos raquíticos—. ¿En qué cojones estás pensando?

Reprimí gritos de dolor cuando mi hermano me sacó del agua y me dejó caer en la madera.

—Lo si... siento —conseguí decir.

—¡Maldito tarado! —despotricó. Estaba intentando no echarse a llorar, conocía el deje de su voz cuando intentaba no hacerlo.

Se quitó la ropa con gestos bruscos y me la colocó por encima con torpeza, buscando también mi jersey.

—Escúchame. —Su voz me recordó a lo profundo que sonaba papá cuando hablaba de temas trascendentes. Eitan me agarró la cara con las dos manos, noté su calor y su presión—. Tú no eres como esas personas que miran hacia abajo y se conforman con lo que les ofrece el mundo. Tú no eres... así.

Me riñó, me estaba gritando y sonaba a diez mandamientos, igual que papá.

—¿Que es jodido? Ya lo creo, hermano. Cojonudamente jodido. Pero no puedes actuar así, ¿entiendes? No puedes mandar este mensaje al resto de personas que creen en ti y que están en tu situación. ¡Yo creo en ti, maldita sea!

—Solo quería... deshacerme de la pena —farfullé; sé que sonaba absurdo—. No quiero morir.

Eitan me miró como si estuviese ante un profundo idiota. Quizá lo estuviese.

—¿Deshacerte de la pena? —Me dio una colleja—. Madura.

Sonreí.

—¿De qué puñetas te ríes? Borra esa sonrisa o me cago en todo lo que...

Me puse a reír. Puede que me hubiese vuelto loco. Al fin y al cabo, hacía un minuto me había parecido escuchar la risa de la Chica de las Burbujas bajo el agua.

—Asher, me preocupas. —Estaba enfadado, mucho me atrevería a decir. Era raro ver a Eitan enfadado.

—Lo sé, lo siento.

—Deja de disculparte y vístete. Te vas a congelar.

Mi hermano se levantó y se cruzó de brazos. En ese momento noté cómo me hinchaba de un amor incondicional hacia él. No sabía cuánto le admiraba, nunca se lo había dejado ver. No sabía cuánto deseaba ser como él. No sabía lo mucho que necesitaba abrazarle en esos momentos. Pero obedecí y me vestí y, aunque dolía ponerse de pie y parecía que tuviesen que amputarme los dos pies, caminé a su lado.

—No vuelvas a hacer nada parecido. Si quieres quitarte la pena, date cabezazos contra las paredes —mascullö—. O... dibuja. ¿Ya no te vale dibujar?

—Sí, pero me dolían los dedos de tanto hacerlo —me excusé, mirándole de reojo.

Eitan ya no dijo nada más y andamos en silencio. Seguí temblando una barbaridad, apretando los dientes para que él no se diese cuenta. Se detuvo de repente y frené, girándome hacia él.

—«En las profundidades del invierno finalmente aprendí que en mi interior habita un verano invencible» —dijo en tono firme. Alzó la mirada y me miró con esos ojos color miel tan parecidos a los míos—. Puede hacer un frío de mil demonios, Asher; puede helar, caer una nevada descomunal, sin embargo, nosotros tenemos un verano dentro. Lo sé. —Me cogió del brazo y su mirada me pareció adulta—. Usa ese verano. Úsalo, Asher. Y si no recuerdas cómo hacerlo... recurre a mí —Eitan me cogió de la mano y ya no reprimí los temblores.

—Vale, Eitan.

Y entonces me abrazó. Suspiré de alivio y recibí con agradecimiento el calor de su piel. Yo llevaba su ropa y la mía, así que él tenía el torso descubierto y apenas parecía notarlo. Era su verano; él podía decirme estas palabras tan seguras y maduras, podía desprender este calor que emergía directamente de su verano interior. Podía tener esa complexión masculina que se marcaba más y más conforme crecía y se convertía en un hombre.

—Eitan...

—¿Sí, renacuajo?

No quise apartarme de él para hablar y le apreté contra mí.

—Quiero someterme a tratamiento. —Fue la primera vez que lo dije en voz alta tras haberlo soñado diariamente desde que supe que esa opción existía.

Eitan me abrazó más fuerte en respuesta.

Solo tenía catorce años, era pequeño para acudir a cualquier clínica que me ayudase con la reasignación de sexo. Mamá y papá me lo contaron con delicadeza ese mismo día. Pero, como seres de luz que son, no dejaron que me hundiese:

—Prometo que, cuando cumplas los dieciocho, ya habremos recaudado el dinero suficiente y habremos escogido la clínica privada adecuada para ti —aseguró papá.

—Has tardado en decírnoslo. —Mamá me acarició la cara y se sentó a mi lado en el sofá—. De pequeño no fuiste tan precavido; te cortaste el pelo con cuatro años y nos gritaste a tu padre y a mí que eras un chico.

—Esto... es diferente —dije.

—No, mi vida, no es diferente en absoluto. Solo es un paso más.

Estaba dejando de ser un niño y me daba cuenta de que mi cabeza funcionaba diferente. Siempre había sabido que mi familia había tenido que hacer un gran esfuerzo por mí, pero nunca me había preguntado de forma consciente cómo habían podido ser tan increíbles como para, a pesar de pertenecer a una comunidad judía ortodoxa y desconocer por completo qué era lo que me ocurría, haber actuado como lo hicieron. A pesar de nuestra religión, a pesar de las voces oprimentes de la sociedad, a pesar de mi corta edad...

Todo había sido gracias a ella, a mamá. Ella era un alma libre, espiritual, bailaba en cualquier lado y le gustaba vestirse con miles de colores. Era una chica francesa de veinte años cuando papá, con sus diecisiete, salió del barrio judío por primera vez por una emergencia médica (este es otro asunto: en el barrio existe una atención sanitaria propia, pero no supieron tratar a mi padre y su madre, mi abuela —que en paz descanse—, con su fuerte carácter consiguió que papá fuese atendido fuera). Mamá era enfermera en esa época, le atendió y se enamoraron.

—Papá también era diferente. Conocía las costumbres jasídicas, entendía que él tenía un fuerte arraigo, pero sacó el carácter juicioso de su madre —me explicó un día mamá—. Asher, si te preguntas si la decisión de mudarnos fue fácil, te seremos sinceros: no lo fue. No fue sencillo entenderte durante tus primeros siete años de vida, tuvimos que asimilarlo poco a poco.

—Eras nuestra niña, pero no lo eras. En realidad no. «No la dejes actuar de esa forma. Si la educáis con esa libertad, se perderá», me dijeron una vez en el barrio. «Es solo una cría. Cuando crezca se le pasará esa tontería y querrá ponerse vestidos, como todas las niñas». Pero nosotros sabíamos que no iba a ser así —añadió papá—. No lo voy a negar; tu madre tuvo que convencerme al principio. Estaba de acuerdo con esa gente aunque en el fondo sabía que a mi hija no le pasaba ninguna de esas cosas.

—Una madre (y un padre, claro) sabe qué les ocurre a sus hijos. Son parte de ti, son un pedazo de tu alma. Sabía que sufrías y eso... me destrozaba. Eras feliz cuando te dejaba llevar la ropa de Eitan, cuando te desenvolvías como tú querías. Pero allí nunca te habrían dejado ser así. Allí nunca te habrían dejado ser tú.

—El culmen llegó cuando una noche nos dijiste que sería más fácil para nosotros si no estuvieses. Fue como un disparo en el pecho —relató papá—. ¿Cómo un niño tan pequeño podía tener esa clase de pensamientos?

—Ese mismo día decidimos que nos iríamos de allí —dijo mamá, recordando el momento con la emoción abriéndose paso en sus ojos—. Para papá iba a ser más difícil encontrar trabajo por la falta de estudios y de experiencia laboral, pero yo podría dar clases de piano y seguir trabajando como enfermera.

Y entonces vino una historia que me sabía muy bien: un productor de música español había visto a mamá tocando el piano en directo en un modesto recital al que la habían invitado unes antigües amigues de París y la había llamado para hacerle la mejor oferta de su vida. Ya teníamos piso en París, llevábamos muy poco tiempo viviendo allí, y tuvimos que irnos antes de asentarnos del todo. Fue algo espectacular que nos costó asimilar a todes. ¿Una coincidencia? ¿Una señal? No lo sabíamos, pero aquella era una oportunidad inmensa para volver a empezar.

Entonces fue cuando nos mudamos a España.

Sueño con que las personas vean a quien realmente soy. Sueño con mirarme en el espejo sin tener que cubrirlo con una toalla para no verme. Sueño con dejar de sentirme humillado cuando se refieren a mí en femenino. Si yo me veo a mí, ¿por qué el resto no me ve? No entiendo cómo pueden ver a una chica si yo veo a un chico.

Escrito el 19 de marzo de 1995, en la esquina de la última hoja de una libreta

15

MEMORIAS DE ASHER

Carboncillo sobre lienzo: «Autorretrato; Auri»
Septiembre de 1995

A los quince años entré en el instituto; estaba algo más lejos que el último centro al que había ido, pero lo hablamos durante mucho tiempo y convenimos en que era la decisión idónea.

Aunque fue mejor que la última vez, no resultó menos difícil. En las listas seguían llamándome por el nombre que me habían asignado al nacer y yo procuré no ocultarme. No derrumbarme. Gracias a la asociación había aprendido varias cosas acerca del comportamiento en sociedad y me frustraba menos cuando me sentía incomprendido. No aprendí lo suficiente, por supuesto, pues en ese entonces aún no existía la conciencia de hoy en día, pero sí lo justo como para que todo lo que me decían no me afectase de la misma manera que lo había hecho antes. Yo sabía quién era. Y quienes no quisieran darse cuenta eran solo unes desconocides que ignoraban que no solo existían elles en el mundo. Me repetí ese mantra durante mucho tiempo. Todavía lo hago.

En aquella época empecé a vendar mis pechos bajo las camisetas (al final había llegado el «crecimiento tardío» del que me había hablado mamá y aún faltaba un tiempo para que existiesen los *binders*). Tenía una costumbre que repetía cada vez que me quitaba la ropa, la incomodidad con mis pechos era tal, que era incapaz de dejarlos en paz; tomaba cada pecho con la cara interior del brazo y los desplazaba hacia dentro para que se aplanasen, hacía tanta fuerza con los brazos que me salieron moretones permanentes. Conforme crecí me di cuenta de que esa manía había deformado mis senos, que no eran iguales a los de las chicas de mi colegio. Siempre me comparaba, no dejaba de compararme con sus cuerpos. También solía aplastar el pecho contra el pupitre de la escuela porque creía que así crecería menos, que se haría más pequeño. Incluso, para disimularlos, adopté una forma encorvada al caminar, con los hombros adelantados y el pecho hundido, manera que hoy aún conservo de tanto que lo interioricé.

Continué cubriendo los espejos para no verme antes de las duchas, repetí mi verdadero nombre de forma incansable, traté de corregir el «ella» por el «él», odié sentarme para hacer pis (de pequeño había tratado de hacerlo de pie, pero no había tenido mucho éxito), me crecieron las caderas y me encerraba en casa, hecho un ovillo, cada vez que me venía la regla. No fue una época fácil, pero la recuerdo feliz a pesar de todo. Mi familia siempre fue un apoyo fundamental, hice amigues y fue una temporada de creación abundante: pasé del lápiz al pincel (combinaba ambas técnicas) y, como un pintor loco, me tiré pintando horas muertas.

La Chica de las Burbujas nunca dejó de estar presente en mi cabeza; ella estaba allí a todas horas, en mi inspiración, en mis sueños, en cada lugar a donde iba en la Albufera. Cuando subía a la bici, cuando iba a la playa o al embarcadero. En el fondo, siempre la esperé. Siempre creí que tal vez ella aparecería algún día de septiembre. Así que la pinté. La pinté sin parar, inmortalicé mis recuerdos y agradecí a mi memoria fotográfica poder conservarla tan bien como para retratar sus labios gruesos, sus rizos color chocolate, su mirada verde, sus dos pecas sobre los labios…

La disforia que tenía con mi cuerpo fue en aumento conforme crecía. Lo único que me salvaba de la ansiedad, de la angustiosa necesidad de encajar en un mundo que no estaba preparado para tenerme, era la idea de esa clínica privada a la que iría cuando cumpliese la mayoría de edad. Llegué a colgar un calendario en mi cuarto y tachar todos los días hasta mi decimoctavo cumpleaños.

Junio de 1998 – junio de 2003

—¡¡Feliz cumpleaños!!

Mamá, papá y Eitan entraron en mi dormitorio entre gritos y me despertaron dándome tal susto que casi me caí de la cama.

—Despierta, dormilón. ¡Traemos tus regalos! —anunció mamá con ilusión.

Me erguí en la cama con el corazón batiéndome con fuerza; me restregué las legañas de los ojos y me obligué a adaptarme a la luz del sol para ver los rostros sonrientes de mi familia. Les tres mantenían caras expresivas por la emoción anticipada, pero ningune se decidía a hablar primero.

—Por favor, que alguien diga algo o me va a dar un síncope —dije.

—Ha venido todo de golpe...

—Han sido solo tres días, pero no veas lo que nos ha costado callarnos hasta ahora —añadió Eitan.

—Primero de todo y, supongo que esa es la parte más triste, vamos a mudarnos —anunció mi madre.

Me puse de pie tan rápido que me mareé.

—Sí, cariño, ya tenemos clínica y fecha para tu primera visita —dijo con excitación.

Me lancé a abrazarla con fuerza. Me tragué las lágrimas con dificultad; sabía que este día llegaría, y ya estaba aquí... Expulsé el aire por la nariz en un gemido hondo y me vibró el pecho. Mamá me apretó contra ella y lloró conmigo. Eitan y papá nos abrazaron. Me encantaban esos abrazos colectivos.

—Pero... ¿por qué tenemos que mudarnos? Sé que hay algunas clínicas francesas que son más baratas, pero... yo puedo trabajar...

Me había disgustado la primera vez que habían dicho que debíamos contemplar la idea de regresar a Francia si nos convenía. La opción de ir yo solo no estaba sobre la mesa. «Ya sabes que nuestro hogar estará donde estemos todos. Vosotros sois mi casa, no estas cuatro paredes», me repitió mamá al verme encajar la noticia con desagrado. Llevábamos once años viviendo en España, seis de ellos con la esperanza de que la Chica de las Burbujas regresase en verano. Ya nunca más la esperaría en el muelle. El chico fósil sería eterno allí.

Mamá no tendría problemas con su carrera de pianista ni tampoco para conseguir un puesto de enfermera; Francia la acogería con gusto. Papá era un genio que arreglaba todo lo que tocaba y daba igual dónde estuviese, le sobraría el trabajo. Igual que a Eitan.

—Pero es que ese no es el motivo más importante por el que nos mudamos, renacuajo. —La voz de Eitan se deformó por el entusiasmo.

Sacó un sobre de detrás de su espalda y me lo entregó. Yo lo cogí con el pulso temblando.

—Escuela de Bellas Artes de París —leí en el reverso con la voz ronca.

El mundo se detuvo.

Quería estudiar aquello que más me apasionaba desde que era un crío y había sabido que la admisión al primer año de una Escuela Nacional Superior de Bellas Artes se efectuaba por concurso presentando un portfolio con el trabajo artístico, así que meses atrás les había mandado uno con algunas de mis obras. También lo había mandado a la Real Academia de Bellas Artes de Valencia, pero la Escuela de Bellas Artes de París era mi fijación. Sabía que acceder a ella era prácticamente imposible, pero ¿qué podía perder? Así que les había presentado mi trabajo. Me había costado muchísimo escoger los dibujos y había llevado a mi familia de cabeza para que me ayudasen a elegir. En cuanto hube enviado los portfolios, tuve la sensación de que estaba haciendo el ridículo. Con la cantidad de propuestas alucinantes que les llegarían, ¿cómo se iban a fijar en la mía?

Y, sin embargo, lo habían hecho. Me habían admitido.

Dejar la Albufera no supuso tanta carga emocional al principio gracias a esos incentivos que me hacían desear llegar a Francia cuanto antes. Dejamos nuestra preciosa barraca y sus arrozales atrás, con el pensamiento de alquilarla. No la quisimos vender, ni siquiera nos llevamos los muebles. En ese momento, gracias a los ingresos de mamá, pudimos permitirnos no perder para siempre esa parte de nuestras vidas.

El primer día que fuimos a la clínica estaba tan nervioso que vomité antes de entrar a la consulta. Allí, sin embargo, me explicaron muy bien todo y también me dieron las hojas que debería rellenar. Estamos hablando del año 1998 y los términos que se usaban para referirse a las personas transexuales han cambiado mucho desde entonces. En ese momento, no obstante, no di mayor importancia a la manera como el personal sanitario se refería a mí y me centré más en la gratitud que sentía por que un lugar como ese existiese e hiciese realidad todo lo que había deseado desde que empecé a desarrollarme. Esos papeles, para mí, supusieron la materialización de un sueño:

Consentimiento informado para el tratamiento hormonal de los trastornos de identidad de género o disforia de género (transexualismo):

El tratamiento consiste en realizar el cambio de los caracteres sexuales que presenta por los del sexo al que se siente pertenecer. Hay que considerar tres aspectos en dicho tratamiento:

1. *El psicológico, para ayudar a la integración de la personalidad en el sexo deseado.*
2. *El médico, que se realiza mediante la administración de hormonas para modificar los caracteres sexuales secundarios.*
3. *El quirúrgico, para realizar modificaciones en los genitales y órganos sexuales y conseguir el mayor parecido y funcionalidad con el sexo deseado.*

Usted ha acudido a este Centro Sanitario con el objeto de obtener un tratamiento integral de su situación de transexualidad, para lo cual va a ser atendido en varios servicios médicos y quirúrgicos. El estudio y seguimiento iniciales son realizados de manera conjunta por los Servicios de Psiquiatría y de Endocrinología durante un periodo mínimo de seis meses, para confirmar el diagnóstico de Transexualismo y descartar la existencia de posibles contraindicaciones al tratamiento hormonal, antes de empezarlo.

Leí cada palabra con una ilusión tan grande que, en esos instantes, supe que todo aquello por lo que había pasado mientras trataba de ser quien realmente era en un mundo poco preparado para mí se difuminaba.

Los efectos que se van a observar en su caso son:

1. *El clítoris aumenta su tamaño varios centímetros, a veces con dolor.*
2. *La fertilidad disminuye y desaparecen los ciclos menstruales.*
3. *Aumento del vello facial y corporal, de distribución masculina, haciéndose más grueso y oscuro.*
4. *La masa muscular aumenta y la grasa adopta una distribución masculina.*
5. *La voz se hace más grave.*
6. *El tamaño de las glándulas mamarias apenas disminuye, aunque pueden ablandarse.*

Leí esas hojas incontables veces los primeros días mientras mi mente imaginativa evocaba el aspecto que tendría mi cuerpo tras el tratamiento. No me pasó desapercibida una parte que decía: «Para realizar dicho tratamiento se van a emplear fármacos, cuyo uso en Francia se encuentra legalmente autorizado para diversas situaciones clínicas, entre las que no se incluye el transexualismo, ni su uso para el cambio de los caracteres sexuales». En esa época, todavía no existía ninguna institución pública que llevase a cabo la reasignación de sexo. La única opción estaba en las clínicas privadas y era muy caro (y continúa siéndolo), por eso desde ese momento me dediqué a vender dibujos y a trabajar en lo que podía para ahorrar algo de dinero; no quería que mis padres lo pagasen todo. Ya habían hecho suficiente por mí.

El tratamiento con hormonas sería para toda la vida. No bastaba con unos cuantos pinchazos de testosterona; había que llevar un seguimiento y también ir a las revisiones para evaluar mi progreso de forma continua. Aquello no me importaba. Y, de hecho, gracias a todo ese proceso, aprendí varias cosas de las personas trans, como que cada caso es muy diferente y que la manera de expresarnos o sentir es distinta en cada persona. Hay quienes no piensan en cambiar su aspecto, quienes no necesitan seguir el patrón hegemónico que impone la sociedad. Hay quienes descubren que comienzan a sentirse incómodes con su cuerpo en la adolescencia, aunque ya sabían que no terminaban de encajar con el género con el que nacieron, y quienes lo saben más tarde.

La cuestión era que, al averiguar todo esto, sentí cada vez más la necesidad poderosa de alzar la voz. Muchas de las personas transexuales no sabían que lo eran porque ni tan siquiera sabían que existiera esta palabra. Igual que me había ocurrido a mí. Por eso, mis obras empezaron a centrarse en esa temática. Por eso quise contar mi historia.

Mi ingreso en la Escuela de Bellas Artes coincidió con mi primera inyección de testosterona y yo comencé a sentirme un poco más seguro conmigo mismo, no solo por el tratamiento, sino porque les estudiantes y les profesores de la Escuela distaban mucho de parecerse a aquelles de los colegios convencionales. Había supuesto que sería diferente, pero no había podido imaginar cuánto. Nunca recibí una mala palabra por mi aspecto y muy pocas veces se equivocaron con mi nombre; no me costó acostumbrarme a ello.

Ejercía mi pasión mientras mi cuerpo transicionaba.

De manera gradual, mi aspecto fue cambiando a la vez que lo hacía mi mentalidad. De todos modos, siempre fui yo mismo y, aunque las hormonas hiciesen que a veces mis emociones resultasen más intensas, el hecho de que mi cuerpo cambiase no influyó en mi personalidad. Mi madre y mi padre jamás tuvieron una hija, pero si alguna vez pensaron que la tenían, no podían echarla de menos; uno nace siendo quien es, el aspecto que tenga no es influyente en sus acciones y en la huella que deja en el mundo. Influye quizás en su autoestima, eso sí.

No puedo decir que me sometiese a tratamiento únicamente porque necesitaba verme como me sentía; la sociedad a veces impone unas reglas muy estrictas que son difíciles de ignorar. Quería ir a cualquier lugar y que nadie cuestionase que era un hombre. Quería esa aceptación; en el fondo uno nunca deja de intentar encajar.

Me sometí a la mastectomía tras un tiempo de tratamiento hormonal y descarté otro tipo de cirugías. La recuperación fue dolorosa y compleja, y hasta me salió un hematoma enorme en la zona del vientre, pero el resultado fue increíble.

Llevaba poco más de un año en la Escuela cuando, sin verlo venir ni pretenderlo, comencé a despegar. Mis profesores empezaron a destacar mis técnicas de trabajo y sus resultados, me tomaban de referencia, nombraban mis trabajos en otros cursos... Nunca terminé de creerme esa atención; siempre me costó valorar mi propio esfuerzo, la autoexigencia me venía de serie. Pasé de tratar de ser invisible a atraer las miradas. Por una parte, era eso lo que quería: que me viesen, que valorasen mi trabajo, pero por otra parte sentía pavor. Las veces que me habían visto de verdad siempre había salido mal parado.

Todavía hoy no sé cómo pasó, fue progresivo, aumentó de forma sutil e imparable, pero mi nombre se hizo popular en la prestigiosa Escuela de Bellas Artes y finales del tercer curso todo el mundo me conocía. ¿Quién me lo iba a decir a mí? Yo, ejemplo de otres artistas; mi nombre en boca de profesores con una carrera envidiable a sus espaldas.

Un día me miré en el espejo y me detuve a pensar en cómo había llegado hasta allí. Observé mi aspecto, la nuez pronunciada en mi garganta, mis pectorales lisos (una de las contraindicaciones de las hormonas era el aumento de peso, por eso había querido trabajar mi cuerpo a diario). Miré también la línea curva de mi mandíbula, la barba rasurada, mis caderas cuadradas. Deslicé los dedos por mi piel más gruesa, por encima de los tatuajes que había decidido grabar en mí para siempre. Miré mis ojos... Un día ella me había dicho que eran del color del sol. «¿Dónde estarás? ¿Qué harás ahora?». Siempre me hacía las mismas preguntas. No recuerdo un solo día en que no me arrepintiese de no saber su verdadero nombre, de no haberle preguntado dónde vivía.

Se me encogía el pecho cada vez que alguien la nombraba «la Chica de las Burbujas». Sin embargo, como protagonizaba gran parte de mi trabajo, todo el mundo sabía de su existencia y se preguntaba quién era ella.

El cambio en el entorno no fue a consecuencia de mi cambio físico, sino a mi actitud frente a la vida. Me derramé sobre los lienzos y, aunque nunca dejé de ser poco hablador y sociable, conseguí elevar la voz.

Tengo que admitir que, al principio, fue verdaderamente abrumador recibir tanta atención. No me acostumbraba a las declaraciones amorosas (les artistas somos muy intenses a veces), y nunca sabía cómo actuar. No quería hacer daño a nadie, pero algunas situaciones me parecían de lo más surrealistas. Tened en cuenta que hubo un momento de mi vida, después de la Chica de las Burbujas, en el que creí que nunca le interesaría a nadie. Así que imaginad mi impacto cuando comencé a recibir cartas anónimas a diario, les estudiantes me usaban de musa para sus obras o se me acercaban para invitarme a tomar algo sin conocerme de nada.

El momento cumbre de todo ello, el lanzamiento de mi carrera artística, fue en las exposiciones de estudiantes en la Escuela. Así fue como me di a conocer a diferentes galeristas que se dedicaban a representar a artistas en Francia y en el extranjero, y allí fue donde conocí a Didier, quien allanó mi camino hacia la fama con tanta rapidez que ni siquiera hoy he tenido tiempo de asimilarlo todavía.

Mis obras eran crudas y explícitas, mostraban mi vida tal y como la veía. Supongo que pocos artistas trans expondrían así sus conflictos y sus reconciliaciones con su cuerpo y con la sociedad. Por eso fue todo tan rápido; por eso y porque Didier tenía carisma y labia y sabía moverse por los lugares adecuados (de hecho, sigue siendo así).

Una tarde de junio de 2003, Eitan se acercó a mi cama y se tumbó a mi lado.

—¿De qué tienes miedo, renacuajo? —Daba igual que ya pasara de los veinte, nunca dejaría de ser «renacuajo».

—No sé si estoy haciendo bien, Eitan. Nunca me ha gustado ser el centro de atención y..., aun así, me pongo delante de todas las miradas. No pensaba en esto cuando comencé a dibujar...

—Tus dibujos siempre te han servido para expresarte mejor. Es lo que haces; estás mostrando tu verano interior. —Aquella frase me hizo girarme hacia él—. Lo que estás haciendo es grande, Asher. Dejas tu verano para que otros puedan recurrir a él, para que no se sientan solos, ¿no es lo que querías? Me lo dijiste una vez: «Que otras personas como yo sepan que existo les hará saber que ellas también existen, que no están solas».

—Sí... —musité.

—¿Entonces? Dime por qué no puedes dormir.

Pensé durante unos instantes con la mirada puesta en la cara de mi hermano.

—Porque mi vida va a cambiar y... ¿alguna vez has tenido ese sueño en el que estás desnudo delante de todo el mundo y no puedes correr, no puedes escapar? Yo lo estoy haciendo: me estoy desnudando, voy a dejar que me vean. Podrán herirme, yo les dejaré.

Eitan giró su cuerpo hacia mí. Hacía años que no nos acostábamos uno al lado del otro; su gesto me recordó a cuando éramos pequeños y salía de mi cama para dormir en la suya durante el tiempo que vivimos en la Albufera.

—Da vértigo cumplir sueños, ¿verdad, renacuajo?

A veces me sorprendía lo sabio que era mi hermano. Siempre había conseguido sacarme todas las palabras de la cabeza, como si tuviese el poder de extraerlas de mí con un hilo mágico.

—Didier me ha propuesto exponer mis obras en España —declaré.

Mi hermano suspiró de forma prolongada.

—Ve a visitar los arrozales por mí —me pidió en voz baja.

Y luego, en vez de marcharse, se quedó.

Un temor que sufro de manera continua es el miedo a sufrir alguna agresión física, verbal o de cualquier otra índole. Y diréis: «Bueno, vives en Madrid capital, es una ciudad grande y ahí estarás más o menos segura». Sí y no. Recientemente, en septiembre, agredieron a una chica trans en Lavapiés. Las agresiones a las personas trans, por desgracia, son algo bastante frecuente, no solo en Madrid, sino en el resto del mundo. [...] Esa persecución que tienen en contra de nosotres es absurda. Esa persecución a las asociaciones y colectivos relacionados con el mundo LGTBIQ+ es absurda. [...] Ya tuvimos mucha represión durante el franquismo. Hubo gente que se partió la cara y dio hasta su vida por que las personas del colectivo LGTBIQ+ tengamos lo que tenemos hoy. No podemos volver atrás.

Elsa Ruiz, mujer trans, cómica e ilustradora

16

CLAIRE

Junio de 2019

La carta intrusa que estaba entre el resto de sobres de Alma estaba firmada por una tal Fleur Bordeu, y decía lo siguiente:

Querido amigo:

El otro día, cuando te pasaste por la asociación, te pregunté cómo estabas. Me dedicaste una sonrisa ausente y me respondiste un «bien» insípido que no se creyó ni el gato. Ya van muchas veces en las que ese «bien» me chirría cada vez que te pregunto. Sé que, como a mí, se te da mejor expresarte por escrito que verbalizar tus sentimientos, así que, aquí estoy; escribiendo una carta como en los años de Romeo y Julieta para que mi amigo me cuente por qué no le da la gana ser feliz.

¿Crees que soy tonta? Hace años que nos conocemos, Asher, desde que eras un aspirante a artista reconocido (siempre agradeceré a la Escuela de Bellas Artes que exponga los cuadros más sobresalientes de sus alumnes, ya sabes que gracias a ello te conocí) y, desde que volviste de España —¡hace ya más de un año de eso, amigo!—, no eres el mismo. Camille te adora, está tan enamorada que siento lástima y ¿sabes por qué? Sabes muy bien por qué.

Una vez me dijiste que debíamos hacer lo posible por ser nosotres mismes, por respetar nuestra esencia, lo que nos hace ser verdaderes. Nos lo dijiste a todes, y desde entonces hemos hecho lo posible por que así sea. No tratar de encajar, no fingir, ser libres. Pero ¿tú lo eres, Asher? ¿Eres libre? ¿Eres verdadero?

Mira, no sé lo que ocurrió entre tú y esa chica preciosa de las burbujas en tu viaje a España, solo sé que hoy eres una carcasa porque tu alma está allí; nunca mejor dicho, ¿no?

Verás, amor, si no tiene arreglo, escondiéndote no vas a solucionar nada. Si se rompió y no existe manera de reparar los pedazos, entonces... está bien. Ya sabes que conozco perfectamente esa sensación. Estoy aquí para ti cuando tú lo necesites, no hace falta que te lo diga, pero a veces te olvidas de que te queremos. Tienes apoyo, vuélcate en nosotres como nosotres nos volcamos en ti.

Y si tiene arreglo..., si crees que existe la más mínima oportunidad de que sea posible, entonces, ¿a qué esperas? Tú y yo sabemos de sobra que la vida ya es lo bastante jodida como para que nos la compliquemos más.

Deja de hacerte daño, Asher.

Fleur

Era domingo, día festivo y de descanso, pero Ori y yo no teníamos tiempo que perder, así que nos encaminamos hacia la dirección que constaba en el remitente de la carta, que se encontraba en el barrio de Montmartre; un lugar bohemio, famoso por la aglomeración de artistas y pintores, y por el Sagrado Corazón, una basílica preciosa coronada por una cúpula. Aquella zona había sido hogar de los mismísimos Picasso, Monet, Renoir o Dalí y, en cuanto nos adentramos en sus calles, notamos su espíritu extravagante, con sus establecimientos de estilo retro y el emblemático Moulin Rouge.

—¿Sabes que en este barrio se rodó la película *Amélie*?

Ori me miró sorprendido.

—Vaya... —exclamó, mirando a su alrededor con entusiasmo.

Nos embebimos tanto contemplando las vistas que nos pasamos de calle. Aquel lugar, sin duda, debía tener algo que ver con Asher Dray.

—Ha dicho que lo vio en la asociación, ¿crees que se referiría a...?

Dejé de hablar cuando pasamos frente a una fachada cuyo llamativo y colorido cartel rezaba: «Aurinko». Noté un vuelco en el pecho.

—Aurinko... —leyó Ori con un deje de emoción.

Nos miramos el uno al otro antes de que él llamase al timbre. Esperamos casi un minuto.

—¿Llamamos otra vez? Es domingo, quizá no hay... —comencé a decir, pero al momento me detuve porque escuchamos el chasquido de la puerta.

Tras ella apareció una mujer que repasó nuestros rostros antes de decir:

—Buenos días, ¿qué se os ofrece?

—Hum... Eh, verá...

—¡Uh! No te dirijas a mí de usted, que me siento mayor. Llámame Dennise, mujer.

—Dennise, estamos buscando a Fleur Bordeu —dije, divertida por su actitud distendida.

—¿Fleur? No está. Pero casi la encontráis aquí, hace un ratito estábamos ultimando los preparativos finales para la celebración de mañana.

—¿Y sabes dónde podemos encontrarla?

—¡¿Qué prisas son esas?! Veníos mañana y la encontraréis en su salsa. Ya veréis, ¡vamos a ir estupendas! Esta fiesta que precede al Día del Orgullo ya es tradición aquí.

—Es que, verás, hemos encontrado algo suyo y... estamos escribiendo un libro acerca de Asher Dray...

—¿Asher? —me interrumpió, adoptando un gesto serio—. ¿Qué es eso que decís que habéis encontrado?

No nos pasó desapercibido su cambio de actitud.

—Una carta, se la escribió a Asher y creemos que él nunca la leyó. —Le ofrecí la carta y ella le echó un ojo por encima.

—¿De dónde la habéis sacado?

—Estaba entre un montón de cartas de Alma Suárez, nos las dio Camille —le expliqué con cautela debido a su repentina inquietud.

—Camille... —susurró—. Camille dejó de hablar con todo el mundo sobre Asher después de su muerte.

—Eso nos dijo. Pero también nos dijo que quería que dejase de doler, por eso nos confesó que se guardó esas cartas y que nunca se las dio a él.

Dennise nos miró a ambos a través de sus largas pestañas postizas. Tras unos instantes, suspiró y su expresión se volvió cálida.

—Pasad... —Se apartó de la puerta para dejarnos paso—. ¿Quiénes decís que sois?

—Ah, yo soy Claire.

—Yo, Ori —dijo él con timidez.

Por las paredes había fotografías de gente con aspecto feliz. Reconocí a algunos de ellos cuando se asomaron de las habitaciones para curiosear; adolescentes en su mayoría.

—Esperad aquí, voy a hacer una llamada —nos pidió Dennise.

Ori y yo obedecimos.

—Este es el lugar que Asher nombró en la entrevista —apreció él.

—Sí...

Era un lugar que acogía a todas esas personas cuyas familias eran incapaces de comprenderlas y cuya única manera de abordar el tema era echándolas de casa. O quizás eran ellas quienes se hartaban y se iban porque no aguantaban más... Personas sin trabajo debido a la discriminación, personas que pertenecían al colectivo LGTBIQ+ que necesitaban un refugio, que precisaban de otras personas que las entendiesen, que les dijesen que todo iba a ir bien.

Se me puso un nudo en la boca del estómago; Ori me rozó el brazo con los dedos.

—Esperad. Sentaos allí si queréis. Dice que vendrá en unos minutos —nos anunció Dennise.

Fleur llegó y en cuanto la vi supe quién era. Apreté el brazo de Ori cuando cruzó la puerta, esbelta, elegante y guapísima. La había visto antes: Asher la había pintado en más de una ocasión; había un cuadro muy famoso de ella llamado *La Rosa,* en el que salía pintada con sus gruesos labios y una postura sensual rodeada de rosas rojas. Había visto tantas veces ese cuadro que me resultaba irreal estar viéndola en persona.

—Aquí están, estos son Ori y Claire —nos presentó Dennise.

Yo me levanté enseguida y me puse ante ella; su altura y la elegancia que transmitía me hicieron sentirme diminuta.

—Hola, Fleur, queríamos... Nos preguntábamos si podríamos hablar contigo. —Me atropellé con las palabras y no pude sentirme más ridícula.

En esos momentos fui consciente de que el tema me importaba mucho más de lo que quería creer.

—Me ha contado Dennise que tenéis una carta de mi puño y letra, ¿puedo verla?

Se la entregué y ella fue mirándola mientras se daba la vuelta para leerla.

Ori y yo esperamos mudos.

Fleur vestía con una camisa perlada y una falda ajustada. Tendría poco más de treinta años, a diferencia de Dennise, que debía rondar la edad de mis padres.

En la exposición de Dray en el Palacio de Estudios, el audioguía explicaba su relación con ella, pero no había relacionado el nombre de la carta con el de *La Rosa*.

Fleur había dado con Asher gracias a sus obras (cuando él todavía no era conocido) y había acudido a él buscando apoyo, pues, en esa época, lo estaba pasando bastante mal porque se sentía incomprendida. Años más tarde, juntos habían tenido la idea de fundar una asociación para aquellas personas que necesitaban ayuda y un hogar. Como se explicaba al pie de la obra, Fleur era una mujer trans muy polifacética: cantaba, actuaba, escribía y se aseguraba de mantener ese lugar a flote.

—¿Qué es lo que buscáis? —nos preguntó tras leer su carta.

—Estamos escribiendo un libro. Yo... yo soy estudiante de la Escuela de Bellas Artes de París y Ori viene de raíces judías ortodoxas, como Asher. Empezamos a investigar por un motivo, pero... es fácil querer a Asher...

—Ya lo creo... —respondió ella.

—Estamos bastante seguros de que esa carta nunca llegó a sus manos —intervino Ori—. Igual que las decenas de cartas que le envió Alma.

—¿Alma le envió cartas a Asher? —exclamó, centrando aún más su atención en nosotros.

—Cada semana durante un año y cuatro meses —le informé.

Fleur se llevó una mano al pecho y se sentó despacio en la silla que había al lado de nuestros asientos.

—Sabía que Camille había perdido la cabeza por él, pero no llegaba a imaginar cuánto... —comentó para sí misma—. Esta carta la mandé al piso donde vivían entonces les dos, la metí yo misma en el buzón. Asher nunca me comentó nada al respecto, pero como era tan tímido, tan hermético..., creí que no me decía nada por eso, pero al parecer la carta había desaparecido, él nunca la vio. Y ahora resulta que fue ella... —Fleur agitó la cabeza, disgustada—. ¡Dios, cómo me gustaría poder hablar con él ahora del tema! A veces me imagino charlando con él, ¿sabéis? Echo de menos su presencia, a ese niño que siempre fue, con esa dulzura con la que abordaba todo... —Se tapó la cara con una mano y suspiró.

—Era alguien extraordinario —apunté con voz queda. Noté la rabia ascender por mis extremidades y hablé entre dientes—. No puedo entender... cómo fueron capaces de acabar con su vida.

—¡Ay, cariño! Yo tampoco puedo entenderlo... —respondió Fleur.

—Asher fue ganando seguidores al mismo tiempo que crecían las malas hierbas —comentó Dennise—. Es algo inevitable. Cuanta más gente puede verte, más posibilidades hay de que te encuentren las personas equivocadas.

—Asher era muy guapo, las obras y las fotografías en las que salía él eran tan sensibles y desnudas como atractivas. El arte nacía de él porque él era el arte hecho hombre. Que se convirtiese en uno de los ideales de belleza masculinos no gustó a muchos machirulos de tres al cuarto que se creían mejores por haber nacido con pene. —Fleur se levantó con aire enfadado, y hasta ese gesto le quedó elegante—. Las cosas empeoraron cuando inauguramos Aurinko. Los padres cabreados venían cada dos por tres a echarnos en cara nuestra poca vergüenza. ¡Poca vergüenza la suya, señor, que son incapaces de respetar a la persona que más deberían amar en este mundo! No les gustaba nada que cobijásemos a gente «depravada». Maricones, bolleras, travestis, ¡tenemos de todo!

Su humor ácido me hizo sentirme impotente; no sabía por cuánto habrían tenido que pasar. Y sin embargo ahí seguían, al pie del cañón.

—Esos cabrones tuvieron la desfachatez de presentarse en su propia exposición, donde estaban sus seguidores y seres queridos, para arrinconarle en un callejón y darle una paliza. No se puede ser más cobarde... Mira que he vivido situaciones terribles a lo largo de mi vida, pero... a veces necesitas creer que en esas personas que niegan nuestra existencia hay un grado ínfimo de humanidad.

—Me parece, Fleur, que todavía hoy existe muy poca información acerca de esto, sobre todo de la letra T de ese LGTBIQ+ —comenté, impotente y triste.

—¿Por qué no os venís mañana? ¡Estáis invitados! Invitad a quien queráis —nos propuso Dennise—. Habrá charlas muy interesantes, homenajes, comida y cócteles. El Día del Orgullo está cerca y siempre solemos hacer alguna fiestecita unos días antes.

—Claro, así tendréis más material para vuestro libro —la secundó Fleur—. La figura de Asher estará muy presente. Y, por si sentís curiosidad, daré un pequeño concierto, ¿os apuntáis?

El día siguiente, lunes, le conté todos mis planes a la profesora Trouvé. Fue fácil convencerla de que hiciese la vista gorda para que mi falta de asistencia no repercutiese en mis notas. Solo con nombrar a Asher y a la asociación Aurinko bastó para que mi idea le pareciese buena, así que Ori y yo corrimos para llegar a tiempo a la primera charla de la mañana.

Había muchísima gente, pancartas con eslóganes LGTBIQ+ por todas partes, muy buen ambiente, gente con sombreros de todos los tipos, con ropa colorida y banderas del Orgullo.

Ori y yo nos colamos en la sala donde se estaba sentando todo el mundo; había numerosas sillas, todas ocupadas, y una pantalla de televisor enfrente.

Nos metimos entre la multitud y nos quedamos apoyados en la pared desde donde teníamos una buena visión de la tele. Nos dejamos caer el uno contra el otro para estar más cómodos; Ori ya no tenía tantos reparos en guardar las distancias conmigo. No podía adivinar en qué momento había sucedido el cambio, pero de repente tendíamos a rozarnos a la mínima oportunidad o a mirarnos aunque no tuviésemos nada que decir.

De todos modos, no habíamos vuelto a acercarnos tanto como la noche en la que habíamos visto *Amélie*. Teníamos un acuerdo tácito para guardar las distancias y así poder seguir con lo realmente importante: el libro. Cuando estábamos solos procurábamos avanzar lo máximo posible en la escritura y, cuando llegaba la hora del descanso, cada uno lo hacía en una habitación distinta. Era lo mejor para los dos. No existía la manera de que Ori se quedase, lo había asumido desde el principio.

—¡Bienvenides a la tercera edición de la prefiesta del Orgullo LGTBIQ+ en la asociación Aurinko! Muchas gracias por estar aquí. —Un chico con un micrófono saludó al gentío frente a la pantalla del televisor. El público aplaudió su llegada—. Nos reunimos una vez más por una causa tan importante como la de visibilizar nuestro colectivo y seguir luchando por nuestros derechos. Y, una vez más, invitamos a todo el mundo a que entre y pueda conocernos. En la primera charla de la mañana nos centraremos en hablar de visibilidad de las personas trans y sus dificultades en el seno de la sociedad.

»Para quien no lo sepa, mi nombre es Elliot y soy un chico trans. Puede que no os hayáis dado cuenta de ello, pero os puedo asegurar que, si estoy aquí como *La libertad guiando al pueblo* con la bandera alzada, es porque las cosas no han sido especialmente sencillas para mí ni para un montón de personas en una situación parecida a la mía.

Elliot se apartó de la tele para darle a un mando que llevaba en la mano y encenderla. En ella apareció la imagen de una mujer.

—Voy a mostrar algunos de los casos que más se conocen y de los que quizás hayáis oído hablar. Esta que veis aquí es Marsha P. Johnson, activista —dijo señalando la imagen de la pantalla—. En julio de 1992, fue encontrada flotando en el río Hudson poco después de la Marcha del Orgullo. Primero dijeron que había sido un suicidio, pero más tarde se reabrió el caso como un posible homicidio. —Pasó la diapositiva y mostró a un chico joven—. Brandon Teena, veintiún años, violado y asesinado en diciembre de 1993 por transfobia. —Elliot pasó de nuevo la diapositiva y la pantalla mostró el hermoso rostro de Asher en uno de sus autorretratos más famosos—. Asher Dray, pintor, fotógrafo y fundador de la asociación Aurinko, lugar que ahora nos cobija y que acoge a una media de doscientas personas por año y asiste más de mil casos, asesinado en el año 2011 por transfobia.

»Estas son solo tres historias de las miles que se registran cada año en distintas partes del mundo. Miles de almas que, además de que, con sus más y sus menos, deben enfrentarse a un conflicto que no han elegido, se topan con el odio. Perdonadme por ser tan crudo y directo, pero en estos tiempos es más que necesario: el porcentaje de intentos de suicidio entre la comunidad trans es alarmantemente alto. Adolescentes, jóvenes y adultes que no comprenden lo que les pasa, que sienten rechazo por el desarrollo de su cuerpo, que se sienten presionades por la sociedad... y no solo eso. Os voy a contar una historia de hace solo unos días, tan reciente que deja sin aire: Nathan, un chico trans de dieciséis años, se quitó la vida el pasado 12 de junio. Él necesitaba comenzar con el tratamiento de hormonas y con el consentimiento de sus padres, repito, con el consentimiento de sus padres, fue a pedir a Sanidad que comenzasen con su hormonación y, sin una explicación razonable, se lo denegaron. Hago énfasis en que es un proceso legal que deberían haberle facilitado. No necesitaban más que las firmas de sus padres y aun así...

Elliot hizo una pausa para reponerse, agachó la cabeza y suspiró. La sala, conmocionada, estaba muda.

—No puedo entender cómo los registros civiles, si les sale de las narices, se niegan a cambiarte el nombre, o Sanidad, sin razonamiento comprensible, se niega a ofrecer un tratamiento que es legal. Hay chicos y chicas trans que se están quitando la vida porque lo pasan realmente mal, personas que sufren *bullying*, que aguantan una serie de cosas que la mayoría no vivirá en su vida, que lo único que necesitan es sentirse elles mismes, que acuden a un sitio para poder tener algo que la mayoría tiene nada más nacer.

»Por supuesto Aurinko ayudará a los padres de Nathan a tomar medidas legales contra estas personas que se negaron a darle las hormonas. Estas cosas no pueden quedar así, no nos pueden silenciar. ¿Cómo se puede frenar esto? ¿Cómo se para la ignorancia? ¿Cómo se detiene la incomprensión? Vamos a intentar cambiar el mundo, amigues. Cuando antes empecemos, mejor. ¿Tenéis alguna pregunta?

El público tardó en reaccionar debido al potente discurso de Elliot. Muchos de los asistentes levantaron el brazo al cabo de unos emotivos segundos de silencio para pedir la palabra. Cuando comenzó la ronda de preguntas, Ori y yo sacamos nuestras libretas para apuntar.

—¿Cómo una persona puede darse cuenta de que es trans, por ejemplo, a los veintiséis años? —preguntó una mujer del público.

—En realidad una persona no descubre de golpe que es trans y de repente decide realizar su transición o no. Cada persona es un mundo, cada cual se desarrolla, piensa y vive de forma diferente, ¿no es cierto? Somos dispares. De todos modos, lo que más compartimos las personas trans es que sabemos que somos diferentes desde el momento en que tomamos consciencia de nuestro entorno y de nuestro cuerpo. Y, aunque es cierto que suele haber un punto crítico en la adolescencia, cuando el físico comienza a cambiar, repito que cada cual se lo toma de forma diferente: hay personas que tienen disforia con su cuerpo y otras que no la tienen, que no se sienten incómodas con sus genitales, pechos o barba, por ejemplo.

»Lo que ocurre con el ser humano, en general, es que el acto de autoconocerse es un proceso lento y largo que requiere de experiencias, de vivir y descubrirse. Hay chicas trans, por ejemplo, que comienzan creyendo que son gais, y al cabo de un tiempo se dan cuenta de que en realidad son mujeres. Y, lamentablemente, también hay casos en los que el miedo al rechazo, esa necesidad de encajar y de no defraudar, hace que cueste mostrarse como se es de verdad.

En cuanto Elliot dejó de hablar, más personas levantaron la mano.

—¿Dices que hay personas trans que no rechazan su cuerpo?

—Bueno, al fin y al cabo, solo tenemos un cuerpo, ¿no? Un cuerpo que nos permite vivir, amar, tener sueños y equivocarnos. Yo, por ejemplo, nunca he sentido que estuviera atrapado en mi cuerpo. Me sentiría atrapado si me quedara encerrado en un cuarto de baño o en un ascensor, en una relación que no fuera a ninguna parte o en un trabajo que no me gustara, pero no en mi cuerpo, porque es *mío*. Nadie tiene un cuerpo equivocado, simplemente hay personas que deciden modificarlo o tomar hormonas porque sienten disforia y desean que su aspecto concuerde con su verdadera identidad. Sea como sea, cada cuerpo es único, como cada persona es irrepetible.

Ori escribía sin parar en su cuaderno, estaba fascinado con las respuestas de Elliot. Esbocé una sonrisa afectuosa y escribí su nombre en los renglones del mío.

—Tengo una duda, ¿la orientación sexual está ligada a la identidad de género? —preguntó un chico joven cerca de nosotros.

—En absoluto. Van completamente separadas. Con independencia del género que poseas, puedes enamorarte o sentir atracción por tu mismo género o por el opuesto. O quizá por ambos. La cuestión es que nadie elige de quién se enamora como tampoco elige su género. Una persona es y siente de determinada manera y es algo ajeno a su voluntad; lo que sí puede elegir es ser o no ser fiel a sí misma.

»Ahora, si me permitís, vamos a interrumpir un momento la ronda de preguntas para dejar paso a la increíble mujer que, junto a Asher, hizo posible Aurinko: ¡la espectacular Fleur Bordeu! ¡La Rosa!

Todos en la sala aplaudimos.

Fleur entró por la puerta con un vestido entallado, con su melena corta a lo Marilyn Monroe morena, y se hizo un pasillo de gente en mitad de la sala para dejarla pasar entre ovaciones. Ori y yo aplaudimos con fuerza y nos sonreímos. Ella, con una elegancia innata, se puso al lado de Elliot, al que abrazó nada más alcanzarlo. Cogió el micrófono y sonrió al público con sus labios pintados de rojo. Me emocioné de forma momentánea y tuve que hacer esfuerzos para que las lágrimas no acudiesen a mis ojos; Asher debería haber entrado junto a ella y, de alguna forma, lo había hecho.

—Muchas gracias por estar aquí —dijo, y la gente volvió a estallar en aplausos y vítores. Ella sonrió con timidez ante el calor del público—.

Quién me iba a decir a mí, cuando empezamos todo esto, que una sala me iba a recibir con este afecto a día de hoy. Creo en el zodiaco, pero si me hubiese dicho que esto sucedería, nunca le hubiese hecho caso. Así que gracias, de corazón. —Casi no la dejaron acabar, se alzaron de nuevo los silbidos y aplausos.

—Bueno, Fleur, me vas a permitir que actúe como tu entrevistador, ¿vale? —le propuso Elliot—. Vamos a empezar por el principio, ¿cómo surgió Aurinko?

—Pues... conocí a Asher en su tercer año en la Escuela de Bellas Artes. Yo era una chiquilla maravillada por el descaro y la valentía de las obras de ese chico. Imaginad cuando visité la exposición de las obras de les alumnes más excelentes de la Escuela y me encontré con un cuadro explícito acerca de la transexualidad. Me quedé sin habla. Tenía que conocer al pintor de esa obra. Y la decisión de ir en su búsqueda es la mejor que he tomado en toda mi vida. En esa época pasaba por un mal momento, hacía muy poco que se había muerto mi tío, el único que me había comprendido y aceptado tal cual soy desde el principio y, además, acababa de dejarlo con un chico, el único chico del que me había enamorado de verdad hasta entonces. Me sentía hundida en todos los sentidos y acudí a Asher porque quería encontrar a alguien que me entendiese sin palabras y sin tener miedo a ser juzgada.

»La complicidad surgió desde la primera palabra que intercambiamos y la idea de Aurinko surgió años después, a raíz de un comentario que le hice en una ocasión... Yo, a pesar de todo lo que me había ocurrido, me consideraba una privilegiada, nunca me había faltado un techo y había tenido gente cerca que me quería, pero había otras personas que no tenían esa suerte. Asher no lo pensó demasiado en cuanto nombré a unas amigas que estaban en la calle por el rechazo de sus familias, y no dudó en invertir dinero en esta idea.

—Ahora cuéntanos, ¿cómo fue tu salto a la fama?

—Bueno, no fue un salto, más bien unos pasitos que poco a poco me llevaron hasta donde estoy ahora. Siempre he querido ser actriz, pero desafortunadamente hay un escaso número de artistas trans que opten a algún papel en el cine o el teatro. Una vez más, fue gracias a Asher, quien, con su empeño por retratarme en sus obras, mostró mi cara y me dio a conocer; la gente se empezó a preguntar quién era esa mujer, y no quise esconderme.

—La humildad la llevas de serie, querida. Te olvidas nombrar tu talento y tu versatilidad en todo lo que haces —añadió Elliot.

Ella le sonrió con dulzura.

—Ante todo, humildad. Une no puede olvidar de dónde viene ni sus principios. Yo me he criado en mi pueblo, he trabajado en el campo... Y aprovecho el acogimiento de mis canciones y de mi salto al cine para mandar un mensaje a la sociedad; simplemente por ser quien soy.

»Creo que, si queremos hacerlo bien, debemos comenzar por los cimientos: por cambiar la educación. El problema está en que crecemos sin saber demasiadas cosas que son importantes, más que otras materias que luego nunca usamos de mayores. En las escuelas nunca se ha escuchado la palabra «trans», no se habla sobre la identidad de género y apenas se habla sobre la orientación sexual. No deberían ser temas tabú, porque esto salvaría vidas. Todes eses niñes y adolescentes que no saben muy bien qué les pasa, que sienten que no encajan en el molde que nos impone el sistema. Todas esas personitas que no aprenden a respetar, que no conocen lo diferentes que podemos llegar a ser, que hacen daño sin conocer y dejan más huella de la que piensan... La raíz del problema está en les adultes, en la falta de información y en la falta de escucha. Hemos estado gritando desde hace muchísimo tiempo, pero muches siguen sin vernos. Mientras esto continúe, deberemos seguir luchando por nuestros derechos, defendiéndonos para que no nos agredan, nos insulten o nos maten. Tenemos que hacer que todo esto cambie, no solo por las personas trans de hoy, sino por las que aún no saben que lo son y las que no han nacido todavía.

»A eses niñes, adolecentes, jóvenes y adultes os digo: si compartís espacio con gente que no os comprende y os hace pensar que no sois válides, no escuchéis. Es mentira. Cualquier persona trans es válida y cualquier transición es válida siempre y cuando sea la transición que deseáis. Que no os hagan agachar la cabeza, no les deis poder sobre vosotres.

Fleur se movió pensativa por el escenario. Todo el mundo siguió sus movimientos con la mirada.

—Veréis, Asher me contó algo una vez... Es una anécdota con su hermano mayor, Eitan. Él acababa de enterarse de que una amiga suya trans de catorce años se había quitado la vida y se lanzó al lago en pleno enero, movido por la impotencia y la rabia. Eitan se pensó lo peor, le riñó con lágrimas en los ojos y entonces le dijo unas palabras de Albert Camus: «En las profundidades del invierno finalmente aprendí que en mi interior habita un verano invencible». «Puede hacer un frío de mil demonios, Asher, puede helar, caer una nevada descomunal», le dijo, «pero tú guardas dentro ese verano, úsalo». Ese era su mantra cada vez que sentía que perdía la fuerza. Y lo repitió hasta su último aliento.

La sala se quedó silente tras el monólogo de Fleur.

Y luego, cuando ella agachó la cabeza, emocionada, los asistentes rompieron en aplausos y se levantaron de sus asientos para seguir aplaudiendo. Ori y yo hicimos lo propio. Las lágrimas rodaron por mi cara con la vista fija en esa maravillosa mujer a quien, un fatídico día, le arrebataron una parte fundamental de su vida.

17

CARTAS DE ALMA

Querido Asher:

Hay cosas que nunca te dije.

Creí que no era necesario hablarlas, que estarían ahí por si alguna vez me preguntabas. Nunca lo hiciste.

Lo que te voy a contar sucedió esa tarde de septiembre en que salimos con las bicicletas después de un espectáculo con Eitan y tu padre al piano. Ese día ocurrió algo que apagó tu rostro. Unos niños empezaron a perseguirnos con sus bicis, tú te extraviaste tan rápido que no pude seguirte; más tarde entendí que te habías separado de mí a propósito.

Oí lo que dijeron esos niños crueles. Lo escuché todo, Auri. Yo no sabía que algo así podía ser posible, nunca nadie me había explicado que un niño puede nacer con vulva y una niña puede nacer con pene. No creí lo que dijeron. De todos modos, en ese momento me cegaba más la rabia por que te estuviesen haciendo daño. Si te soy sincera, la razón por la que te agredían me daba igual, solo quería que esos malditos niños te dejasen en paz.

Fue al ver tu rostro, Auri, cuando lo supe. Cuando supe la verdad. Estabas allí encogido, tan frágil, tan dolido. Y vi tu miedo. Lo vi perfectamente reflejado en tu mirada del color del sol. Tu miedo se traspasó a mi piel y se transformó en un pánico irracional a perderte. Y digo «irracional» porque sabía que te perdería de todas formas.

¿Sabes lo que pensé, Asher? Pensé que necesitaba que te pusieses bien. Quería abrazarte hasta que tus ojos dejasen de estar tristes y tu cuerpo aga-

rrotado. Eras tú, Auri. Te habías mostrado tal y como eras, nunca me habías ocultado tu verdadero ser. Eras tú, era tu pelo, eran tus ojos, tu voz, tu sonrisa, tu timidez. Y yo quería cada una de las partes de tu ser. Las quería de verdad. Las quería tal y como eran, porque, de no serlo, no estarías allí, no te podría tocar, no podría sentir tu corazón batiendo tan rápido como las alas de una mariposa, no podría mirar tus ojos vergonzosos ni hacerte rabiar. No podría cogerte de la mano ni acostarme deseando verte pronto al día siguiente.

Eras tú, junto a mi madre, la persona más importante de mi vida. Qué locura que entraras en la lista de personas importantes cuando nos habíamos visto apenas tres veces, ¿no? Sí, una completa locura. Siempre he tenido debilidad por las locuras. Y tú eras una de ellas. Pero es que nunca había sentido esa clase de complicidad, nunca un niño me había mirado como lo hacías tú, como si fuese una especie en extinción. Nunca me había latido el corazón así ni me había dolido la tripa por la anticipación de ver a alguien.

Eras tú, y esa era yo estando contigo. Por eso te quise más desde ese instante. Por eso decidí que no podría querer a nadie más como te quería a ti.

Auri, ¿recuerdas cuando, en mitad de nuestro baile con tu padre al piano, me disculpé para ir al baño? Pues fui y, cuando salí, vi la puerta de tu habitación entornada. No te enfades, pero la empujé un poco porque me interesabas demasiado como para no hacerlo; y me vi: me vi por todas partes. Había folios y folios por las paredes con mi rostro dibujado, con burbujas, mi bañador violeta, mi vestido de mariposas... El que más me gustó fue el que salíamos tú y yo dándonos un beso de esquimal.

Cuando regresé al salón quise abrazarte y chillar y preguntarte por qué lo habías hecho y obligarte a que me los enseñases todos. Pero no lo hice. En realidad me moría por saber cómo sería darte un beso en los labios. Me pasé el resto de las canciones imaginándomelo, mirándote la boca, y tú no te diste ni cuenta.

Hay muchas cosas de las que no te diste ni cuenta, Asher.

Muchas veces esperé a que te dieses cuenta. Creías que por nuestros roles, yo sería la lanzada, la menos vergonzosa, pero a veces no lo era. No lo era en absoluto. Porque tú me importabas demasiado. Y me abrumabas. Y me sentía pequeña.

Dime, Asher, ¿te diste cuenta alguna vez?

La Chica de las Burbujas, 4 de abril de 2004

18

MEMORIAS DE ASHER

Óleo sobre lienzo: «El Alma»
Junio de 2003

Me fui a España con Didier.

Esa sería la primera vez que estaría tan lejos de mi familia. Y lo cierto es que el dolor de tripa por los nervios me duró todo el viaje.

Habíamos hecho varias exposiciones en Francia y nos había ido muy bien. Demasiado bien para creérmelo del todo. A la gente le gustaba la verdad de mis obras, le atraía la crudeza y la sensibilidad; y supongo que estaba poco acostumbrada a que alguien tratase con naturalidad la transexualidad, pues mis obras siempre iban acompañadas de escritos donde contaba un poco mi vida.

Nunca hubiera imaginado que la historia de un niño fósil con el corazón roto pudiese crear tantes seguidores. La Chica de las Burbujas gustó mucho al público que solía moverse por las galerías de arte e incluso a personas que no se dejaban caer normalmente por ese mundo.

Aprendí mucho del esnobismo y de las rarezas de la gente que acudía a comprar obras de firma. El boca a boca se extendió como la pólvora y no tardó en llegar a la calle.

Por eso, ese día de junio de 2003, nos encontrábamos en tierras valencianas con la humedad pegada a nuestras nucas por la inauguración de una importante Feria del Arte que invitaba a varies artistas prometedores de diversos sitios del mundo.

Iba en el taxi con Didier, y me frotaba las manos contra el pantalón para retirarme el sudor frío cuando atravesamos la calle Colón y un enorme cartel publicitario se hizo visible a través de la luna delantera. Mi corazón realizó un latido extraño en mi pecho al distinguir las facciones de la enorme modelo que protagonizaba la gigantesca pancarta; bajé la ventanilla y me incliné para poder mirar mejor el rostro de la chica mientras el conductor tomaba la rotonda.

Era ella.

Sus facciones se habían definido, sus labios eran más gruesos, los ángulos de sus pómulos se habían elevado arrastrando todo rastro de infancia. Era una mujer. Una mujer preciosa con sus ojos verdes y las dos pecas sobre su labio. La Chica de las Burbujas había conseguido su sueño de ser modelo, como su madre. Y representaba a una importante marca de ropa en pleno centro de Valencia, abarcando un edificio entero.

Sonreí mientras ella se alejaba.

Y luego la nostalgia me azotó como el primer día. Sentí ese familiar dolor en el pecho que me evocaba a mi infancia, como si ella al marcharse hubiese dejado un hueco entre mis órganos.

La imagen de su rostro en ese cartel ocupó mi cabeza durante toda la mañana. Procuré estar lo más presente posible en la Feria, pero, en cuanto vi un hueco, me escapé. Necesitaba respirar.

Necesitaba encontrarla.

Me metí en internet y busqué la marca de ropa que había visto en el anuncio; su cara apareció por todas partes enseguida: Alma Suárez, una joven promesa de la moda.

«Alma, así te llamas. Por fin sé tu nombre». Noté una liberación en el pecho.

Las revistas digitales parecían seguir su rastro, lo que me facilitó bastante información. Me enteré de que estaba en Valencia por trabajo, para el lanzamiento de una campaña publicitaria de lencería. Las noticias la situaban en una agencia de moda cerca del Paseo de la Alameda. No me podía creer lo fácil que había sido localizarla.

Fui hasta allí y di vueltas por la zona durante un buen rato, incluso dudé de si entrar en la agencia y preguntar por ella. Pero, además de que no me dejarían acercarme, ¿qué le diría? «Hola, Alma, nada..., es que soy Auri, ¿te acuerdas de mí?». No me veía capaz. Todavía no podía enfrentarme a eso.

Maldije mi cobardía y me encendí un cigarrillo (sí, había empezado a fumar). La idea de estar cerca de ella revolucionaba mis entrañas, me inquietaba y a la vez me impacientaba. Cogí un taxi hacia el Palmar sin decírselo a Didier.

Expulsé el aliento despacio por la boca al bajar del coche y luego inspiré el aroma familiar del salitre del paseo marítimo. Durante los años que habíamos vivido en la Albufera, aquella había sido nuestra parte favorita de la playa; una zona menos conocida por el turismo y, por lo tanto, más privada. Aproveché la soledad para quitarme la ropa y darme un baño a pesar de que cargaba con la cámara profesional; nunca me la dejaba, me encantaba inmortalizar algunas imágenes que me inspiraban.

Didier me llamó y le dije que tardaría un poco. Me tumbé en la arena un rato y luego me vestí con la intención de marcharme.

—¡Tú debes de ser Orlando! Perdona el retraso, nos hemos encontrado con algo de tráfico. Está bien el lugar, ¿verdad? Ya se lo dije a Íngrid... —Una chica relámpago cruzó por mi costado desde mi espalda y se puso a hablar mirando hacia el mar sin poder parar quieta—. Conozco esta zona de cuando era niña. Se pueden hacer fotos en la playa en pleno día sin que nadie nos moleste.

Entonces la chica se giró hacia mí para mirarme por primera vez. Yo la había reconocido al primer instante, solo que mi mente necesitaba más tiempo para asimilarlo.

El corazón amenazaba con romperme los huesos.

—Podemos empezar ya con la sesión, si quieres. Íngrid estará al caer. —Miró mi cámara y luego a mí de nuevo.

Me estaba confundiendo con su fotógrafo.

Me quedé paralizado durante una eternidad.

—¿Prefieres... esperar? —vaciló, observando mi expresión.

Aguardé por si se daba cuenta de quién era. Pensé que se me saldría el corazón del pecho, pero no ocurrió ni una cosa ni la otra. Ella arrugó su precioso entrecejo; yo cogí la cámara con el pulso inestable, regulé la lente y enfoqué su rostro. La Chica de las Burbujas sonrió. Y las olas dejaron de lamer la arena, el sol dejó de alumbrar y... todo lo que parecía coherente unos minutos atrás dejó de tener sentido.

—¿Dónde quieres que me ponga? —Llevaba puesto un vestido vaporoso largo de color rojo apagado que le alcanzaba los tobillos.

Se había deshecho de sus rizos; llevaba el pelo ondulado y revuelto, siempre preferiría sus rizos, pero... era tan preciosa que dolía.

—¿Eres siempre tan callado? —me miró de reojo con la sonrisa torcida.

Encogí los hombros. Ella soltó una carcajada breve.

—Bien... ¿improviso? —me preguntó.

No esperó mi respuesta; se acercó a la orilla y se dejó caer en la arena. Yo todavía estaba debatiéndome entre la idea de haberme quedado dormido y que esto no fuese cierto o haberme ahogado y que me encontrara en una especie de cielo. Al fin y al cabo, ¿qué probabilidades había de que ella apareciese en el mismo lugar que yo con lo grande que era Valencia?

Mis movimientos eran torpes al sostener la cámara debido a mi conmoción. La enfoqué de nuevo, la miré a través del objetivo y se me puso la piel de gallina; ella posaba de forma natural en la orilla con el vestido arrugado en las caderas y el cabello movido por la brisa.

No sabía quién era yo. Ni siquiera había hecho amago de conocerme ni un poquito; no me extrañó en absoluto, mi aspecto había cambiado, y no solo por el paso de los años como le había ocurrido a ella. Habían transcurrido once años desde la última vez que nos habíamos visto, no muy lejos de allí. Y cinco desde que había empezado mi tratamiento.

Tragué saliva varias veces mientras la fotografiaba.

Ella, ignorando una realidad que a mí me mataba, se paseaba hermosa por delante de mí adoptando poses profesionales. Me inquietó lo poco que distaba de esa niña de la que estaba perdidamente enamorado. Seguía siendo ese remolino, mantenía esa mirada llena de luz, continuaba siendo espontánea, alegre. Fotografié la imagen de la mujer que era, en mi mente y en la cámara. Procuré captar su esencia a través de la mía. Ese nudo apretado y ascendente que se posaba en mi estómago al hacer fotos a aquello que me apasionaba se triplicó.

—¿Puedo? —Me pidió la cámara para ver los resultados.

Me tembló la mano al pasarle la cámara que aún colgaba de mi cuello. La Chica de las Burbujas se acercó y el olor a verano y a cerezas invadió mi nariz. Me mordí la lengua para reprimir un gemido de dolor.

Cerré los ojos. La escuché respirar de forma irregular. Los abrí y la vi mirándome con una expresión profunda para regresar de nuevo la vista a las fotografías.

—Vaya... —susurró—. Son buenas. Son... muy buenas.

—¡Alma! ¡Ay, Alma, querida, lamentamos el retraso! Deberías haberte esperado en la agencia... —Una mujer muy alta de espaldas anchas descendió hacia nosotres acompañada de un hombre con una cámara parecida a la mía.

—Tranquila, Íngrid, ya habíamos empezado... —Comenzó a decir la Chica de las Burbujas antes de alzar la mirada.

—¿Cómo que ya habíais empezado?

Íngrid me dirigió una mirada insondable. Se me escapó una sonrisa al ver el gesto de estupor de mi remolino.

—Sí... con Orlando, el fotógrafo...

—Cariño, Orlando es este de aquí —le indicó.

—Encantado —dijo él.

La Chica de las Burbujas miró a Orlando y luego a mí.

—Así que el señor Pocaspalabras se estaba quedando conmigo, ¿eh? ¿Te ha parecido divertido?

—No ha estado mal... —respondí, esbozando una sonrisa.

Ella me la devolvió sin rencor.

—Tienes suerte de ser un genio —dijo sin soltar mi cámara—. Íngrid, tienes que ver esto.

La mujer, su representante, me miró con mala cara antes de acercarse para mirar las fotos que había hecho.

—Nunca me había visto así… —musitó ella—. Es… Provoca algo diferente cuando observas la imagen. Desprendo otro tipo de energía, ¿no crees?

—Sí…, he de admitir que son buenas, pero no nos valen para la campaña, Alma.

—Quizá para esta vez no, pero… quizás en otra ocasión. —La Chica de las Burbujas se puso frente a mí—. ¿Cuánto me cobras por las fotos?

—Nada —respondí en un hilo de voz.

—No seas tan humilde, señor Pocaspalabras…

—No voy a cobrarte por seis fotos. Considéralas un regalo, por… no haberte dicho la verdad.

—En realidad he sido yo quien te ha avasallado sin darte opción a replicar.

—Alma, cuanto antes empecemos, mejor. Tenemos otra sesión a las cinco, ¿recuerdas?

Ella chasqueó la lengua.

—En ese caso, acepta mi invitación. Esta noche celebro una reunión, me gustaría que asistieses. Íngrid, dame una tarjeta para escribirle la dirección.

—¿Vas a invitar a una reunión privada a un desconocido?

—No es un desconocido, es un fotógrafo con opciones de trabajar con nosotros en un futuro. ¿Te interesa…? Hum… ¿Cómo te llamas?

El estómago se me encogió un poco.

—Asher —respondí.

—Asher, ¿aceptas mi invitación?

—Hem… Claro… —dije, frustrado por la lentitud con la que mi cerebro digería la situación.

Ella me dedicó una sonrisa complacida, escribió la dirección en una tarjeta de la marca con la que trabajaba y me la entregó.

—Te espero esta noche allí a las nueve.

La sensación de surrealismo me duró toda la tarde, hasta el momento en que se hizo la hora.

Me duché, me cambié de ropa unas tres o cuatro veces, y me paseé por la habitación del hotel arriba y abajo en calzoncillos con la cabeza a punto de estallarme.

Había imaginado miles de reencuentros con la Chica de las Burbujas durante los últimos años, pero nunca me había puesto en una tesitura como esa, ni tampoco había predicho la inseguridad que regresaría a mí como una losa. En mis años en la Escuela y, en parte, gracias al tratamiento, el concepto de mí mismo se había modificado. Aquello me había dado más libertad, había besado a varias chicas y, aunque el sexo siempre me había costado, con las hormonas la libido había aumentado y el deseo de ser tocado se había hecho bastante intenso. Sin embargo, ahora... ella me había devuelto los recuerdos de mi infancia, esa sensación agridulce.

Me planté frente a la puerta del chalet a pie de playa que indicaba la dirección, escuché leves murmullos en el jardín y tuve la repentina necesidad de dar media vuelta; las situaciones nuevas siempre me causaban inquietud. Pero la Chica de las Burbujas estaba ahí dentro y, en realidad, no quería ni podía estar en otra parte, así que llamé tímidamente a la puerta.

Fue ella quien abrió. Se le iluminó la cara nada más verme y tuve un recuerdo tan fuerte de su rostro en el embarcadero que se me nubló la vista por los bordes.

—¡Bienvenido, Asher! Pensaba que ya no vendrías —me dijo, haciéndome pasar.

—Ya..., perdona, se me ha hecho un poco tarde...

—No pasa nada. Lo importante es que estás aquí.

Tuve el impulso febril de abrazarla, pero me contuve apretando los dedos contra mis pantalones.

Me condujo hasta una zona del jardín donde un grupo reducido de personas charlaban animadamente alrededor de una mesa. Un hombre atractivo vestido de punta en blanco se acercó a ella y la cogió de la cintura para besarla. Aquella imagen fue como un balazo en el pecho. Se me cortó la respiración.

—Asher, te presento a Samuel. Samuel, este es el fotógrafo del que te he hablado.

—¡Se casan en tres meses! —chilló una de las mujeres del grupo con emoción.

Alma rio con timidez.

«Se casan en tres meses». Esa frase resonó una y otra vez en mi cerebro con cada latido.

—Un placer, Asher. Lástima que no vayamos a conocernos mejor. Confío en el criterio de Alma, ya te darás cuenta, es espectacular. —«No hace falta que me digas cómo es».

—¿Tienes que irte ya? —le preguntó ella.

—Voy a perder el avión si no me voy enseguida, cariño. Antes de que te des cuenta, estoy de regreso; ya lo verás. —La besó en la ceja, y ella sonrió.

Con el tiempo me he ido dando cuenta de que suelo borrar de la memoria los sucesos especialmente dolorosos. Así pues, los minutos siguientes a ese descubrimiento son borrosos en mi mente: sé que me ofreció algún canapé, alguna copa también. No puedo recordar ningún nombre de sus amigues y, aunque tengo vagas imágenes en las que hablo con elles un poco, no guardo ningún atisbo de las conversaciones. Sí recuerdo, sin embargo, que me retiré un poco cuando terminamos de cenar. Y aún conservo en la memoria la imagen de la luna reflejada en el agua de la enorme piscina...

—Ey, señor Pocaspalabras. —Ella apareció detrás de mí con una copa de vino blanco en la mano, me la ofreció y la acepté. Esperaba que no se hubiese dado cuenta del temblor de mis dedos al coger la copa—. Veo que eres igual de callado con todo el mundo. Eso me alivia.

—Perdona, estoy un poco ausente esta noche. —Se me encendieron las mejillas antes de intentar frenar el impulso de mi cuerpo. Sentía que tenía de nuevo doce años cada vez que ella me dirigía la palabra.

—Deja de disculparte por todo —dijo riéndose—. ¿De dónde eres? Por tu acento diría que eres francés, ¿me equivoco?

—No —sonreí mirando hacia la luna en la piscina.

—¿Estás aquí desde hace mucho?

«Preguntas personales no, por favor, Chica de las Burbujas».

—En realidad solo he venido para unos pocos días...

—Ah... ¿vacaciones?

—Algo así...

—Vaya..., me siento como una arqueóloga intentando hallar los tesoros escondidos bajo la tierra. —Me observaba mientras hablaba; estaba demasiado cerca. Ella siempre había tenido esa costumbre que me hacía sentirme intimidado—. Tengo que saber un poco más de ti si estás interesado en trabajar conmigo. Es eso por lo que has venido, ¿verdad?

«Claro, si no, ¿por qué habría venido?».

—Sí, claro...

Noté sus ojos escrutar mi rostro y tragué saliva con dificultad.

—Eres muy tímido para ser fotógrafo —observó sin dejar de sonreír—. Entiendo que, si estás interesado, no te importaría quedarte aquí por trabajo.

Negué con la cabeza y encogí los hombros a la vez. Estaba tan nervioso que mis pensamientos eran incoherentes, me sentía estúpido.

—Asher...

—¿Mmm? —Me giré hacia ella por fin.

Me miró a los ojos, me hundí en ese bosque verde frondoso tan conocido para mí y exhalé por la boca sin querer. Su mirada me alertó, parecía saberlo todo de repente por la manera abrumadora en la que me atravesó.

—Está bien..., iremos poco a poco, ¿vale? —La Chica de las Burbujas se descalzó y se sentó en el borde de la piscina para meter los pies en el agua.

Hizo ese gesto, el de palmear el sitio a su lado invitándome a sentarme, tal y como lo había hecho tantos años atrás en el embarcadero. Cerré los ojos unos segundos antes de obedecerla y, cuando me disponía a hacerlo, me detuve de golpe al apreciar el tatuaje de su empeine: dos burbujas, una más grande que la otra, como las dos pecas sobre sus labios. Era el dibujo que le había hecho el día antes de que se fuese. Y era el mismo tatuaje que llevaba yo en mi empeine.

No me descalcé y me senté con los pies hacia el césped.

—¿Lo de la fotografía para ti es una afición o te has dedicado a ello de forma profesional alguna vez?

Apenas pude concentrarme en su pregunta. El tatuaje de su pie palpitaba en mis sienes, mandando impulsos nerviosos por todo mi cuerpo. Le había importado lo suficiente como para tatuarse un recuerdo nuestro. Le había importado como para recordarme los años siguientes.

—¿Asher?

La miré a la cara de otra forma, me sentía un poco menos asustado.

Ella se dio cuenta.

—Nunca he fotografiado a modelos hasta esta mañana, si esa es tu pregunta. La fotografía para mí es una forma artística, todo puede tomar forma de algo maravilloso a través de una lente según los ojos que lo miren.

Ella me contempló con curiosidad y esbozó una sonrisa. Llevaba los labios pintados de un color cereza. *Cereza*, por supuesto.

—Así que he ido a parar a un francés bohemio y vergonzoso con talento, ¿eh? —Movió los pies en el agua y se mordió el labio—. Interesante.

Sonreí también con la mirada puesta en mis manos, una sostenía la copa ya vacía y la otra acariciaba la hierba.

—No me lo he preguntado hasta ahora, qué estúpida. No sabrás quién soy, ¿verdad?

«Claro que lo sé. Lo sé muy bien, mi remolino».

—Te he visto en un cartel gigante en la calle Colón...

—Ah, sí. Es reciente. La verdad es que impresiona mirarme así, tan... visible. —Rio de forma vergonzosa por primera vez—. Es un sueño que se ha cumplido hace menos de un año. He trabajado para varias marcas pequeñas durante un tiempo y... bueno, he tenido suerte.

—Seguro que te lo mereces. La suerte solo es para quienes la buscan, ¿no?

Ella me sonrió mucho; no dejaba de mirarme de esa forma minuciosa.

—Pensarás que estoy loca, pero... tengo la sensación de conocerte. Me pasó también en la playa —admitió en tono suave.

Se me aceleró tanto el corazón que noté los golpes violentos de la sangre por todo el cuerpo.

—Es raro, ¿verdad? —me preguntó.

Me encogí de hombros.

—Soy un tipo muy común —respondí, me tembló un poco la voz.

Ella se echó a reír.

—Asher, te definiría de muchas maneras, pero *común* no estaría dentro de mi descripción.

Asentí y dejé escapar una risa floja.

—¿Te apetece darte un baño? Se ha quedado una noche estupenda —opinó mientras se incorporaba y se quitaba el vestido por la cabeza.

Entonces se lanzó al agua y, de nuevo, otro intenso *déjà vu*.

Soy una casa en obras. Nadie quiere entrar a vivir en una casa en obras.

Quieren instalarse cuando la casa está reformada, terminada, decorada y lista para vivir en ella cómodamente.

Sería bonito dar con alguien que disfrutase de la fase de la reforma, que fuese paciente y que ayudase en las obras. Que hiciese el proceso de construcción más bonito y ameno.

Mi casa va a ser putoincreíble, afortunados serán a quienes deje pasar.

Jedet, mujer trans, artista multifacética (cantante, actriz, escritora)

19

MEMORIAS DE ASHER

Carboncillo sobre lienzo: «Renacer»
Junio de 2003

En cuanto la Chica de las Burbujas se echó al agua, alguien puso música y les demás se unieron a ella; se lanzaron al agua entre risas, bromas y vino blanco. Yo me senté en una de las hamacas, en segundo plano.

En cualquier otra circunstancia, me hubiese marchado. O más bien, en cualquier otra circunstancia, no habría ido solo a una fiesta llena de gente desconocida. En Francia había asistido a varias, aunque siempre en compañía de amigues, y no eran lo mío.

—¡Asher! ¿No te metes? —voceó ella con los brazos apoyados en el bordillo.

Le hice un mohín.

—Quizá... luego.

Ella imitó mi mohín. Uno de los hombres le preguntó algo. Se notaba que la admiraban; las pocas personas que había en esa piscina tenían un gran afecto por ella.

Me levanté a ponerme otra copa y así tratar de estar un poco en sintonía con todo el mundo. Estaba a punto de terminar de llenar el vaso cuando me pegué un susto por la presencia de alguien a mi espalda, la copa se volcó en mi pecho y se derramó algo de vino por mi camisa.

—¡Ay! Te he asustado. —La Chica de las Burbujas se echó a reír—. Lo siento.

Iba empapada, su bikini negro era muy pequeño y, aunque se empeñase en alisar sus rizos, algunas ondas se le pegaban a la frente y al cuello. Estudié sin querer la forma de su cuerpo y escuché mi aliento escaparse entre mis dientes; un calor abrasador se movió sin piedad en mi vientre.

—No pasa nada… —Antes de que yo pudiera terminar de hablar ella pasó la palma de la mano por la mancha de vino.

Mi cuerpo actuó de forma extraña a su contacto, entreabrí los labios de forma involuntaria.

—Quítate la camisa, yo te la limpiaré.

—No es necesario, tranquila, Alma.

Ella reaccionó con un leve respingo cuando la nombré. Me miró con esa extraña curiosidad y luego bosquejó otra sonrisa.

—No dejes que me sienta mal, Asher. Permíteme ser buena anfitriona.

Hicimos un duelo de miradas. Ganó ella. Suspiré y comencé a desabrocharme la camisa. Por supuesto, tenía en mente las cicatrices de la mastectomía, pero había trabajado mi cuerpo y mi autoestima lo suficiente los últimos años como para que eso me importase.

Le entregué la camisa, y ella se quedó mirando mi cuerpo, mis tatuajes en concreto, sin ningún tipo de reparo. Traté de taparme el del antebrazo con disimulo; había algunos que ella no podía ver.

—Tienes muchos tatuajes… —comentó con voz queda.

—Muchas vivencias —respondí en el mismo tono.

Ella me miró a los ojos; aún recuerdo su rostro, esa mirada. Fue el instante en que vi su interés, un relámpago de fuego que convirtió en lava mi sangre.

—¿Me acompañas?

Me cogió de la muñeca sin pensarlo y me arrastró con ella.

—Cuéntame un poco de ti, Asher —me pidió de camino al interior del chalet.

—¿Esto es una entrevista? —dije de buen humor.

—Olvidémonos de lo de mi oferta de trabajo. O, mejor, volvamos a empezar, ¿vale? —Ella se detuvo y se giró hacia mí—. ¡Hola! Me llamo Alma, ¿y tú?

Me reí de su ocurrencia.

—Asher, un placer. —Le estreché la mano.

—El placer es mío —respondió con aire cómico—. Y, por cierto, Asher, tanto en Francia como en España somos más cálidos con las presentaciones, no renunciemos a ello.

La Chica de las Burbujas se acercó muy deprisa a darme dos besos y me dejó su aroma a verano. Ahí estaba mi verano interior.

—¿Esto quiere decir que ya no me vas a llamar más señor Pocaspalabras? —le pregunté mientras nos dirigíamos hacia la pila de la cocina.

—Mmm... Me lo pensaré. —Alma mojó mi camisa y le puso jabón para frotar.

—Deja que lo haga yo... —le pedí, estirando las manos hacia las suyas.

—De eso ni hablar.

Del jabón brotó una burbuja que voló entre nosotros. Hubo un delicioso silencio hasta que explotó.

—Me encantan las burbujas. Me recuerdan a mi infancia —dijo en tono dulce.

Preferí no añadir nada. Ella frotó, yo traté de volver a coger la camisa, pero ella pegó su cadera a la mía y me apartó.

—Asher, háblame de ti —volvió a pedirme.

—¿Qué quieres saber?

—No sé...

Me quedé bloqueado. «¿Por qué me escondo de ti, Alma?». Hacía mucho que había dejado de esconderme. ¿A qué tenía miedo? Ya no podía perderla. No podía hacerlo porque nunca la había tenido. Y allí, aunque estuviésemos solos y cerca, la sentía más lejos que nunca.

—¿Por qué quieres conocerme, Alma?

Ella terminó de enjuagar la camisa y se apoyó en la encimera. No dijo nada. Escuchamos cómo sus amigues la llamaban desde el jardín. Era para despedirse de ella; la primera pareja se fue y les demás no tardaron en marcharse. El día siguiente era laborable y ya era casi la una de la madrugada.

—Debería irme también —comenté cuando el último chico salió por la verja.

—¿No vas a esperar a que se seque tu camisa? La noche es cálida. —Su voz susurrante denotaba cierta tristeza.

Nunca había soportado verla triste.

La Chica de las Burbujas caminó delante de mí; yo la seguí por el aire como una brizna de hierba. Sentía que, igual que en *Bodas de Sangre*, ella era la novia, y su prometido y yo nos mataríamos al final en una lucha ensangrentada.

—Báñate conmigo, Asher —me pidió.

Ella me ofreció la mano, yo se la di. Si me descalzaba vería mi tatuaje. ¿Sabría nada más verlo quién era yo? «¿Por qué no me lo has dicho?», preguntaría ella. Y yo no sabría qué responderle.

Me quité las zapatillas y luego los pantalones. A esas alturas ya se habría dado cuenta de que no llevaba bañador; no había sido previsor. No dijo nada al respecto. Me deshice de ambos calcetines esperando que no se fijase en mi pie y, sin pensarlo mucho, me tiré al agua. Ella se lanzó cuando saqué la cabeza y comprobé que había saltado hacia mí, porque su cuerpo impactó contra el mío de tal manera que la sostuve de la cintura para que el choque no fuese mayor. Alma dejó caer la frente en mi barbilla y contuve el aliento. Se estaba dejando caer sobre mí y todas sus extremidades rozaban las mías.

—¿Alma? —susurré.

—No sé explicarte por qué quiero saber de ti, Asher. Solo sé que quiero hacerlo porque... —Se detuvo unos segundos en los que los latidos ensordecieron mis oídos—. Ya te he dicho que tengo la sensación de conocerte. No me tomes por loca, ¿vale? Solo... no quiero que te vayas tan pronto.

—No me voy todavía... —tartamudeé.

Ella me abrazó la cintura.

—Te juro que no suelo hacer esto con nadie. Y... tampoco voy borracha.

—Lo sé...

—Asher, ¿naciste en Francia? —musitó sobre mi barbilla.

—Sí...

—Debe de ser bonito. Nunca he ido, me gustaría ver París.

Nos quedamos abrazades unos instantes más hasta que ella se apartó y me miró a los ojos.

—Qué debes de pensar de mí... —murmuró.

Le sonreí con ternura.

—Eres tal y como te saqué con mi cámara —dije con voz ronca.

Ella intensificó la mirada y luego se acercó, pasó sus dedos por mi mandíbula y después se inclinó hacia mí para cubrir mi boca con la suya. Inspiré hondo por la impresión del tacto cálido y blando de sus labios. Me iba a reventar el pecho de un momento a otro. La hierba y las flores volvieron a volar alrededor de nosotros, los árboles y las plantas recuperaron vida, la luna volvió a brillar.

La sostuve contra mí y le devolví el beso, ella jadeó entre mis labios. «Te querré hasta el día que muera».

—Asher, no sé quién eres, pero me has devuelto un pequeño hueco de mí que estaba perdido, aunque no sepas por qué —murmuró entre mi boca—. Ahora tienes que irte antes de que me arrepienta, aunque en realidad no quiera que te vayas.

La Chica de las Burbujas salió de la piscina sin mirar atrás. Yo salí después de ella, me vestí con los calzoncillos mojados y la camisa húmeda.

Ella esperó cerca de la puerta de la entrada al chalet con los brazos cruzados mientras yo me alejaba hacia la verja.

—Espero que disfrutes del tiempo que te queda en España —me dijo sin venir a despedirse.

Cogí la manivela de la verja con tal fuerza que me salieron hematomas en los dedos al día siguiente. Estuve a punto de regresar y decírselo. Estuve a punto.

Pero salí y cerré detrás de mí.

Nada más abrir los ojos al día siguiente me di cuenta de mi error. Pero ¿de qué serviría decírselo? Ella estaba prometida, era una aclamada modelo, tenía una vida hecha. Y yo iba a regresar a Francia con mi familia, seguir con mis exposiciones, con mis proyectos.

Aquel día Didier me presentó a varias personas importantes interesadas en mis obras en la Feria del Arte de Valencia. Él estaba eufórico por nuestro éxito; yo siempre lo he llevado de forma más moderada. No me gustaba que alguien se llevase los cuadros protagonizados por la Chica de las Burbujas. Sin embargo, claro que estaba contento por ser reconocido y alabado por la crítica. Mis sueños se estaban materializando a una velocidad vertiginosa y a veces me costaba asimilarlo, y más si sabía que ella estaba cerca y a la vez era tan inalcanzable.

Didier quiso celebrarlo por la tarde, pero yo no estaba de ánimos.

En vez de ello, cogí un taxi e hice al conductor que me llevase a la calle donde se situaba su chalet. Estuve una hora de reloj metido en una callejuela de enfrente mirando la fachada. «Maldito cobarde», me repetía. La vi a través de la ventana del piso superior y sentí la vida escaparse por mi boca.

¿Qué podía decirle? «Verás, Alma, es que llevo toda mi vida enamorado de ti, te he dibujado como un demente para sentirte conmigo y recuerdo cada palabra y cada caricia de aquel septiembre gracias a mi memoria eidética». «Chica de las Burbujas, deja tu vida entera y fúgate conmigo». Era ridículo. Y, al mismo tiempo, si no le decía eso, ¿qué iba a decir?

Me fui de allí y regresé al día siguiente. Y al siguiente. La Feria terminaba en un par de días, el tiempo se me venía encima y, cuando por fin me tragué el pánico y le eché valor, llamé a la puerta, pero nadie me abrió.

Sabía que el chalet era un hogar provisional mientras preparaban la campaña publicitaria, pero no cuándo se iba de vuelta a su casa en Barcelona. Sentí un dolor físico en las entrañas al pensar que se había marchado. Esperé un rato más por si regresaba, e incluso volví por la noche. Pero seguía sin haber nadie en casa.

Acudí al día siguiente a la Feria sin dormir y de mal humor. Estaba enfadado conmigo mismo. Didier, que tendía a preocuparse en exceso por mi bienestar (aún lo hace), me preguntó varias veces qué me pasaba. «Una mala noche», le decía.

Me escapé varias veces para respirar aire a solas, la gente venía a preguntarme por el significado de las obras y yo les respondía con aire ausente.

—Tío, en serio, ¿qué te pasa? Parece que se te haya muerto alguien —me increpó Didier en una de mis escapadas.

Estábamos en la parte posterior de la carpa donde se hallaban las exposiciones. Había salido a fumarme un cigarrillo, puede que el quinto en lo que llevábamos de mañana.

—Ya te he dicho que he dormido mal…

—¿Por algún motivo en especial? Si es por lo del cuadro de la Chica de las Burbujas, Asher, ya te dije que no estábamos obligados a aceptar esa suma, podrías haber…

—No es eso —le interrumpí. Pegué la última calada al cigarro y tiré la colilla al suelo para apagarla con el pie—. Entremos —le pedí.

Avancé sin esperarle. Miré de refilón el cartel con mi nombre y una fotografía de una de mis obras más reconocidas en la puerta de la carpa y entré.

Entonces, al levantar la mirada, la vi.

Se me detuvo el corazón. Estaba allí, frente a uno de los cuadros de su propio rostro cuando era niña. Se giró, reparó en mi presencia y su mirada se convirtió en un mosaico tan expresivo que dejé de sentir el aire y el oxígeno alrededor de mí.

—¡¿Auri?! —exclamó.

Y al segundo siguiente se le cerraron los ojos y cayó desplomada al suelo. Noté un derrumbe en mi pecho y corrí en su dirección, pero para cuando llegué a su lado ya había gente escandalizada rodeándola.

—¡Apártense, por favor! —ordenaba un hombre que, por su vestimenta y su complexión, intuía que se trataba de su guardaespaldas—. Ha sido un mareo, necesita espacio.

Me arrodillé y me incliné hacia ella; el grandullón no me dijo nada, supuse que sabría quién era. Le acaricié el pelo con las manos temblorosas observando con angustia sus párpados macilentos.

Me había descubierto. Y la vergüenza era mayor al haber tratado de esconderme. Habría visto su rostro expuesto por todas partes, su bañador violeta, su vestido de mariposas; me habría visto a mí, el retrato de mi yo adolescente tratando de arrancarse los pechos... Ya lo sabía todo. Si de pequeña había tenido alguna duda de ello, se lo acababa de confirmar, así, en crudo.

Y al abrir los ojos vería a un cobarde y un mentiroso.

Cuando empezó a despertar, me aparté. El guardaespaldas le habló para tranquilizarla mientras yo me camuflaba entre la multitud. Y, como el cobarde que era, volví a salir de la carpa.

Me llevé las manos al pelo y maldije por lo bajo; notaba que me faltaba la respiración, sentía el pulso en la garganta.

—¿Qué ha pasado? ¿Por qué has salido ahora? —me preguntó Didier, viniendo detrás de mí.

—Es ella... —dije en un hilo de voz—. Es la Chica de las Burbujas.

—¡No me digas! ¿La mujer que se ha desmayado?

Le hice un mohín. Él abrió mucho los ojos y sonrió con todo el cuerpo.

—No se lo digas a nadie, Didier...

—¿A quién se lo voy a decir?

—A nadie, ¿de acuerdo? —le repetí, conociéndolo.

Cogí otro cigarro del bolsillo de mis pantalones, me restregué la cara con nerviosismo y me despeiné el cabello lacio. Cuando me coloqué el cigarrillo entre los labios y me puse a buscar el mechero en mi bolsillo, ella atravesó la puerta.

—Estoy bien, no necesito nada —le decía a su guardaespaldas, que la seguía de cerca con gesto preocupado.

Entonces alzó la mirada y encontró la mía. Un escalofrío intenso me recorrió el cuerpo.

—Alma..., tenemos que irnos —le dijo él, girándose hacia la carpa con aire inquieto.

Ella dio unos pasos en mi dirección con caminar lento; entreabrí la boca, el cigarro se había pegado a mi labio inferior.

—En el embarcadero... a las seis —musitó hacia mí.

Miré sin respirar su espalda desnuda cuando se giró para alejarse de mí. El guardaespaldas le abrió la puerta del coche para que subiese justo en el momento en que un grupo de la prensa iba a abordarla.

Cruzamos las miradas a través del cristal y luego el coche avanzó.

Me has mirado y me has visto de verdad. Nunca he sentido tanto miedo. Me has mirado y estoy desnudo, y frágil y roto. Has visto mi rostro y también mi abismo. ¿Qué pensarás de mí? ¿Quién seré para ti? Alma, un solo roce tuyo puede hacer volar en pedazos mi cuerpo agrietado.

Escrito en un panfleto del hotel de Valencia
un día de junio de 2003

20

MEMORIAS DE ASHER

Óleo sobre lienzo: «Verano»
Junio de 2003

Vi de refilón una silueta sentada en uno de los embarcaderos, a lo lejos. Reparé en unos rizos que ondeaban en el aire y en la forma de un vestido blanco en el extremo de una de las pasarelas de madera que se metían en el lago. Se me había disparado el pulso, que palpitaba en mis oídos. Respiré rápido y caminé llevando la bicicleta al lado, esquivando las hierbas altas. Cuando crucé todos los obstáculos, dejé la bici en el comienzo del embarcadero y avancé sin prisa hacia la niña sentada al borde del muelle con las piernas suspendidas en el aire. El sonido de los pájaros que sobrevolaban nuestras cabezas y el ronroneo del agua en calma se fusionaban y ella... ella estaba allí.

Estaba allí y yo volvía a ser un crío.

No había llegado en bici, pero me sentía tan fatigado como si hubiese pedaleado a través de la Albufera a toda prisa.

La Chica de las Burbujas esperaba sentada, como aquella vez, y yo caminé hacia ella con el corazón pesándome tanto que me costaba avanzar. Hice el amago de sentarme, pero ella se incorporó a su vez. La tuve frente a mí tan deprisa que me sentí pequeño de pronto.

Era tan preciosa... Había reproche en sus ojos verdes, pero también un anhelo asfixiante.

No sé cómo ni por qué no fui capaz de frenarlo, pero noté mi pecho dar bandazos por el llanto inminente y las lágrimas rodaron por mi cara sin previo aviso.

—Auri...

Extendió los brazos hacia mí y me abrazó. Yo aspiré por la boca de forma sibilante y ella enterró su pelo en mi cuello y me apretó contra su cuerpo.

—Lo siento —farfullé.

Ella me estrechó aún más y noté sus temblores. Al cabo de unos segundos abrazándonos, ella se apartó para mirarme a la cara; esbozó una sonrisa débil y mojada, y pasó los pulgares por mis mejillas para secarme las lágrimas.

—¡Dios mío...! Eres real —dijo con voz queda—. Sabía que te conocía. Lo sabía. Tenías que ser tú..., Asher.

—¿Vas a... poder perdonarme?

La Chica de las Burbujas sonrió de forma más amplia.

—Auri, no sé no perdonarte —me confesó.

Expulsé el aire por la nariz y quise acercarme a su frente, pero me contuve.

—¿No notaste la nostalgia que desprendía, Auri? ¿No viste la forma en la que me atraías? Me recordabas a ese niño que un día conocí y resulta que no estaba equivocada...

—Tienes derecho a reprocharme —le dije con voz ronca.

—No he venido aquí para reprocharte nada. —Me acarició el cuello con los dedos. Cerré los ojos—. Tengo demasiado que decirte... Y demasiado que preguntarte.

Alma me cogió de la muñeca cuando decidió agacharse para sentarse. Me coloqué a su lado; ella iba descalza, por lo tanto, yo también me descalcé. En cuanto expuse los pies desnudos en contraste con el agua del lago, ella vio el tatuaje de mi empeine, el mismo que el suyo. No dijo nada, solo acercó su pie al mío y me rozó; el vello se me puso de punta. Jugamos con los pies, nuestras burbujas pasaron de ser dos a ser cuatro. Vi cómo cerraba los ojos. Yo no los cerré para poder mirarla sin pestañear.

—Vine a buscarte en cuanto me saqué el carnet de conducir —empezó a decir—. Pero ya no estabais. Vuestra casa estaba, vuestros muebles también, pero dentro había otras personas..., como si me hubiese imaginado todo lo ocurrido ese verano.

—¿Viniste... a buscarme? —repetí con incredulidad—. Estuve esperándote cada septiembre. Cada año pensaba que ese sería el verano en el que tú volverías.

Ella me miró, conmocionada.

—Desaparecisteis —susurró—. Regresé varias veces a lo largo de los años; las personas del interior de la casa cambiaban, pero nunca erais vosotros. Nunca eras tú.

Me llevé las manos a la cara para restregarme los ojos y revolverme el pelo.

—La alquilamos —revelé en un hilo de voz—. Nos mudamos a Francia, nuestro país natal.

—Nunca me contaste que eras de Francia...

—Ni siquiera sabíamos nuestros nombres, éramos... inocentes y botarates —dije esbozando una sonrisa.

Ella me la devolvió.

—Sí, lo éramos... —habló con un cariz triste—. Auri..., ¿sabes por qué me metí en el mundo de la moda?

—Recuerdo que una vez me dijiste que de mayor querías ser como tu madre.

—Y es cierto. Pero esa no es la única razón. Con los años me di cuenta del sacrificio que conllevaba esta profesión y llegué a dudar si seguir los pasos de mi madre, pero fue la idea de ser más visible lo que me empujó a luchar: quería que me encontrases.

Aquella confesión me pilló desprevenido. La contemplé con estupor y ella sonrió, tímida.

—Yo no podía encontrarte a ti. Te habías esfumado, necesitaba que me encontrases tú. —Giró su cuerpo en mi dirección—. Has tardado, pero aquí estás.

Se me había atascado la voz en la garganta. Ella dejó escapar una carcajada suave y breve cargada de nerviosismo.

—Sí, he tardado... —susurré, recordando a ese hombre apuesto con el que se iba a casar.

—Y tú... ¡guau! Asher Dray —pronunció mi nombre con grandilocuencia—. Pintor y fotógrafo.

Enrojecí al evocar sus ojos contemplando toda mi obra.

—No te voy a mentir, me ha impresionado ver mi cara de niña por todas partes, me ha... impactado ver en pintura sucesos de mi vida que llevo tan dentro. Y... ¡joder si tienes talento, Auri! Eres... increíble. —Rozó su mano contra la mía; yo miré su barbilla, el perfil de sus labios gruesos, su cabello que caía con delicadeza sobre su oreja... Mi piel quemaba, sentía mis labios húmedos y los ojos vidriosos.

La añoraba y la deseaba a partes iguales. «Alma, ¿no notas que me estoy consumiendo?». Quería que siguiese hablando, pero al mismo tiempo me resultaba insuficiente. Necesitaba tocarla, necesitaba que tampoco fuese suficiente para ella.

—¿Has visto algo en ese sitio que haya hecho cambiar tu opinión sobre mí? —Hoy aún no sé cómo tuve el valor de hacerle esa pregunta.

—Auri..., no he descubierto nada que ya no supiese —admitió, rozando mi dedo contra el suyo.

Me quedé mirándola con el pulso golpeándome el cuello y las sienes.

—Por lo que tengo entendido, la Feria acaba mañana —dijo, y vi cómo su labio inferior vibraba—. ¿Cuándo te irás?

—Mi vuelo sale temprano pasado mañana...

Ella asintió con la cabeza en silencio.

—Nosotros acabamos la campaña dentro de unas semanas. —Suspiró y apartó su mano de la mía para sostener las piernas contra su cuerpo.

Imité su gesto y luego nos quedamos en silencio.

No sabía si a ella le sucedería, pero mi mente no podía parar de recordar el beso que nos habíamos dado en la piscina. Mi cuerpo rememoraba esas sensaciones con algo de amargura. La echaba muchísimo de menos, de una manera que rozaba lo doloroso. Creo que nunca he podido echarla de menos de otra forma, pero en esos momentos teniéndola enfrente... era casi insoportable.

—Bueno, cuéntame un poco, ¿cómo está tu familia?

Empezamos a hablar de nuestras vidas. Yo le conté lo de mi ingreso en la Escuela de Bellas Artes de París y lo de mi reciente éxito; y ella me contó la primera vez que una agencia pequeña la había contratado. Me contó que su madre se había vuelto a casar y también me habló de cuando había conocido a Samuel, su prometido.

—Él lleva una famosa revista, además de ser modelo. Las malas lenguas dicen que mi contrato con la marca a la que represento ahora fue gracias a él, cuando es mentira. Todo lo que tengo me lo he ganado yo sola. —No se me pasó desapercibida su frustración. Debió de haberse enfrentado a ello en varias ocasiones a juzgar por su ánimo—. Cuando nos conocimos él se mostró muy interesado, pero... yo no quería. Sin embargo, pasó y... pasó casi sin darme cuenta. Y así llevamos dos años.

Volvimos a quedarnos en silencio tras lo último. No podía decirle nada sin sonar hipócrita.

—¿Y tú? ¿No tienes a nadie en Francia?

—No, ni allí ni en ningún sitio —respondí de forma socarrona.

—No me lo creo. Mírate... —Me señaló con la mano, observándome con cierta provocación.

—¿Qué? —Me puse rojo.

Ella esbozó una sonrisa torcida y negó con la cabeza hacia el lago. Volví a reparar en su cuello, en la curva de sus pechos... Apreté la mandíbula.

—Tengo que irme, Auri. He quedado —anunció con desgana.

—Vale —respondí de inmediato.

—No me gustan las despedidas...

—Yo soy un desastre con eso...

Ella rio y yo la secundé.

—Me alegra haberte visto de nuevo... Aunque no lo haya parecido. —Se tapó la cara para reír de nuevo—. Nunca me había desmayado al ver a alguien.

—Bueno..., será por mi sexapil —bromeé.

—Deberías mirártelo... —continuó, riendo.

—¿Tú crees?

La Chica de las Burbujas dejó de reír para observarme con gesto serio.

—Te he echado de menos...

—Creo que en eso te gano, por lo que has podido ver en esa exposición —intenté mantener el ambiente jocoso, pero esta vez ella no rio.

—Ojalá os hubieseis mudado un año más tarde... —musitó.

Yo recuperé la seriedad y ese dolor amortiguado en el pecho.

—Ojalá hubieseis vuelto cualquier septiembre después de aquel verano.

—Supongo... que debía ser así.

—Supongo que sí...

Nos quedamos mirándonos con la nostalgia inscrita en el aire. Yo me acerqué (no sé de dónde saqué el valor, supongo que de la desesperación), y ella dejó escapar un débil jadeo de entre sus labios; solo quería abrazarla por última vez, quería sentirla. Nos confundimos con los gestos, yo fui a alzar los brazos, ella se aproximó de forma torpe y sentí su respiración contra mi mejilla. Cerró los ojos y dejó caer la frente sobre mi pómulo. Inspiré de forma intermitente, la acaricié con mi mejilla, ella apoyó sus ojos contra mis labios, y yo dejé actuar a mi cabeza para que rodase por la suya.

Quería besarla, podía oler su aliento, que me atraía como nunca nada me ha atraído, y sentí su respiración humedecer mis labios cuando, sin saber cómo, nuestras bocas casi se rozaron. Necesitaba hacerlo. Me iba a explotar la cabeza, sentía que el corazón astillaría mis huesos para abrirse paso si no lo hacía... Pero entonces ella descendió su frente hacia mi nariz y mi boca, anulando cualquier posibilidad.

Escuché cómo crujía algo dentro de mí y un leve lamento por su parte.

Luego alzó la cabeza y me miró a los ojos; los suyos estaban vidriosos.

—Tengo que irme... —musitó.

Tragué saliva y asentí con la cabeza, incapaz de hablar.

Ella bajó la mirada, me dio la espalda y se alejó como aquel día, con una importante diferencia: esta vez no se dio la vuelta ni me dijo «¡Te querré hasta el día que muera!».

A veces, una necesidad que sabes que no se satisfará hace que tu mundo se ponga del revés. Ella es una necesidad para mí. La he deseado con las manos, la he moldeado, la he inventado... casi toda mi vida. Y se escapa de entre mis dedos porque, por mucho que la perfilen, jamás será real.

Escrito en una servilleta de papel un día de junio de 2003

Claro que sabía por qué no había tenido el valor de decirle que era yo. Claro que conocía el motivo por el cual me había escondido como un cobarde en vez de hacer que nuestro reencuentro hubiese sido tan épico como en mis sueños.

Bajo la máscara de seguridad por mi transición o por el éxito de mi obra, estaba el mismo niño de siempre. La gente ya no me confundía por la calle, ya no me miraba raro ni me despreciaba. Ya no me señalaban, no me obligaban a entrar en el aseo de mujeres ni se dirigían a mí en femenino. Esa gente de la calle, de los bares, de los comercios, que no sabían nada de mí, ya no tenía nada que reprocharme, pues cumplía con los estándares físicos del aspecto masculino y, por lo tanto, me dejaban estar.

No ocurría lo mismo cuando exponía mis obras. Ni tampoco para esa gente que, directa o indirectamente, había conocido una parte de la temática de mis pinturas.

La verdad es que resultaba increíble. Toda la vida tratando de ser invisible y, para cuando lo había conseguido, voy y me digo: «¿Qué puñetas? Hazlo». Y lo hice, y me desnudé como un lunático, como un demente al que le gustaba sufrir. ¿Cómo llamarme si no?

Pero es que no podía conformarme. La actitud de la sociedad me irritaba, me superaba la hipocresía y la superficialidad. Era desmoralizador comprobar cómo tomaban más en serio mi palabra al ser hombre, cómo se dirigían a mí antes que a la chica que tenía al lado si necesitaban saber algo. «¿Es que no te enteras? Sigo siendo la misma persona. La misma. No soy más que nadie, no soy mejor ni tampoco peor».

Me había visto en la obligación de actuar a pesar de mi inseguridad, a pesar del miedo, a pesar de mi infierno.

Claro que había ganado autoestima y seguridad con los años, pero no podía engañar a nadie. En el fondo, seguía teniendo un temor atroz al rechazo, a no ser lo bastante bueno.

¿Cómo iba a ser menos con ella? Con ella el miedo se triplicaba, porque la Chica de las Burbujas era mi primer amor, mi inspiración, mis recuerdos felices, la primera persona desconocida que me había hecho sentir especial. Ella era tanto que me intimidaba.

Aquellos días en Valencia intenté dibujarla, sustituyendo sus facciones de niña por las de mujer, pero solo conseguí destrozar varios blocs. Su imagen de niña era cercana; la niña que vivía en mi memoria me quería. La mujer que necesitaba plasmar, en cambio, era inaccesible; me venía grande. Mis recuerdos se entremezclaron con los del presente y su rostro se distorsionó por la tristeza.

Ella había vuelto a marcharse como aquella vez, en el embarcadero, y supe que esa era la última vez que nos veríamos. Aquello me destrozó.

El día siguiente, en la Feria, delegué todas mis responsabilidades a Didier.

Las horas avanzaron demasiado deprisa a pesar de mi angustia, y las excelentes noticias acerca de la buena impresión que había causado a la crítica y a clientes potenciales se vieron distorsionadas. No quería escuchar que algo iba bien. Nada iba bien. Ya no podía dibujar a la Chica de las Burbujas. Ella se había ido.

La idea de su existencia siempre me había aliviado. Había sido como poseer un remanente, una puerta a la que entrar para estar en calma. Siempre me había preguntado qué suelo pisaría, el aire que la envolvería, las manos que la tocarían, si sería feliz.

Y al saber por fin todo eso me sentía descolocado, vacío.

¿Acaso creía que nuestro reencuentro desorganizaría su vida? ¿Que lo dejaría todo por venir a mí? Qué estúpido.

Pero el daño a veces hace que necesites distorsionar la realidad; a veces el exterior es demasiado realista y precisas esconderte. Por eso, esa última noche en Valencia, me fui a nuestro rincón de la playa. Estaba vacía, en calma; la brisa soplaba tímidamente y traía el sonido y el aroma de las olas. No tenía pensado regresar al hotel, de todas formas no podría dormir, así que me senté en la arena cerca de la orilla mirando al mar.

Me di cuenta de que empezaba a respirar deprisa, cada vez más. Enterré la cara en mis rodillas, cerré los ojos con fuerza y mis pulmones se hincharon de modo que de mis entrañas emergió un alarido prolongado. Entonces vi venir la pérdida del control de mis emociones, que se desbordaban de mí. Había estado aplacándolas durante todo el día con éxito, pero la presa se había destruido. Me levanté de un salto y me deshice a estirones de la camiseta mientras emitía lamentos guturales y gemidos. Sentía toda la sangre estrellándose contra mi cara, mis costillas a punto de ceder por la presión. Me quité los pantalones, miré al mar borroso por las lágrimas y corrí hacia él.

Me hundí hasta la cabeza. Nadé hasta la extenuación y quise flotar, pero el agua estaba embravecida. Me sumergía y lo dejaba todo negro.

En ese momento escuché su voz. Me llamaba.

Esperé verla en la penumbra del mar, pero no estaba. «¡Auri!». Como aquella vez en el lago, solo que en esta ocasión Eitan no estaría para recordarme mi verano interior. Mi verano no estaba, en mis entrañas se desataba una tormenta fría. «¡¡Auri!!».

Abrí los ojos bajo el agua. Y saqué la cabeza a la superficie, tocando el suelo con los pies. Era imposible que fuese cierto, pero vi una figura en la orilla. Encuadré la vista y me desplacé hasta que el agua descendió hasta mis caderas.

La Chica de las Burbujas avanzaba hacia mí con el vestido puesto y un gesto de preocupación.

—Auri… —gimió.

Noté un latigazo en el pecho.

Me detuve unos instantes, contemplándola venir, el bajo de su vestido vaporoso flotando en el agua, los temblores de su cuerpo. La observé con incredulidad, ella se detuvo y aprecié los hipidos mudos de su garganta, su mirada temerosa, frágil.

Caminé hacia ella, que estiró sus brazos despacio en mi dirección. Aspiré de forma ronca por la boca antes de tocarla; la cogí de la cintura y de la nuca y la traje hacia mí y... la besé. Apreté los ojos y dejé escapar un sonido desequilibrado al atrapar su boca. Ella deslizó de forma deliciosa sus labios entre los míos y me apretó las costillas con los dedos.

Nos miramos de cerca, pude sentir su respiración intermitente, y entonces sus labios se curvaron con delicadeza en una sonrisa; yo se la respondí y volví a atraerla hacia mí para besarla. La Chica de las Burbujas jadeó de forma sonora y llevó sus dedos a mi pelo por la parte de mi nuca y a mi espalda. Fue decisión suya aumentar la fuerza del beso, que dio paso a la impaciencia, a la ansiedad. Atraje su cuerpo hacia el mío, su pierna se elevó hasta quedar a la altura de mi cintura. Ella gimió profundamente y yo enloquecí.

—Auri, acaríciame, por favor —susurró con súplica.

Apreté la mandíbula y tragué saliva antes de deslizar las manos por su espalda y agarrarla de las nalgas para levantarla un poco hacia mí. Ella me cogió del cuello y se apropió de mi boca con una intensidad que me dejó sin aliento.

Sentía todas las partes de su cuerpo en mi piel, su fino vestido mojado, el calor que desprendía. Sentía su olor a crema solar, a cerezas, a verano.

Me iba a reventar el pecho. Me sentía enfermo de deseo, de nostalgia, de amor.

Ella llevó las manos hacia mi vientre, apretó con los dedos temblorosos y emití un gemido de dolor porque tuve que apartarme.

—¿Estás bien? —jadeó.

—Sí —musité sin aliento, mirándola con culpabilidad por detener aquello por mis inseguridades.

Ella me miró a los ojos con comprensión. Suspiró y me besó la barbilla y la comisura de la boca.

—Ven —me pidió y entrelazó los dedos con los míos.

La seguí un poco mareado. Mi corazón no era capaz de relajarse.

Ella se sentó en la arena mirando al mar, y yo me dejé caer a su lado. Nos quedamos unos instantes en silencio con las manos cogidas y las piernas juntas.

—Me he imaginado esto miles de veces a lo largo de los años —me confesó—. Estás aquí...

Me miró como si no lo creyese y esbozó una sonrisa torcida. Yo levanté nuestras manos y le besé el envés de los dedos. Luego ella dejó caer la frente en mi brazo.

—No quiero que te vayas... —dijo con voz ronca.

Inspiré por la nariz y me encogí para poder abrazarla. Ella se deslizó hasta mi clavícula y posó los labios en el hueco.

—El mundo ha seguido girando, nuestras vidas han continuado... y parece que hemos quedado excluidos de la vida del otro —dije en un hilo de voz.

Ella emitió una especie de quejido agudo y hundió la cara en mi pecho.

—Auri..., ya no sé cómo hacer la receta secreta de las burbujas. Han dejado de vender el jabón de cereza —comentó con la boca contra mi piel—. Hace años que no soplo burbujas.

Cerré los ojos y la apreté contra mí.

—Aún guardo el frasco en mi habitación.

Ella levantó la cabeza y me miró con una nota de ilusión en los ojos.

—¿De verdad?

—Sí —dije soltando una breve risa—. Se quedó en Francia, lo siento.

—Con saber que aún lo tienes ya estoy contenta —decidió.

Le sonreí y posé mis labios sobre su pómulo.

—¿Cómo...? ¿Qué haces aquí? —le pregunté.

—Te buscaba. He tenido suerte.

—Para... ¿despedirte de mí?

Ella me miró, esbozó una sonrisa con el ceño fruncido y expulsó el aire por la nariz.

—No has cambiado nada, Auri.

—En realidad, sí. Y tú también lo has hecho...

Alma no dijo nada esta vez. Miramos hacia el mar y nos dejamos envolver por el sonido nocturno de las olas.

—Me refería a que... ¿de verdad no te das cuenta de que no puedo alejarme de ti? Ni siquiera podía hacerlo cuando todavía no sabía que eras tú —musitó con deje apesadumbrado—. No quiero que te vayas.

La miré con cierta incredulidad. Ella no se atrevió a mirarme a los ojos.

—Alma..., si fuera por mí...

—¿Si fuera por ti...? —Se giró para preguntarme con los ojos llenos de ansiedad.

Descubrir que hablaba en serio fue demasiado para mí. Tragué saliva de forma sonora y le sostuve la mirada con algo de desconcierto.

—No podemos parar el mundo para bajarnos pretendiendo que nos espere —hablé comenzando a jadear.

—Nosotros hemos esperado demasiado. Es justo que ahora se espere el mundo —opinó.

Nos miramos y compartimos miles de secretos en silencio.

—¿Cómo... podemos hacerlo?

—De la única forma que sabemos, Auri.

La Chica de las Burbujas volvió a dejar caer la frente en mi clavícula y su olor a verano impregnó mi piel de pies a cabeza.

21

CLAIRE

Junio de 2019

El *hall* se llenó de mesas con comida para picar en cuanto la charla llegó a su fin.

Aún notaba los dedos de Ori en el rostro tras enjugarme las lágrimas después de las palabras de Fleur. Lo había hecho con un cariño que me había encogido el estómago.

Ninguno de los dos probamos bocado. Podía sentir que él también tenía las emociones a flor de piel; descubrir a Fleur había sido algo extraordinario. Se nos acababa el tiempo para escribir y no dejábamos de encontrar más y más cosas nuevas, a cada cual más importante. Y estaba claro que ella era una pieza clave para nuestro libro; si no hubiese aparecido en él, habría quedado incompleto.

Pude percibir cómo Ori se sentía descolocado rodeado de tanta gente. Su mirada curiosa no dejaba de otear el ambiente, era un observador nato. Y yo cada vez estaba más convencida de que él no había nacido para estar encerrado, para seguir unas normas estrictas… Ori era etéreo y voluble, admiraba y comprendía lo que veía a pesar de que jamás se hubiese encontrado con nada parecido en su entorno; amaba el arte, amaba la vida y a las personas.

—¡No sabéis cómo me alegra ver este lugar tan lleno de sonrisas bonitas! Espero que estéis pasando una mañana fabulosa. —Fleur se acababa de subir a la tarima del modesto escenario que había al final de la sala con un micrófono en la mano.

Toda la atención de los presentes en aquel lugar se centró en ella de inmediato. Se alzaron ovaciones de nuevo.

—Bueno, ¿qué? ¿Tenéis ganas de música?

La gente respondió con fervor. En ese momento los músicos subieron al escenario junto a Fleur; el batería, el bajo, la guitarra y el piano.

—Para esa gente preciosa que sigue a pesar de los baches en el camino. Para les que ya no están. Para les que vendrán...

Empezó a cantar bajito con una voz rasgada y los ojos cerrados. Tenía magnetismo, la multitud la miraba sin pestañear. La banda comenzó a tocar con más ímpetu, Fleur abrió los ojos y cantó a pleno pulmón; se me pusieron los pelos de punta.

Miré a Ori de soslayo: contemplaba el escenario con la boca medio abierta. Sonreí y me eché a reír. Él se dio cuenta y sus mejillas se colorearon de ese color melocotón que me fascinaba. Le cogí de la mano y le arrastré hacia una zona más despejada para poder bailar al ritmo movido de la canción. La muchedumbre ya lo hacía, se movía alrededor de nosotros con soltura. Él los miró con la timidez agarrotando su cuerpo y yo me puse a bailar mirándole a la cara.

—¡Vamos! Es divertido —le animé.

Dejé que mi cabello pelirrojo acariciase mi espalda, hice círculos con las caderas al son de la música e hice eses con los brazos. El rostro de Ori se convirtió de nuevo en un mosaico precioso y revuelto al bosquejar su sonrisa torcida. Entonces empezó a moverse despacio, aunque sus mejillas no regresaron a su color natural y se vio incapaz de alzar la mirada mientras lo hacía. Volví a cogerle de las manos para infundirle confianza, quería que me viese sonreír para que supiese que estaba bien, que podía perder el control aunque fuese por una vez.

Me devolvió el apretón de las manos, pero no elevó la vista. Llevé los dedos a su barbilla para alzarle el rostro.

—¿Cuántas veces más vamos a poder vivir este momento, Ori? —sonreí y di una vuelta sobre mí misma.

Él rio con cierto nerviosismo.

—No sé bailar…

—¿Te cuento un secreto? Yo tampoco. Pero ¿a quién le importa?

Moví los hombros y la cintura. Ori torció los labios tratando de no sonreír, retiró la vista para llevarse los dedos a los ojos entre una risotada tímida y luego suspiró antes de empezar a menear la cadera. Aquello me hizo más feliz de lo que esperaba. Bailé sin reparos frente a él para que se sintiese menos ridículo y lo logré: Ori destensó su cuerpo y empezó a bailar.

Salté y le cogí de la mano; no dejamos de reírnos ni de mirarnos, como para insuflarnos de energía. Me permití unos instantes para observarle; se había deshecho de gran parte de su inseguridad y se movía de forma graciosa frente a mí. Se me encogió el pecho y dolió un poquito. De modo que no me permití más momentos como ese: no más pensar, no más observarle desde la distancia.

La canción llegó a su fin, aplaudimos y gritamos como el resto, Fleur dio las gracias y luego empezó a cantar otra.

Bailamos con más empeño esta vez. Ori cambió sus movimientos, se movió de forma más pausada y suave, alzaba la barbilla mostrando la curva de su cuello. Tragué saliva. No creo que fuese consciente de lo atractivo que era, como si nadie se lo hubiese dicho nunca.

Imité sus movimientos; de un momento a otro estábamos más cerca y podía oler su piel, su perfume, y nuestra ropa se rozó en alguna ocasión. Ninguno de los dos le dio importancia, no aparentemente: por dentro el pulso me latía fuerte.

De vez en cuando nos mirábamos y sonreíamos, Ori deslizó el envés de sus dedos por mi brazo y luego apartó mi pelo del hombro. Contuve el aliento y dejé caer la frente en su cuello; Ori siguió bailando, yo también. Alcé la cara, nuestras cabezas quedaron muy juntas; él cerró los ojos, pegó nuestras frentes y bailamos así.

Lo hicimos hasta que se acabó la canción.

El resto del día fue una montaña rusa de emociones.

Asistimos a más charlas, participamos en actividades, terminamos devorando varios canapés y, a media tarde, nuestras libretas estaban llenas de apuntes nuevos.

Nos despedimos de Dennise, pero no encontramos a Fleur por ninguna parte. Había estado toda la mañana ocupada porque todos reclamaban su atención y no habíamos tenido un hueco para poder pararnos a hablar con ella.

Salimos de allí con una bolsa llena de chapas y camisetas con las banderas del Orgullo. Ninguno de los dos nombró que Ori ya no estaría en la fecha oficial de la celebración y que nunca podría estrenar su camiseta (ni siquiera podía llevársela).

Caminábamos de muy buen humor tras un día divertido, estábamos revisando el contenido de la bolsa cuando nos sobresaltó un grito:

—¡Maricones de mierda! ¡Sois escoria!

Me quedé paralizada. Era un hombre que se dirigía al grupo de mujeres trans que caminaban frente a nosotros. A ellas les impactó esa agresión verbal en plena puerta de Aurinko, pero lo ignoraron. El hombre caminaba despacio por la calzada en compañía de otro tipo de su edad, este escupía al suelo con mirada de odio. Lo que menos me esperaba era que Ori avanzase hacia él; mi pecho dio un vuelco.

—Disculpe... Hola —le dijo.

—Ori... —Fui tras él con cautela.

El hombre se giró hacia Ori y lo miró de arriba abajo con gesto de irritación.

—Me gustaría conocer su punto de vista —comenzó él—. Es usted de aquí, ¿verdad?

—¡A ti qué te importa! —El hombre hizo amago de girarse.

—Me importa saber qué le hace pensar de esa forma... —continuó él sin achantarse en absoluto.

—¿De qué forma? Esa gente es perversa... ¡Manchan la sociedad!

—¿Por qué lo cree?

—¿Por qué? ¿Eres idiota, muchacho? Tú también sales de ese sitio... —miró hacia el grupo de mujeres con cara de asco y luego a él.

—Sí, he ido a escuchar y a intentar entender. Quizá si usted también hubiese estado, no se mostraría tan hostil.

—¿Codearme con gentuza? ¡No pienso escuchar más chorradas!

—Ese es el problema, ¿sabe? Mire, voy a decirle de dónde vengo: de un barrio en el que las leyes son estrictas y solo es válido un único punto de vista. Me he criado mirando solo hacia un camino, con el resto de posibilidades cerradas. Nunca había oído hablar de estas personas, no creía tan siquiera que existiesen porque en mi mundo, si algo se sale de los estándares, es censurado. Es curioso que, a pesar de haber vivido en ese sitio, donde el miedo y el rechazo a lo diferente es el pan de cada día, yo sea capaz de ver en esas mujeres a personas con sentimientos que se merecen respeto. Y me resulta más curioso todavía que usted, que vive en un mundo al alcance de toda información posible, no sea capaz de verlo, y ya no solo eso, sino que apenas haga intención de entenderlo y solo actúe haciendo daño.

El hombre retrocedió unos pasos observando a Ori con estupor; esta vez no supo responderle.

—La única cosa clara es que vamos a morir algún día. Y yo me niego a pasar mi vida odiando, maldiciendo y manteniéndome en la ignorancia. Prefiero descubrir, absorber cuanto venga y que, quienes me recuerden, lo hagan porque he dejado una huella positiva en su memoria, no por infringir dolor.

El tipo que lo acompañaba le tiró del brazo al ver que no reaccionaba. El hombre intentó borrar su cara de desconcierto, pero no lo consiguió. Elevó el labio inferior a la vez que encogía los hombros y ambos retrocedieron, se giraron y se alejaron con caminar vacilante.

Tenía el alma en un puño cuando Ori se giró hacia mí. Estaba pálido, pero sus mejillas se mantenían sonrojadas. El grupo de mujeres trans lo observaban con admiración.

—Gracias, chico —dijo una de ellas, la que encabezaba el grupo de cuatro—. Ten por seguro que vamos a recordarte por tu huella positiva.

Él les sonrió.

Mis piernas flojearon. Había pasado miedo, pero a la vez quería comérmelo a besos. Tan vergonzoso, tan inseguro, y acababa de plantarle cara a un hombre agresivo.

Ori me miró, y lo único que me nació fue abrazarle.

—Eh, pareja. —Una voz familiar nos llamó la atención.

Fleur se dirigía hacia nosotros con sus piernas largas y su presencia magnética. Ella miró a Ori con una sonrisa de agradecimiento y posó una mano en mi hombro.

—Tengo algo para vosotres. ¿Os pasáis mañana por mi casa?

—¡Claro! —Se notó demasiado mi énfasis y mi admiración.

Fleur dejó escapar una suave carcajada y se alejó junto a un grupo hacia un coche que los esperaba en la puerta de la asociación.

Aquella noche llegamos exhaustos a casa. Aun así, había querido trabajar un poco en el libro antes de acostarme; no recordaba cómo había llegado a mi cama, pero me desperté en ella, con las greñas en la cara, y gracias al olor a huevos fritos.

—Te dormiste sobre el teclado y tuve que llevarte en brazos a tu habitación —resolvió Ori, sirviendo los platos del desayuno.

El bochorno trepó rápidamente a mi cara y a mis orejas.

—Eres un ángel... —opiné con voz mañanera.

Ori se rio de mí.

—Será mejor que me dé una ducha para despejarme.

—Primero desayuna tranquila. Vas bien de tiempo. Y no te preocupes por el libro, yo seguiré escribiendo mientras estés en clase. —Parecía de muy buen humor.

Yo traté de seguir su estado de ánimo con un poco más de esfuerzo.

Tomé mi desayuno, le di las gracias y luego, al salir de la ducha, pensé en si debería hacerlo, pero era una necesidad, así que le besé la frente antes de irme. Él se quedó sonriendo frente a la pantalla del ordenador.

Hablé con Dean y Marc por teléfono de camino a la Escuela. Se habían instalado en la casita de campo de la familia de Marc (a la que iban en verano por la pequeña piscina y la paz de la naturaleza) y, aunque no estaba muy lejos de París y, de hecho, veía a Dean a diario en clase, echaba de menos hablar con los dos. Nunca se iban en esas fechas y, a pesar de que no me lo hubiesen dicho de forma explícita, podía intuir la razón, así que repliqué por enésima vez: «Haced el favor de venir a casa. Ori y yo iremos a nuestro ritmo de todas formas», les aseguré. «Estamos perfectamente aquí, Claire», dijo Marc. «¡Disfruta de tu nidito de amor!», gritó Dean.

—Cariño, nunca has traído a un chico a casa y nunca te he visto esos ojitos que llevas. ¡Estás viviendo aventuras! —me dijo Dean cuando lo vi en clase. Yo le hice un mohín: no me gustaba que fuesen condescendientes conmigo, pero no refunfuñé más.

Traté de dibujar a Ori en clase. La profesora Trouvé me preguntó cómo había ido en Aurinko, y se lo conté todo, incluso el papel que estaba tomando Ori en mi vida; necesitaba compartirlo. Ella me miró con ternura y me aconsejó seguir con mi retrato aunque no le tuviese delante. No sabía si podría hacerlo, yo no era Asher, con su memoria fotográfica.

Tuve miedo de la ansiedad que tenía por volver a verle cuando se acabaron las clases. Me peiné un poco la melena roja en el espejo del ascensor y me pinté los labios de color claro antes de entrar en casa. Él se acababa de duchar, llevaba el pelo mojado y olía a mi jabón.

El mundo se me vino abajo cuando pensé que ojalá me recibiese de la misma forma siempre.

—¿Nos vamos?

La casa de Fleur estaba a unas pocas manzanas de la asociación, en el corazón del barrio de Montmartre. Ella nos recibió en camisón (uno rosa perlado que le quedaba de maravilla) y nos hizo pasar al salón, tan elegante como ella.

—Tras dejar a Camille, Asher y yo estuvimos viviendo juntes —comenzó, sentándose en un sofá al lado de nosotros—. Creíamos que era la mejor idea, y no nos equivocamos; éramos unes compañeres de piso insuperables. —Tras una pausa, añadió—: Si os soy sincera, y a pesar de que nunca tocamos el tema, yo sí llegué a sospechar que Asher no había leído mi carta y que Camille era la responsable de ello, pero no podía imaginar que Alma le hubiese mandado nada. Camille nunca lo mencionó, ni siquiera tras su ruptura. Supongo que os habrá dicho que se arrepiente, ¿verdad? La gente tiene lo que se busca. Por mucho que ames a una persona no tienes el derecho de apropiártela. Asher sufría por hacerla sufrir a ella, y parecía que ella disfrutaba al verlo así. Él intentó corresponderla, pero no pudo.

Fleur mostró una caja de cartón que guardaba al lado de sus piernas y le dio toquecitos.

—Esto es de Asher, muchas cosas suyas se quedaron aquí después de… Después de que se fuese para siempre. —Arrastró la caja hacia nuestros pies—. ¿Os imagináis estar enamorado de alguien que sale por la tele, que aparece en las revistas, en los carteles? Alma despegó de forma internacional, aparecía en anuncios publicitarios. Fue el propio infierno de Asher.

Ori se agachó para ser el primero en abrir la caja; dentro había varios objetos. Lo primero que extrajo fue una tela con dibujos de mariposas.

—Era de Alma, su favorito —resolvió ella.

—El famoso vestido de mariposas de la Chica de las Burbujas… —musité con congoja mientras Ori lo extendía ante él.

También extrajo un bloc de dibujo y un mp4. En el bloc había dibujos de Asher, bocetos sin acabar y algunas notas a pie de página que reconocí por haberlas leído en sus memorias. Tenía la sensación de estar tocando algún tesoro antiguo que debería estar en un museo.

—El mp4 guarda canciones que él solía escuchar a menudo, siempre lo llevaba encima —nos contó Fleur con una ligera sonrisa de afecto.

En la caja también había recortes de revistas donde aparecía Alma posando con alguna prenda de ropa y… un frasco de pompas de jabón.

—No puede ser… ¿Este es el frasco original de…? —empecé a preguntar, emocionada.

—Me contó que se lo había regalado ella cuando eran niñes, cuando se conocieron —matizó Fleur.

Me temblaron un poco los dedos al cogerlo, lo abrí con sumo cuidado y olí el contenido: aún conservaba un intenso aroma dulzón a cereza. Reí con nerviosismo, acercándoselo a Ori. Él lo olió con una sonrisa de excitación en el rostro.

—Podéis llevároslo para la documentación de vuestro libro.

Ori y yo la miramos con sorpresa.

—No es necesario, Fleur...

—Sí, me parece que sí. Escribid un buen libro, confío en que lo haréis. Escribidlo y publicadlo, decidle al mundo quién fue Asher Dray. Quisieron callarle, pero nunca lo consiguieron: con su muerte, su fama se catapultó y se convirtió en un icono trans. No dejéis que su nombre se borre, escribid; escribid sin pelos en la lengua, y hacedle eterno.

Ambos la miramos con determinación y asentimos sin replicar.

No pensábamos hacerlo de otra forma.

22

CARTAS DE ALMA

Querido Asher:

¿Por qué es siempre tan difícil encontrarte?

Quiero saber dónde vives, por qué nunca contestas a mis cartas, por qué es todo tan tremendamente jodido. No querría ir hasta tu casa para rogarte que me quisieras (podría hacerlo, pero no lo haré), ni tampoco para pedirte nada. Iría solo para poder verte en la distancia, para saber cómo estás, qué haces, con quién compartes tu vida. Te miraría de lejos y solo con eso podría respirar sin asfixiarme.

Puede que esté sonando como una lunática y que ya, solamente por eso, te niegues en redondo a decirme dónde vives. Lo entiendo.

Puede que después de tantas cartas esté agotada de hablarte sin respuesta y que en esta vaya a poner más de lo que quisiera, puede que hoy me encuentre un poco más triste de lo normal, puede que el pensamiento de que me estés olvidando me machaque cada día un poco y en esta carta se refleje. No lo sé.

El otro día te vi en la tele. Me desmayé. Sí, no es algo nuevo, por lo visto tengo tendencia a ello (aunque solo me ha ocurrido tras tus apariciones sorpresa); le ocurre algo raro a mi organismo cuando te veo. Decían que eras el artista francés contemporáneo del momento, salías hablando en una entrevista unos pocos minutos. Me quedé mirando a la pantalla del televisor un buen rato, incluso cuando se acabó la noticia.

No te voy a mentir. He buscado información de ti en internet. Me he visto todo el contenido relacionado contigo. ¿Tú has buscado algo de mí, Auri?

Nunca has sido de redes sociales, no necesitas hacerte visible en esos sitios.

Siempre has creído que escondiéndote solucionarías las cosas. Asher, te desnudaste ante el mundo con tus obras y, aun así, te escondes tras ellas.

Ojalá no lo hicieses. Ojalá pudiese decirte a los ojos que lo siento y que moriría por tocarte una sola vez más.

Ojalá existiese una máquina del tiempo para poder regresar atrás e impedir que te fueses.

La Chica de las Burbujas, 12 de mayo de 2004

23

MEMORIAS DE ASHER

Carboncillo sobre lienzo: «Quimeras»
Junio de 2003

Nos escabullimos por los senderos como dos críes haciendo fechorías.

Un buen hombre había accedido a llevarnos hacia la dirección que le habíamos dado y bajamos del coche en la penumbra de la noche para atravesar el sendero flanqueado por plantas que sobrepasaban nuestras cabezas.

El terreno y el aroma me trajeron recuerdos potentes de mi infancia; el naranjo en flor, el cerco; casi podía ver las bicis apoyadas en la pared del almacén o la ropa limpia recién tendida. Nos asomamos a las ventanas y solo logramos ver las siluetas de los muebles.

—¿Ya no la alquiláis? —susurró.

Me parecía muy propio de ella que hablase bajito, aunque no nos oyese nadie, porque estábamos escapándonos de nuestras obligaciones. Seguía siendo esa niña preciosa.

—Los nuevos inquilinos llegarán a mediados de julio para pasar el verano —le aclaré.

Nos miramos y sonreímos.

Luego me agaché para extraer un ladrillo de debajo del alféizar de la ventana, metí los dedos y saqué la llave de repuesto que siempre habíamos guardado ahí. Ella se llevó una mano a la boca, excitada; yo dejé escapar una risa ilusionada y metí la llave en la cerradura; la puerta chirrió como de costumbre, dentro olía a cerrado, pero aún quedaba ese aroma familiar a madera.

La Chica de las Burbujas me agarró de la camiseta por la espalda cuando pasé a tientas; sonreí a la oscuridad. Encontré el interruptor y se hizo la luz; ella soltó una exclamación al ver el interior; estaba prácticamente igual a como lo habíamos dejado.

—Qué recuerdos... —dijo con voz queda.

—Tenemos a un amigo que se encarga del mantenimiento de la casa. Es él quien lleva el tema de los alquileres, por eso está tan limpia —le expliqué, acariciando el sofá con cariño.

—El piano no está —apreció, yendo hacia el hueco vacío.

—Fue lo único que nos llevamos. Era más caro comprar uno nuevo que trasladarlo en camión a Francia.

Alma inspiró profundamente y, con gesto de felicidad, empezó a dar vueltas sobre sí misma. Su vestido voló alrededor de ella y su imagen me llevó de golpe a años atrás, cuando había comenzado a llamarla «mi remolino». Mi corazón hizo el amago de encogerse hasta implosionar.

—No sabes cuántas veces deseé mirar por esa ventana y que tú estuvieses aquí... —dijo al dejar de dar vueltas.

Se metió un mechón de pelo ondulado tras la oreja y me sonrió de forma vergonzosa.

—Yo miré miles de veces por esa misma ventana por si algún día aparecías...

—Y aquí estás...

—Y aquí estás —repetí.

Nos miramos tras ese rastro de melancolía, en esa casa cuyas esquinas guardaban voces de recuerdos, donde más la había echado de menos.

—No llegaste a enseñarme tu habitación —recordó, dando pasos hacia atrás—. ¿Vamos?

La seguí por el pasillo, la seguiría adonde ella me dijese. Adonde fuese.

Mi habitación también estaba tal y como la recordaba, sin todos esos dibujos colgados por cada esquina, sin los colores y los lápices esparcidos por todos lados, pero ahí estaba: mi cama, mi escritorio, las estanterías e incluso las pegatinas de fotografías de cantantes que me gustaban de pequeño en las caras interiores de los armarios.

—Deben seguir aquí… —Me vino a la mente de repente un escondite secreto que tenía tras el hueco de la cama.

Aparté la cama, retiré la balda de madera que cubría la pared y ahí estaban, unas cuantas hojas de dibujo y unas margaritas secas.

—¿Qué es? —La Chica de las Burbujas se asomó por encima de mi hombro y vio el primer dibujo, su cara de niña con el embarcadero de fondo—. Auri, es increíble.

El fervor de su voz al coger los dibujos de mis manos me provocó un estremecimiento.

—Nos dibujé a todos. A ti, a mi madre, a mi padre, a Eitan y a mí… Quería dejar una parte de nosotros aquí. Este lugar es especial para mí.

—¿Cuándo hiciste estos dibujos?

—Poco después de que te fueses…

—Auri, tenías doce años… y dibujabas así. —Exhaló por la boca, maravillada—. No me extraña que hayas llegado tan lejos. Las obras que vi en esa exposición… Viajé de nuevo a 1992, ¿olía a cereza? Me pareció que el sitio olía dulce.

—Sí… —Me rasqué la cabeza, avergonzado—. Es… una peculiaridad de mis exposiciones.

Alma se me quedó mirando con intensidad.

—Este tipo de margaritas solían crecer cerca del canal aquí en tu casa… —dedujo, pasando las yemas de los dedos por las flores secas.

—Una vez dijiste…

—Son mis favoritas… ¿Lo recuerdas todo, Auri? ¿Cómo has podido dibujarme sin verme?

—En realidad yo… tengo memoria fotográfica —declaré.

Su actitud vehemente estaba empezando a provocar reacciones extrañas en mi organismo.

—Cuántas cosas no sé de ti, Asher —dijo con tono suave. Se quedó pensativa, cerró los ojos unos instantes y tomó aire profundamente antes de hablar—. Quiero contarte algo... No sé qué me pasa contigo. No te asustes, es solo que... no puedo controlarlo, tiendo a orbitar a tu alrededor... Cuando nos conocimos no entendía lo que me ocurría. Quería estar contigo todo el tiempo. Me levantaba pensando en que ese día te besaría, pero nunca me atrevía... Bueno, hasta el último día —sonrió—. Las despedidas siempre dan esa valentía, ¿no? Era incapaz de dejar de mirar tu cara, no me creía que alguien pudiese tener esa cara tan... bonita. Me ocurrió lo mismo cuando te encontré en nuestra playa con la cámara de fotos, empecé a orbitar alrededor de ti sin darme cuenta, por eso te invité a la fiesta. —Hizo una pausa para mirarme; algunos mechones de pelo habían invadido su cara y su mirada se tornó más profunda—. No puedo entender qué me pasa, pero me pasa. Me siento diferente cuando estás, siento que... me quema la piel y... no sé.

Yo había dejado de respirar. Sus párpados temblaron.

—Creía que... deberías saberlo.

Ella tomó mi mano y la llevó a su frente; en efecto, estaba caliente. Dejé escapar el aire por la boca, que salió de forma atropellada.

Ella bosquejó una sonrisa nerviosa y adorable.

—Lamento no poder describirte lo que me pasa a mí... Nunca he sabido expresarme con la voz —musité con la respiración entrecortada.

—Entonces no digas nada... —dijo en un arrullo, inclinándose hacia mí—. Solo...

Dejó la frase en el aire y me besó la barbilla. Tragué saliva de forma sonora y el corazón cogió impulso para bombear con todas sus fuerzas.

Besé su pómulo, su mejilla y su comisura de forma húmeda, ella jadeó y se deslizó hacia mi boca. Pasé los dedos por su pelo y la cogí de la cabeza para atraerla hacia mí y besarla como necesitaba. Apreté los ojos con fuerza y respiré de forma dificultosa entre sus labios carnosos, saboreándola. Mi boca se colmó de verano, de olor a mar, del sabor del agua del lago entre medio de una risa; se colmó del dolor antiguo y del nuevo, de nostalgia. Me llené de ella, de la Chica de las Burbujas. Ella, una cascada de vitalidad, un remolino que lo arrasaba todo, incluido a mí. Sobre todo a mí.

Sentí sus dedos apretar mi carne por las costillas, los temblores de sus dedos. Nos abrazamos fuerte, sus labios se resbalaron hacia mi cuello, y entonces la escuché sollozar.

—¿Alma? Eh, Alma —le cogí de la cara, asustado.

Ella intentaba ocultar sus lágrimas.

—¿Estás bien?

—Llámame Chica de las Burbujas —me pidió, y luego se lanzó a mi boca con pasión.

Mis movimientos fueron torpes al responderle, emití un sonido involuntario muy lejos de la cordura en medio de ese beso candente. Le respondí con todo mi ser, con todo mi cuerpo.

Entendía sus lágrimas, las entendía demasiado bien. De hecho, apenas sin darme cuenta, mojé sus mejillas y nuestras lenguas probaron la sal. Ella arrastró las palmas de las manos por mi vientre, arrugando entre sus puños mi camiseta. Jadeé de forma sonora contra su boca y cerré los ojos con fuerza.

—Auri..., por favor —suplicó.

Parecía leerme la mente o quizás el agarrotamiento de mis músculos hubiese sido suficiente indicador. La miré torturado por el deseo, la excitación y esa infernal sensación que nunca me abandonaría: la inseguridad.

—Por favor... —gimió.

Contuve el aliento en la garganta con su cara pegada a la mía.

—¿Y si descubres que no te sientes así? ¿Y si... te das cuenta de que en realidad... en realidad...?

—Escúchame. —Me cogió de ambas mejillas para que la mirase a la cara—. ¿Crees de verdad que alguna parte de tu piel puede cambiar algo? Cada parte de ti conforma tu cuerpo y hace que existas. Que estés delante de mí.

La miré con los ojos anegados en lágrimas.

—No te escondas de mí, por favor.

—Si te fueses ahora me destrozarías —confesé con un hilo de voz.

—Lo cierto, Auri, es que hace años que deseo estar en este lugar, ¿dónde voy a ir? No tengo a dónde ir. No mientras estés aquí.

Nos miramos a los ojos, sus pupilas trémulas, los temblores de mis brazos y de mi respiración... Quedaron silenciados por sus labios sobre los míos, por mis manos rozando su vestido al seguir las curvas de sus caderas, tomando el tejido entre mis puños. El ruido de mi cabeza se sustituyó por el de sus manos agarrando la costura de mi pantalón, por el chasquido de los botones desabrochándose, por un gemido suyo, por la sensación de ingravidez.

Escuché mi propio jadeo gutural al apreciar su cuerpo desnudo, al probar el tacto sedoso de uno de sus pechos acompañando el movimiento de su mano. Apreté los dientes al verme completamente vulnerable ante su mirada. Sus yemas se deslizaron por mis tatuajes, por la línea de mis costillas y mi vientre; vi una llama viva en sus pupilas, vi la humedad de su boca entreabierta, la tendencia de su pelvis hacia la mía, y mi vientre se encogió y se retorció. La Chica de las Burbujas resbaló su boca entre la mía y mordió con delicadeza mi labio superior; exhalé de forma audible.

Era la primera vez que estaba desnudo de verdad. Nunca me había mostrado así, ni siquiera delante del espejo. Podía percibir su energía, podía apreciar la densidad ardiente entre nuestras bocas, la ansiedad. Podía sentir su cuerpo aunque apenas me estuviese tocando, podía sentirlo. Quería sentirlo todo.

La cogí de la cintura y la pegué a mi piel; ella reaccionó con un gemido hondo que me trastornó. Había actuado con cautela para no asustarme, lo sabía. Pero no quería más cuidado, necesitaba fuera de mí todo excepto a ella.

La besé como un loco perdido y ella zozobró entre mis brazos, me apretó contra sí y gimió cada vez más seguido. La cogí, hice que nos inclinásemos hacia la cama; ella quedó sobre mí. Me besó con urgencia, restregó su cuerpo contra el mío y abrí la boca entre la suya para poder coger aire; sentía que de un momento a otro el corazón me abriría un boquete en el pecho.

Dejé a mis impulsos actuar, apreté la palma de la mano contra su cintura y descendí hacia su pelvis, buscando su sexo. La Chica de las Burbujas aspiró fuerte por la boca y me miró a los ojos con la boca entreabierta cuando palpé su monte de Venus y atravesé su humedad con el dedo. Cerró los ojos y gimió con intensidad. Entré y salí repetidamente, ella gimió con la boca abierta o cerrada, siguiendo el ritmo con la cadera, haciendo círculos sobre mí despacio, muy lentamente. Perdí el juicio desde ese mismo momento. Nunca había ansiado tanto de forma tan desquiciada. La amaba, estaba frágil sobre mí, mi remolino danzando sobre mí como una ola lamiendo la orilla.

La cogí de la nalga y aumenté la intensidad de mis dedos, cada vez más mojados; ella dejó escapar un grito suave y entrecortado, y acompañó el mismo ritmo. Me tomó de la muñeca y me apartó con cautela para poder juntar nuestros sexos; entonces empezó a frotarlo contra el mío. Noté una ola violenta de placer ascender por mi columna vertebral, pero su boca silenció mi gemido.

La habitación se convirtió en una amalgama de suspiros prolongados, de jadeos y sonidos de besos mojados, de pieles friccionando. Nunca había deseado esto siendo niño (sí de más mayor, cuando descubrí mi cuerpo de otra forma), pero si hubiese tenido la capacidad de tener esa visión de nuestros cuerpos justo antes de separarnos, hubiese sido más feliz. Mucho más feliz.

Alma se movió sin cesar sobre mí; su cintura hacía círculos y su sexo se fundía con el mío de una forma que hasta el momento desconocía. Arqueé la espalda contra el colchón mientras la cogía con fuerza de las caderas y la besaba sin parar. Sin parar. Alzó la cabeza, retiró su pelo hacia atrás con un movimiento que convirtió su cabello en látigos y quedó a horcajadas sobre mí para añadir más presión, mucha más; repasé las curvas de sus pechos con una mirada que rozaba lo fiero. Tenía los labios gruesos hinchados y rojos por los besos, y las mejillas encendidas. ¡Dios! Era preciosa. Y..., ah..., el mundo desapareció con cada uno de los movimientos de su pelvis, cada vez más rápido, cada vez más fuerte. Ella me miró como si fuese la única cosa que pudiese ver, como si, de verdad, yo fuese su campo gravitatorio... y eso era tan agradable, tanto. Gemí alto y una onda de puro placer atravesó mi cuerpo. Ella prolongó mi gemido con el suyo, visceral e intenso, y se dejó caer contra mi cuerpo para besarme de nuevo, esta vez con más delicadeza. Les dos temblamos de placer y agotamiento, nuestras transpiraciones se entremezclaron en nuestra piel y recuperamos el aliento poco a poco sin separarnos.

Miré al techo, donde había mirado en incontables ocasiones durante el insomnio soñando con ella hasta que nos habíamos ido de allí; ahora ese techo nos miraba desde arriba y la veía a ella sobre mí.

Expulsé el aire con alivio y cerré los ojos.

Cuando los abrí al cabo de un instante, Alma se había retirado de encima de mí y me miraba. Esbozó una sonrisa delicada y torcida, yo se la devolví. Sus dedos recorrieron la tinta del tatuaje de mi pecho.

—¿Me vas a contar las historias de tus tatuajes? —dijo con la voz derretida como la miel.

Giré mi cuerpo hacia el suyo.

—Mmm...

El primero que me hice fue el del pie, las burbujas —empecé a contarle.

—Yo es el único que tengo —rio con suavidad—. Estuve repasando las burbujas con boli para que no se borrasen durante bastante tiempo después de que tú me las dibujases. Fue un imposible... así que, al cabo de unos años, me las tatué.

—Vaya... —Sonreí mucho, tenía muchas ganas de hacerlo.

Ella se acercó para besarme el labio inferior; luego se apoyó en su mano para mirarme.

—Luego me hice este. —Le señalé la cara interior del brazo.

—«Aurinko» —leyó ella—. Este no lo vi cuando te invité al chalet. Qué bien te escondiste, Auri...

Hice un mohín de culpabilidad y me mordí el labio con fuerza.

—Dijiste... que significaba «sol» en finlandés, que... mis ojos eran del color del sol. Mi hermano me dijo que las personas que sufren tienen un verano interior, con el que refugiarse del helor. Solo tienen que recurrir a él... Esta... palabra tiene muchos significados para mí.

—Es precioso... —musitó, acariciándolo con la yema.

—Este del pecho simboliza mi pasión por el arte, por el dibujo, la pintura y la fotografía, que siempre han sido mi forma de expresarme, mi manera de... mostrarme al mundo.

—*Les artistes… nous aimons… avec les mains* —leyó ella en un francés atropellado.

—*Les artistes, nous aimons avec les mains.* Los artistas deseamos con las manos —traduje de buen humor.

Ella me miró con intensidad y acarició mi pecho repetidamente. Sus silencios siempre me habían parecido muy transparentes, transmitían mucho, como si tuviese la capacidad de vocear cómo se sentía sin usar ni una sola palabra.

—Me gusta oírte hablar en francés… —admitió.

Expulsé una risa entrecortada y enredé un mechón de su pelo en mi dedo.

—Este de aquí —alcé la rodilla para enseñarle el del tobillo—. Es el símbolo judío.

—¿Eres judío?

—Sí, lo soy. Y este, el de la nuca… —Me pegué a ella, que olía de maravilla, una mezcla dulce a sudor, y se lo mostré.

—*Him* —susurró ella sobre mi piel.

—Bueno…, corregí tantas veces «ella» por «él» que…

—¿Lo has pasado muy mal, Auri? —se preocupó.

—No más que otras personas. Mucho menos que otras, en realidad. Yo… siempre he tenido a mi familia de mi lado y mi capacidad para evadirme dibujando. Tuve la opción de hormonarme y entré a estudiar en el lugar de mis sueños. No quiero… dármelas de mártir, ¿sabes? No es así. Solo… he tenido que pasar por situaciones que no desearía a nadie y me he querido siempre un poco menos de lo que puede quererse la media de personas de mi edad.

La Chica de las Burbujas frunció con levedad el ceño y me retiró unos mechones húmedos de la frente.

—Sé que si no se me hubiese dado bien el dibujo… muchas puertas se habrían cerrado en mis narices. La sociedad no está preparada para recibirme, cada vez lo está más, pero… queda demasiado por hacer.

—No entiendo a la gente… No puedo comprender muchas cosas de este mundo —murmuró ella con aire molesto.

—Yo tampoco... —susurré, besando la base de su cuello—. Pero aun así, siguen habiendo personas como tú en él.

Ella jadeó en reacción al camino de besos que dejaba por su cuello y se inclinó para alcanzar mi boca. Me besó con dulzura y enredamos de nuevo nuestras lenguas. Perdí la cabeza; con ella era fácil sucumbir a mi lado animal, la deseaba demasiado. Me incorporé para acudir a la altura de sus caderas y rocé con la mano su muslo interior; ella gimió porque sabía lo que iba a hacer. Bajé a los pies de la cama, abrí sus piernas mediante caricias, besé sus muslos y la vi apretar la colcha entre sus puños antes de alcanzar su sexo con la boca. La Chica de las Burbujas emitió un sonidito agudo y extenso que me hizo sostener sus piernas entre las manos y acrecentar la energía de mi boca. Ella se arqueó sobre la cama y cogió mi pelo lacio con los dedos. Entonces decidió empezar a mover las caderas y acercar su sexo a mí; gruñí, la cogí de las nalgas y empleé más fuerza y más velocidad. Hubiese estado así durante horas, pero ella se movió, impaciente, y buscó mi sexo con la mano. Lancé un gemido ahogado, me deslicé hacia atrás y me coloqué sobre ella; levantó la cabeza de la almohada con hambre para devorarme los labios. Entonces empecé a moverme sobre ella, y ella impuso fuerza con su pelvis hacia mí. Gemimos en nuestras bocas sin parar, más alto cada vez. Más rápido cada vez.

Acabamos exhaustes, esta vez mi cuerpo sobre el suyo. Ella me abrazaba la cabeza, retirándome los mechones de pelo mojados. Sentía mi corazón bombear contra su corazón, como si se saludasen y estuviesen alegres de volver a sentirse.

Nuestras pieles se enfriaron y, sin decirnos nada, decidimos levantarnos para irnos a la ducha. En cuanto el agua corrió por nuestros cuerpos, volvimos a buscarnos y terminamos empapades en el suelo del pasillo, llenándolo de gemidos.

No podíamos parar. Hablábamos un rato y luego regresábamos a nuestras pieles, como si nuestros cuerpos supiesen que habíamos perdido demasiado tiempo.

No dormimos en toda la noche. Hicimos el amor tanto que nos dolieron las articulaciones y los sexos, nos apretamos tanto y tan seguido que confundimos nuestras pieles, y su olor se convirtió en el mío y mi olor en el suyo.

No recuerdo ser tan feliz en mi vida.

Todo encaja. El universo se había compinchado para que ella y yo caminásemos por sendas separadas hasta que reuniésemos una serie de acontecimientos que convergerían en este punto. Nuestros cuerpos se han aproximado por la fuerza de la atracción. Y ahora somos incapaces de separarnos.

Escrito en una hoja del bloc de dibujo un día de junio de 2003

24

MEMORIAS DE ASHER

Óleo sobre lienzo: «Beber de ti»
Junio de 2003

Nos despertamos en la cama de mi habitación cuando el sol despuntó y brilló sobre nuestras pieles desnudas. No habíamos dormido mucho, de hecho aún nos dolía el cuerpo cuando tratamos de incorporarnos; nos miramos y nos entró la risa.

Estábamos despeinades y agotades, pero aun así nos levantamos, muertes de hambre. Intentamos adecentarnos lo máximo posible, nos pusimos la ropa del día anterior y fuimos al almacén a buscar las bicis.

—*Voilà!* —exclamé al encontrarlas en el fondo de la cochera; la de Eitan y la mía.

Se notaba que los inquilinos las habían usado en alguna ocasión, tenían aspecto desgastado por el paso del tiempo, pero estaban estupendas.

—Conozco un sitio donde hacían las mejores tortitas del mundo. Espero que siga abierto —le comenté mientras sacábamos las bicicletas al jardín.

—¡Tortitas! —Alma dejó apoyada la bici de mi hermano en el naranjo para abrazarme desde la espalda. Se me escapó una carcajada—. Me siento como una niña otra vez —susurró a mí oído con emoción y luego hundió la nariz en mi cuello y restregó su cara de forma repetida por el costado de mi cara, provocándome más risas.

Las cadenas estaban algo oxidadas, pero el uso había evitado que se estropeasen, algo que agradecí. En Francia había dejado de usar la bici, y era una de las cosas que echaba más de menos de la Albufera, de modo que volver a pedalear, además junto a ella, fue una experiencia que desató mi adrenalina. En cuanto el aire me dio en la cara y escuché sus risas, sentí que la carne se me ponía de gallina.

Pedaleamos juntes, de vez en cuando me colocaba delante para poder indicarle el camino. Una de las veces que se quedó atrás, la escuché pegar un alarido; me asusté, perdí el equilibrio sobre la bici, pero al girarme la vi partiéndose de la risa.

—¡Me apetecía gritar! —me explicó—. Lo he visto en muchas películas, quería comprobar si era tan liberador como parece, ¡lo es!

Me reí de ella, aún con el susto en el cuerpo. Y volvió a aullar de forma prolongada. Entonces me uní a ella: expulsé un grito desde las entrañas. Escuché sus carcajadas. Cualquiera que nos viese desde fuera vería a dos lunátiques veinteañeres pegando alaridos sobre sus bicicletas.

Atravesamos los campos de arrozales en su pleno esplendor, verde hasta donde alcanzaba la vista; respiré hondo ese aroma agreste, esa libertad. Una vez había leído que los árabes, en sus poemas, llamaban a la Albufera «el espejo del sol». También había oído que esa tierra atrapaba a las personas, y cuánta razón. Acogía diversas especies en extinción y era una zona de paso para muchas aves migratorias.

Alcanzamos la calzada y entramos en El Palmar, para ir hacia la calle donde se situaba el bar Cañas y Barro.

La Chica de las Burbujas y yo dejamos nuestras bicicletas a buen recaudo. En cuanto cerramos el candado, ella se lanzó hacia mí; la cogí de la cintura para alzarla del suelo y rio contra mis labios antes de darme besos seguidos que le devolví por triplicado, haciendo que se encogiese y riese.

El dueño del bar era un hombre muy agradable con el que mi familia había hecho amistad por la cantidad de veces que habíamos ido a desayunar, a comer o a cenar, pero no me reconoció cuando entré.

—Buenos días, ¿todavía hacéis esas tortitas que eran la especialidad de la casa? —le pregunté a Mateo.

El hombre me miró con curiosidad, pero, al no identificarme, sonrió y asintió.

—¡Por supuesto! ¿Cuántas os pongo?

—¿Tenéis frambuesas para las tortitas? —preguntó Alma.

—Pues... no solemos añadirle, pero por ti haremos una excepción.

Ella le regaló la mejor de sus sonrisas, y Mateo fue a la cocina a informar del pedido encantado.

En cuanto el camarero trajo a la mesa las tortitas bañadas en sirope de chocolate, nata, frambuesas y arándanos, nos lanzamos a devorarlas. Alma cortó un buen trozo y se lo metió en la boca entero, cerrando los ojos con un gesto de placer.

—Mmm... —expulsó, dejándose caer sobre su silla.

—Te dije que eran las mejores —le recordé entre risas.

—Me encanta mi trabajo, pero hace mucho que no como este tipo de cosas y... cómo las echo de menos —admitió al dejar de masticar.

También me metí un buen trozo a la boca; fue un baile para mis papilas gustativas. Nos miramos masticando con felicidad y nos reímos.

—¿Has visto la película *Amélie*? —La Chica de las Burbujas cogió las frambuesas de su plato y se las introdujo en los dedos—. Sacó la idea de mí, de pequeña me comía así las frambuesas.

—Lo recuerdo, la vez que tu madre me llevó a tu casa de sorpresa...

—¡Sí! Yo también lo recuerdo. Me acuerdo de todo, Auri —matizó adoptando un tono dulce.

Se comió la fruta de los dedos como una niña y arrastró su silla hacia mí para acercarse.

—Hay algo que siempre he querido hacer desde que vi la película. —Se inclinó hacia mí y me dio un beso despacio en la comisura de la boca, luego me miró a los ojos y se acercó de nuevo para darme otro beso en el cuello.

En ese momento contuve el aliento. Ella regresó la mirada a mis ojos y luego acercó sus labios esponjosos a mi ojo y besó mi párpado. Se apartó para observarme con una ligera sonrisa y se llevó el dedo índice a la comisura de la boca; sonreí y obedecí con gusto: besé su comisura lento, luego giró la cabeza para mostrarme el cuello; la besé ahí con todo el cariño posible; escuché su respiración irregular, y finalmente cerró los ojos y le besé con cuidado el párpado.

—Que el mundo deje de dar vueltas, por favor —musitó al volvernos a mirar.

Regresamos con las bicis por los arrozales con el azúcar recorriéndonos la sangre y la idea de un largo y espléndido día por delante.

En esa ocasión ella fue delante en varias ocasiones y pude apreciar el vuelo de su vestido blanco y el contorno de su cuerpo, cuyos recodos ya no guardaban secretos para las yemas de mis dedos.

Al llegar a casa, ese vestido le duró poco puesto. Se subió sobre mí como un monito y yo la besé y la besé. Fue cuando aprecié la luz del teléfono en la mochila.

—¡El vuelo! ¡Joder! —Miré la hora en el móvil y reparé en la docena de llamadas de Didier.

El avión salía en tres horas. Levanté la mirada hacia Alma, quien me devolvió una mirada colmada de pesar.

—¿Esta es la única forma que conocemos de hacer las cosas, no? —Un paréntesis, una brecha temporal, un mundo paralelo.

Le cogí la llamada a Didier.

—¿Asher? ¡¡Asher!! Pero ¡¿dónde puñetas estás?! —me gritó en un francés enfurecido—. ¿Sabes cuántas veces te he llamado? ¡¿Dónde narices metes el móvil?!

—Lo siento, tienes razón… Debería…

—¿Que lo sientes? Llevo intentando hacerme contigo desde anoche. ¡Creía…! ¡Yo que sé qué creía!

—Tienes todo el derecho a gritarme, pero… tengo motivos, Didier. Estoy bien. Estoy… muy bien. —Sonreí a la Chica de las Burbujas; ella, aunque preocupada, sonrió—. Estoy con ella.

—¿Con ella? —repitió, confuso—. Te… ¿te refieres a…?

—Sí, me refiero a Ella. —Didier tomó aire al otro lado del teléfono—. No voy a coger ese avión —le informé.

—¿Estás seguro? —Parecía que ya esperaba que le dijese algo como eso.

—Sí. Cógelo tú, ya me compraré otro billete.

—Recuerda que tenemos varias exposiciones y eventos a finales de mes. Y pueden surgir nuevas antes.

—Las ofertas que surjan antes tendrás que cancelarlas...

Volvió a suspirar más profundo y chasqueó la lengua.

—Cuídate, ¿vale? —me pidió.

Alma vino a abrazarme con fuerza en cuanto colgué. Hundió la cabeza en mi cuello y la apreté contra mí.

Entonces fue su turno de llamar a Íngrid, que no fue tan comprensiva. La vi discutir con ella a través de la ventana; prefirió salir cuando su representante empezó a reñirla por haber desaparecido sin explicación. Le costó un poco más convencerla de que pospusiese todas sus citas de los próximos días, que no había problema en que se quedasen un poco más en Valencia.

—Solo te estoy pidiendo esto, Íngrid. No te pediré nada más nunca. Me conoces, te he hablado de él... —empezó a explicarle mientras gesticulaba con las manos—. Sí, sé lo importante que es, el sábado no faltaré a esa sesión.

Me apoyé contra el marco de la puerta mientras ella paseaba una y otra vez frente al porche. Iba descalza y en ropa interior, su vestido todavía seguía en el suelo, igual que mi camiseta. Estudié las líneas de su cuerpo, sus movimientos al caminar, la delicadeza con la que lo hacía... Como cuando era niña, las mariposas volaban cerca de ella; esa especie de magnetismo extraño hacia los animales era un misterio que seguía teniéndome fascinado. La reina de las mariposas... Recordaba lo que me había contado, los animales percibían algo diferente en ella, y no me extrañaba. Una mariposa de color naranja se posó en su cabeza y ella no se dio ni cuenta. Sonreí, hipnotizado por las curvas de sus piernas, de sus pechos, y el frágil baile de la hierba bajo sus pies.

—Sé perfectamente lo que estoy haciendo —dijo, esta vez más tenaz—. No te pido que lo comprendas, solo que lo aceptes. No pasa nada por posponer la agenda... ¡No lo sé! Nos veremos el sábado. Adiós, Íngrid.

Y colgó con un suspiro. Y la mariposa naranja voló de su cabeza.

Luego miró hacia arriba, en mi dirección, y su cara se volvió a iluminar.

Sentí un doble latido arrítmico en el pecho. Y ella corrió hacia mí, volvió a rodear mi cintura con sus piernas y me besó con dulzura. Esbozamos y exhalamos sonrisas con nuestros rostros pegados, me revolvió el pelo y luego regresó a mis labios de forma más hosca.

No alcanzamos ni siquiera los sofás del salón.

Fuimos al supermercado más cercano en bici (antes incorporamos unas cestas en el manillar para poder cargar con la compra). Era importante ser discretes, ella empezaba a ser conocida, y por eso no se quitó las gafas de sol al entrar. Sin embargo, tuvo una idea de lo menos discreta al subirse a la parte delantera del carro de la compra y decirme: «¡Llévame!». Atravesamos varios pasillos riendo mientras la conducía sin fijarnos en la comida. Frenábamos cuando veíamos a alguien y ella se bajaba con habilidad para simular que estaba muy concentrada mirando la etiqueta de algún producto y luego, de nuevo a solas, volvía a subirse y yo la llevaba, cuando podía, medio corriendo.

No logramos pasar desapercibides, y mucha gente nos miró raro. Con razón. Pero nos dio igual. Llenamos el carro solo de comida que nos apetecía: helados, ingredientes para hacer tortitas caseras y pizzas, fruta de verano y sugerencias que nos habíamos hecho, platos que se nos daba bien cocinar...

Regresamos a casa con las cestas a rebosar, con cuidado de que no se cayese nada de las bolsas por el camino. Guardamos la compra con la radio encendida, bailando de un lado al otro de la cocina, y luego preparamos un picnic para irnos al embarcadero.

—He traído esto. —La Chica de las Burbujas extrajo el bloc que estaba escondido detrás de mi cama y un lápiz—. Por si te apetecía...

Estábamos sentados sobre una sábana en el muelle; el sol era intenso, pero el álamo que crecía al borde del camino nos daba bastante sombra.

—No tienes que... dibujar si no quieres. —Debió de ver algo en mi gesto que la hizo vacilar.

—¡No! Gracias, siempre me apetece dibujar —me apresuré a decir, pasando el pulgar por la cara interior de su pierna—. Solo es que... parece que tengo un bloqueo. No soy capaz de... No puedo retratarte.

Alma me miró con curiosidad.

—¿Dices... ahora?

—Lo he intentado estos días. No sé qué me pasa —declaré, notando cómo se me encendían las orejas.

Ella pasó las puntas de sus dedos por la base de mi cuello y la línea de mi mandíbula.

—¿Y ahora que estoy delante? Puede que... esta vez necesites que esté aquí —intentó resolver.

Le sonreí con cariño y evalué su perfil, las líneas de su rostro: en realidad me moría de ganas de retratarla. Tomé el bloc, acaricié el tacto rugoso de la página en blanco y revisé la punta del lápiz. Ella curvó sus comisuras en una sonrisa complacida y empezó a acomodarse en una pose atractiva, como cuando accedí a fotografiarla la vez que nos habíamos reencontrado en la playa.

Comencé por la cara, como siempre; con soltura, esbocé la forma ovalada de su rostro y las medidas que iban de sus ojos a la boca y la nariz. Alma se desplazó hasta el sol para aprovechar ese tiempo de reposo para broncearse. Miró hacia mí con un ojo guiñado por la luz del sol y se mordió el labio inferior para reprimir una sonrisa; pude adivinar sus intenciones porque ponía la misma cara de pilla que cuando era niña antes de llevar a cabo una de sus ocurrencias: se quitó el vestido por la cabeza y el sujetador y luego se tumbó al sol con la sonrisa puesta.

Apreté el lápiz entre los dedos y contuve el aliento. Su pelo caía como una cascada por la madera, su rostro se veía níveo con el reflejo del sol, al igual que sus pechos, redondos y perfectos. Inspiré hondo y me concentré en el dibujo. Disfruté del proceso más de lo esperado a pesar de que se me aceleraba el pulso cada vez que la observaba; el hecho de que estuviese presente hacía más intenso el trabajo.

Una de las veces, al levantar la mirada, la encontré de pie cerca de mí; me encontraba tan inmerso que no me había dado cuenta de cuándo se había movido. Ella estaba ante mí y tampoco llevaba la parte inferior de su ropa íntima. Tragué saliva con fuerza. Se asomó para revisar el dibujo, me miró con fervor y luego me quitó con delicadeza el bloc de las manos, lo puso sobre la sábana y, casi con impaciencia, se inclinó para besarme. Le respondí empleando todo el calor que me había estado consumiendo los últimos minutos, besé sus pechos, ella gimió y nos sumimos de nuevo en nuestras carnes como si en apenas unos instantes pudiésemos desintegrarnos y aquella fuese la última vez.

Si existía un ayer antes de ella, no lo recuerdo. Si existe un mañana en el que ella no esté, no quiero recordarlo.

Escrito en una hoja de papel de libreta un día de junio de 2003

Un miedo al que me he enfrentado es el hecho de encontrar pareja. [...] He tenido experiencias un poco infructuosas y dolorosas; gente que manifestaba rechazo solo por el hecho de ser trans o gente que le interesaba por motivos de «morbo», casi rozando el fetiche. Fue desagradable.

Como sabéis, eso cambió; [...] Estoy con una persona que me quiere, que me apoya, que me aguanta. [...] Me consta que es una preocupación bastante recurrente entre personas trans el hecho de encontrar pareja; de que, con quien estés, pueda asimilarlo o que sienta presión social. Si yo la he encontrado, que soy un desastre, desorganizada, supertorpe, que llego siempre tarde, que me olvido de las cosas, me doy golpes con todo... Si yo he podido, vosotres podréis. Y luego, aparte, los mayores rechazos que podría sentir por parte de una pareja, yo creo que no serían por ser trans, sino por ser yo misma, que soy un desastre, ¿vale? Eso que quede claro.

Elsa Ruiz, mujer trans, cómica e ilustradora

25

CLAIRE

Junio de 2019

Fueron días intensos de escritura.

El tecleo constante del portátil y nuestros paseos alrededor de la mesa repasando los capítulos en voz alta se convirtieron en rutina y los días pasaron volando. Igual que los innumerables vasos de té o café que se quedaban en la mesa en el proceso o la cena fría en los platos.

Yo iba a clases, pero trataba de escaparme cuanto antes para unirme a Ori. Entonces él me contaba lo que había escrito, le daba mi opinión, modificábamos o agregábamos cosas y luego me sentaba yo a escribir con su voz de fondo dictándome las memorias de Asher. Hacíamos alguna divagación o conjetura; luego escuchábamos las grabaciones de las entrevistas o buscábamos información al respecto en libros o en internet.

Dormíamos poco y, cuando lo hacíamos, caíamos rendidos en cualquier parte: el sofá, el escritorio... Aquella vez en que Ori había tenido que llevarme en brazos a la cama no fue la última. Cuando quedaba poco para nuestra fecha límite, hasta le pedí a mi jefe del restaurante el favor de que me concediese unos días libres (temiendo que me despidiese, pero debía intentarlo) y la suerte me acompañó; esa noche estaba de buen humor y no puso objeciones.

Nunca había pasado tanto sueño, pero tampoco nunca me había sentido tan implicada en algo. Cada palabra que reflejábamos en el libro estaba escrita desde lo más hondo de nuestro ser.

—Estamos terminando... —dijo Ori con orgullo un día antes de su marcha.

—Lo estamos consiguiendo —le secundé, con varios sentimientos encontrados.

Nos estiramos ambos a la vez. Yo estaba frente al ordenador y Ori se situaba de pie al lado de la mesa; llevábamos trece horas trabajando sin parar y el agotamiento empezaba a dejar estragos. Pero siempre seguíamos un rato más llegados a ese punto, por eso me extrañó la proposición de Ori:

—¿Te apetece que salgamos a dar un paseo esta noche?

Parpadeé; la falta de sueño ralentizaba mi actividad cerebral.

—Me parece... ¡genial! Claro, además es viernes... —recordé, volviendo a estirarme.

Nos turnamos para ir a la ducha y luego me planté frente a mi armario. Siempre que quería arreglarme un poco me costaba decidirme; si a eso le sumábamos el sueño y la presencia de Ori, iba a ser imposible encontrar algo.

Me probé varios vestidos y prendas de verano, y al final me decanté por un vestido azul cobalto, corto y con vuelo, que siempre me había parecido favorecedor.

Ori aguardaba en el salón cuando salí del dormitorio y comprobé que había elegido bien cuando, al observarme, bajó la mirada y sus mejillas se encendieron. De verdad que a veces era incluso doloroso reprimir mis ganas de tocarle cuando reaccionaba de esa forma tan encantadora.

—Vas muy elegante, y yo... —Él miró su camiseta blanca, se rascó la cabeza y encogió los hombros con timidez.

—Estás bien, pero, si te apetece..., puede ser que Dean tenga la misma talla que tú, ¿quieres que saque alguna de sus camisas?

—¿A él no le importará que le coja una camisa?

—¡Claro que no! Dean es de las mejores personas que hay en este mundo —le aseguré, trotando contenta hacia la habitación de mis dos compañeros de piso.

Cogí una de las que más me gustaban de su armario (que milagrosamente no se había llevado a la casita de campo; él era de ir arreglado a todas partes) y se la di. Entonces Ori hizo algo que no esperaba en absoluto: se quitó su camiseta delante de mí para ponérsela. Lo pensó de forma deliberada, porque no enrojeció esta vez. Sin embargo, yo sí. Su cuerpo era más bonito de lo que podía haber conjeturado.

—Espera... —Me acerqué para ayudarle a abrocharse la camisa.

Él me miró mientras lo hacía. ¿Tenía una comisura curvada? La tenía. Sutil y torcida, silenciosa, como él. Me mordí la lengua para no sonreír también.

—¿Qué te apetece hacer? —le pregunté para distraerme.

—Quiero volver a verte cantar. —Aquella petición me pilló con la guardia baja—. Así fue como te conocí.

Le sonreí con dulzura.

—Ah... Está bien. Entonces, ¿te gustó?

—Era la primera vez que veía a una mujer cantar en público. Me fascinaste. —Su sinceridad me descolocó.

No acostumbraba a ser tan expresivo y... me iba a matar.

—Muy bien, Ori. Pues tendrás que ayudarme a cargar con el equipo, ya tenemos plan.

Lo dispusimos todo en mi lugar habitual, en la plaza de la Concordia, que, al ser viernes, estaba abarrotada. Conecté el micrófono a los altavoces y estos a la guitarra. El rostro de Ori irradiaba expectación. Aquella noche no necesitaba que mucha gente me viese, solo había venido por él.

Y, de hecho, cuando empecé a tocar, solo le miré a él. Apenas tuve que pensar en qué iba a cantar, solo canté. *Adieu mon homme* de Pomme. Adiós, mi hombre.

Ori no dejó de mirarme durante lo poco que duró la canción. Su rostro fue tomando un cariz apesadumbrado conforme la letra avanzaba y mi voz se alzaba en aquella plaza abierta donde cada vez más gente venía a echar alguna moneda.

Me di cuenta al llegar a la última estrofa de que, en realidad, no quería cantar más. No quería que la gente mirase cómo me despedía de él.

No quería despedirme de él.

Mi voz se apagó junto con la guitarra y la mirada de Ori confirmó la tristeza.

—Vamos a recoger, ¿vale? —le sugerí.

Él asintió sin rechistar.

Caminamos de vuelta hacia el piso, a solo unos pocos pasos de distancia, cargando con todos los bártulos a paso lento.

—Me he dado cuenta de que no sé casi nada de ti —dijo Ori con voz queda—. Recuerdo que dijimos que teníamos que conocernos nosotros antes de averiguar quién era Asher. Sabemos todo de él y... no sé nada de ti.

—Bueno, no te pierdes mucho, no soy interesante. No hay gran cosa que contar aparte de mi pasión por el arte y mi ingreso en la Escuela.

—No estoy de acuerdo —respondió casi con molestia—. Lo poco que he aprendido de ti estos días ha sido más interesante que prácticamente todo lo que había ocurrido en mi vida hasta ahora.

Le dediqué una sonrisa, conmovida.

—Está bien, Ori. Todavía estamos aquí, ¿no? Vamos a hablar de nosotros.

Le conté que tenía una relación difícil con mis padres. Que ambos eran personas de éxito que deseaban que hubiese seguido sus pasos, pero que yo era la hija rebelde amante de la cultura que vivía en las nubes.

—Los quiero mucho, pero me consumen la energía. No puedo estar con ellos durante un tiempo prolongado o acabo tirándome del pelo. Ellos... tienen otra forma de ver la vida.

—Como mi familia —añadió, pensativo.

—Así es, solo que ellos son fieles a sus trabajos, a sus eventos públicos y a su forma de vida acomodada —le expliqué, resentida. Siempre que hablaba de ellos sonaba igual—. Me quieren, se preocupan por mí, a veces en exceso. Creen que pueden hacerme volver con dinero, sin malas intenciones, pero... me duele que confíen tan poco en mí y en mis sueños. No ven mi esfuerzo, mi ilusión.

—No todos tenemos unos padres como los de Asher —comentó en tono amargo.

—No, en absoluto —coincidí—. Luego, al mudarme aquí, encontré a Dean y a Marc, que se han convertido en mi familia. Hablamos a diario y, aunque ellos sean pareja, me incluyen en todo lo que hacen. Al principio me sentí rara, no quería estar en medio, pero son naturales y espontáneos, y no tardé en quererlos y acostumbrarme a estar entre ellos.

—Casi no los hemos visto estos días, me hubiese gustado conocerlos más.

—Tienen una casita de campo con piscina donde pasan el verano. —Sonreí con cariño—. Esta vez se han ido antes de tiempo, a pesar de mis insistencias. Son únicos. Han querido dejarnos espacio. No... suelo traer a nadie a casa y...

Dejé en el aire la frase antes de abrir la puerta del piso y dejarle paso. Ori dejó los altavoces en el suelo y me ayudó a guardarlos en el armario del salón.

—Ori, ¿por qué tú no llevas... esos rizos que llevan los judíos a ambos lados de la cara? Me lo pregunté nada más saber de dónde venías, pero no sabía si te ofendería.

—No me ofendes, Claire. Yo... —se tocó las patillas rasuradas— me las corté. Quería formar parte de esto en todos los sentidos. Quería, puede sonar mal, pero... necesitaba dejar de ser la persona que huía para mimetizarme con París, para sentirme diferente.

Asentí con la cabeza, comprensiva.

—Supongo que no pensé en el regreso ni en las consecuencias... —musitó.

—A veces es necesario hacerlo para sentirnos vivos —opiné.

Él me sonrió, de nuevo su rostro se transformó en una atracción torcida y preciosa que no me cansaría de mirar. Nos contemplamos callados, sintiendo el agotamiento y la nostalgia pegarse a nuestras pieles.

—Nos hemos puesto tan guapos para nada... —comenté con la risa floja.

Él rio también.

—Bueno, no lo diría así. Eso que has hecho... ha sido... Tu voz es preciosa —dijo en tono suave.

—Gracias —respondí mordiéndome el labio con fuerza—. Ori..., parece que no somos del todo conscientes de ello, pero... mañana te vas y no sabemos cuáles son los planes para la novela. ¿La publico? No sé si tenemos permiso para publicar algo de otra persona sin consentimiento, puede que nos metamos en un lío y, por otro lado..., ¿para qué hemos hecho todo esto si no?

—Claire, para mí escribir este libro ha sido un logro... inmenso. He aprendido y he visto muchísimo más de lo que imaginé al venir aquí . Esto que hemos hecho..., ni soñaba con ello. Con que te encontraría —concluyó.

Tragué saliva despacio y aguanté la respiración para encajar lo que estaba diciendo.

—Así que gracias por todo. Gracias por ser mi maestra estos días, por dejarme vivir una aventura como esta y por ser quien eres.

Empecé a notar que me ardían los ojos y me dolía la garganta de aguantar las lágrimas.

—No te despidas de mí aún. Todavía tenemos que poner punto y final a ese libro —le recordé con voz quebrada.

Ori volvió a sonreír con ganas.

Nos pusimos de nuevo a trabajar, yo con el vestido, él con la camisa. Teníamos ojeras de cansancio y debimos tomarnos otro té, pero la presencia del otro y los espíritus de Asher y Alma nos infundían la energía suficiente.

Dimos por concluido el libro a las tres y diecisiete de la madrugada, para ser exactos. Cuando repasamos la última palabra, me puse en pie, Ori y yo nos abrazamos con energía y, antes de poder frenarlo, la emoción me superó y sollocé sobre su hombro. Él me estrechó contra sí sin decir nada. Me estrechó y nos quedamos abrazados hasta que pasó el tiempo y, aunque mis lágrimas nunca se secarían, me aparté de él.

Nos sentamos en el sofá, enredamos los dedos, y entramos en una especie de trance por el sueño y la melancolía.

Esta vez sí sentí cómo Ori me cogía en brazos y me llevaba en volandas hasta mi habitación, pude sentir su aliento en la cara al dejarme sobre la cama.

Abrí los ojos un rato después. Sentía las mejillas tirantes por las lágrimas secas y la garganta rasposa. Me incorporé un poco para mirar la hora, y entonces le vi: Ori seguía allí, estaba hecho un ovillo en el suelo cerca de la puerta y dormía profundamente.

Me llevé la mano a la boca y noté cómo el llanto golpeaba mi pecho. Me levanté con cuidado y devoción y me agaché para acariciarle. Él abrió los ojos, yo me acurruqué en su pecho como un animal herido. Ori me acogió y sentí cómo sus hombros temblaban y expiraba despacio por la boca, expulsando un leve jadeo gutural.

Él me levantó, me cogió de la cara; mechones de mi pelo cubrían mi rostro y le miré a través de ellos. Posó con cuidado sus labios sobre los míos, gemí entre su boca y él la entreabrió para expulsar un sonido que rozaba el dolor. Nos besamos de forma húmeda y lenta, de la misma forma en que asimilábamos que estábamos tirando por la borda todo cuanto habíamos logrado esos días con los sentimientos amordazados.

El beso fue volviéndose más febril y menos controlado, aprecié los temblores de sus dedos al colar su mano por mi cintura. Besé su mandíbula, la base de su cuello, su pómulo, sus párpados; él jadeó cada vez de forma más frecuente, enredó sus manos inestables entre mi pelo y me miró a los ojos.

—Adoro tu pelo del color del fuego —susurró con pasión.

Sonreí con nerviosismo, él sonrió y nos besamos sin control. Gemí entre su boca, él pasó sus manos por mis muslos y me encogí de excitación bajo su cuerpo.

Le ayudé a quitarse la camisa con dificultad, ambos emitimos risitas entrecortadas mientras lo intentábamos, nos desnudamos con torpeza, con las respiraciones agitadas y temblorosas.

Nos incorporamos mientras nos besábamos, completamente desnudos, de camino a la cama. Él cayó de espaldas y me miró con el susto y el anhelo en sus ojos claros. Le besé la nariz y le acaricié la cara con cariño, su inocencia me abrumaba, me hacía sentirme responsable de un posible error por su parte.

—Ori... —quise preguntarle con la voz quebrada.

—Claire —musitó con veneración—. No me importa lo que pase mañana. Me importa este momento, me importas tú... ahora. De lo que sí me arrepentiría sería de regresar sin saber lo que es sentir... esto. Sentirte.

Cerré los ojos y él acudió a mi boca para besarme con un gemido. Sus movimientos, su actitud inquieta... Percibía su nerviosismo, sabía que nunca había estado con una mujer, nunca la había tocado como me estaba tocando a mí. Y lo deseaba de verdad, el deseo se evaporaba de su boca y de su cuerpo y me envolvía por completo. Le respondí como él anhelaba, como yo necesitaba. Me dejé llevar por la dulce torpeza, la dolorosa inocencia y el sabor a despedida.

Noté su sexo presionar el mío, su gemido trastornado, nuestros vellos de punta. Entré despacio; él empujó lentamente, hasta el final. Respiramos rápido con la boca abierta el uno contra el otro. Y comenzó el vaivén suave, las caricias se convirtieron en presiones contra la carne y los labios dejaron paso a la lengua.

Fue despacio todo el tiempo. Nos miramos a la cara, nos memorizamos, grabamos nuestros olores juntos, nuestro sabor. Y al final se volvió vehemente y ansioso, como si deseásemos que no acabase nunca.

Por favor, que no acabase nunca.

Pero acabó. Entre gritos y gemidos profundos terminamos adheridos de sudor y alguna lágrima, quizá suya, quizá mía. Nos abrazamos, extenuados.

—Quizá la escritora, Scarlett, no nos facilitó las cosas para buscar a Asher, pero... sin saberlo, me abrió un mundo. Ella vino a nuestro barrio cuando era crío y me enseñó que existía algo maravilloso ahí fuera. Me llevé varios gritos por guardar algunos papeles que ella trajo con las imágenes del Louvre —me explicó en un arrullo mientras acariciaba mi espalda—. Sin saberlo, me ha conducido hasta ti. Y le estaré eternamente agradecido.

Le apreté contra mí y contuve las ganas de llorar sin éxito.

—Espero que tú no te lamentes de haberme conocido, Claire. Ojalá nunca te lamentes.

Exhalé, agotada y conmovida.

—Nunca, Ori.

Pero quizá dije esas palabras demasiado rápido.

Cuando abrí los ojos, Ori no estaba.

Me entró un principio de pánico y salí desnuda de la habitación sin pensar.

—¿Ori? —le llamé, asomándome a todas las estancias de la casa—. ¡Ori!

Ori no estaba. Su mochila no estaba.

Me vestí deprisa con el llanto atascado en la garganta y abrí la puerta para salir rápidamente y bajar las escaleras corriendo.

—¡¡Ori!! —Abrí el portal y salí a la calle, miré a ambos lados.

Pero no encontré rastro de él.

Subí las escaleras como si mi cuerpo pesase veinte kilos más y entré en casa llorando a lágrima viva. Me faltaba el aire, necesitaba... respirar.

Se había ido sin despedirse, sin una última palabra, sin darme la oportunidad de mirarle por última vez.

Me dejé caer en la silla de la mesa donde estaba el portátil y tomé aire profundamente, tratando de serenarme con dificultad. Entonces vi la esquina de un papel sobresalir del portátil cerrado. Lo abrí y encontré un folio doblado por la mitad, apreté los dientes antes de desdoblarlo y ver que se trataba de su caligrafía.

—Mierda, Ori, esto no... —gruñí.

Metí la nota otra vez en el portátil y lo cerré de golpe. Luego me sequé las lágrimas con el dorso de la mano y me levanté para ir a hacerme la maleta.

El fin de curso en la Escuela fue más dramático de lo esperado. No solo porque debía regresar con mis padres al apartamento de verano y despedirme por un tiempo de Marc y Dean; se acababa lo de pasearse por los imponentes pasillos de la Academia, pintar a todas horas o codearse con genios y artistas.

No. Además estaba él.

Mamá y papá me recibieron con alegría. No iba a mentir, también me animó verlos, abrazarlos y escuchar sus anécdotas banales, los intentos desastrosos de hacerme reír de papá o las monsergas de mamá acerca de mi forma de vestir, que convergía en una discusión que acababa en ninguna parte. Se empeñaba en la elegancia cuando yo siempre había sido bohemia, aunque, en realidad, le gustaban mis vestidos; no podía escondérmelo.

Pasé varios días sin hacer nada más que tomar el sol, pegarme chapuzones en la piscina, dibujar, leer, comer y dormir. Bueno, y también tener llamadas telefónicas de casi dos horas diarias con Dean y Marc. Les conté todo lo vivido con Ori sin saltarme nada (todo lo que no les había contado aún, al menos); como siempre me desahogué con ellos y ellos me ofrecieron consejos, planes y palabras cariñosas.

Me había concedido la licencia de coger el mp4 de la caja que Fleur nos había dado con las pertenencias de Asher. Durante la escritura del libro, Ori y yo habíamos escuchado alguna canción de vez en cuando para meternos mejor en la historia, pero no habíamos escuchado toda la lista, ni mucho menos, pues habría más de un centenar de canciones.

Habíamos escuchado varias veces *Burbujas de amor* de Juan Luis Guerra y siempre me generaba un nudo de nostalgia en la boca del estómago. Esta vez, tras reproducirla de nuevo, pasé varias para adelante con la intención de encontrar alguna que no hubiésemos descubierto en nuestro proceso de escritura y le di a reproducir a una que no tenía nombre, solo fecha:

—Hola, renacuajo, soy yo otra vez…

Me incorporé de golpe de la hamaca en cuanto escuché esa voz. Me giré a ambos lados, pero no había nadie allí conmigo, la voz venía del mp4. Detuve la grabación y miré la fecha de nuevo: 20/11/2011. Noté un hormigueo extraño en la tripa y le di a reproducir de nuevo.

—Hola, renacuajo, soy yo otra vez... ¿Sabes qué? Me caso. Sí, parece mentira, ¿verdad? Es raro tener que contártelo así. Ojalá pudieras hablarme..., aunque sé muy bien cuál sería tu reacción. Te echamos muchísimo de menos. Todo es diferente sin ti, más apagado y aburrido. Ojalá me escuchases, ¿puedes escucharme? Si lo haces, quiero que sepas que te quiero y que me pensé lo de casarme porque no imagino unirme a alguien para toda la vida sin que tú lo veas. Pero me casaré porque es lo que tú querrías. He aprendido a no despedirme de ti, renacuajo, así que... no lo haré.

La grabación dejó paso a otra canción. La detuve y me quedé inmóvil varios minutos.

Lo que acababa de escuchar... era la voz de Eitan, solo su hermano le llamaba «renacuajo». ¿Y qué era? ¿Un mensaje en el contestador de su móvil? ¿Un rezo a su hermano fallecido? ¿Y cómo había ido a parar al mp4 de Asher? «He aprendido a no despedirme de ti, renacuajo, así que... no lo haré».

Después de unos minutos con los nervios a flor de piel decidí que mi investigación todavía no había concluido.

26

MEMORIAS DE ASHER

Óleo sobre lienzo: «Suspiros de vida»
Junio de 2003

Descubrí mi cuerpo en aquellos días como nunca antes lo había hecho. Me conocí un poco más, averigüé el punto álgido del placer, sus límites, su fragilidad.

Pero sobre todo descubrí el suyo.

Encontré cada recodo de su piel, me hice adicto a su sabor, al aroma que dejaba en el aire y en las sábanas, repasé tanto sus curvas que hubiese podido dibujarla con los ojos cerrados. La besaba y la besaba, y cuanto más lo hacía, más quería. Aunque ya me supiese de memoria cada uno de los poros de su piel, su cuello, sus axilas, sus pechos, su ombligo, su sexo, sus pies..., regresaba de nuevo como un pez que necesita respirar en su hábitat.

—Me gusta todo de ella. Cómo mastica, cómo se encana al reír, cómo mueve los dedos de los pies cuando come algo que le gusta, su manía de tocarse el pelo..., su voz al contar algo que le hace gracia, que solo de escucharla te ríes...

Eitan suspiró al otro lado de la línea y dejó escapar una frágil carcajada.

—Es fantástico que la hayas encontrado. Vaya..., once años son muchos años. —El deje suave de su voz era un indicador de que estaba emocionado.

—Sí, lo son. —Suspiré también, echando un vistazo al interior de la habitación, donde Alma aún dormía—. Deberías verlo, Eitan, la casa está igual, los arrozales..., parece que no haya pasado el tiempo en este sitio. Me siento como un niño la mayor parte del tiempo.

—Ojalá pudiese ir, renacuajo. Pienso a menudo en ese lugar, fuimos felices allí, ¿verdad?

—Sí. —Miré el naranjo por la ventana, el sendero flanqueado de plantas tan altas que parecían rozar el azul del cielo; era un espectáculo verde y azul que evocaba sensaciones y olores de nuestra infancia.

—Asher, sé que sabes lo que estás haciendo. Solo espero que regreses de una pieza, y... si no lo haces, quiero que recuerdes que estoy a tu lado. Papá y mamá, también. —Su voz de sabio se hizo patente en esa frase.

Me mordí el carrillo, asintiendo hacia la ventana.

—Lo sé —musité.

Ella recibía llamadas de vez en cuando, salía afuera y hablaba apenas unos minutos por teléfono. Cuando entraba, no mencionaba nada al respecto, pero siempre estaba un poco más seria. Una vez me había atrevido a preguntarle: «Era... él, ¿verdad?». Ella había bajado la mirada. «Prefiero no hablar de ello, ¿te parece bien?». Me había parecido bien y no había vuelto a preguntarle.

La Chica de las Burbujas despertó un rato después de que mi hermano colgase, tras haberme fumado el primer cigarro desde que habíamos llegado. En cuanto escuché su ronroneo, fui directo hacia ella con impaciencia y ella me recibió con risas afónicas, enredando su cuerpo entero con el mío.

Después de dos días poniéndonos la misma ropa, decidimos que teníamos que ir en busca de nuestras pertenencias.

El primer día había hecho una llamada al hotel donde había estado alojado y les había mandado dinero para que guardasen mi maleta en una sala durante mi ausencia. Ese día nos separamos a regañadientes para recoger nuestras cosas; habíamos quedado en casa a las diez, lo haríamos rápido sin que nadie lo supiese.

Ni Íngrid, ni Didier, ni nadie (excepto mi familia) sabían que estábamos en la Albufera. Era mejor así.

Llegué el primero a casa y eso me inquietó. Había mirado tantas veces el sendero aguardando a que ella llegase que aquel no fue un recuerdo agradable. Sin embargo, apareció a los pocos minutos con una maleta enorme en la mano y... su vestido de mariposas.

Dejó la maleta y corrió en mi dirección, dio una vuelta frente a mí y estiró los brazos con una sonrisa de oreja a oreja.

—Fue mi madre quien lo encontró, lo estuve buscando durante mucho tiempo... ¿Y esa cara? ¿No creerías que era el mismo que cuando tenía doce años?

—No... Yo no he pensado... absolutamente en nada —admití.

Ella rio con emoción.

—Nunca había encontrado el momento perfecto para estrenarlo. —Se atusó el vestido, exultante—. El vestido de cuando era niña está guardado en un lugar especial.

—Estás preciosa, reina de las mariposas —dije con voz profunda. Ella rio ante el recuerdo—. Por cierto, yo también tengo una sorpresa para ti.

Me adentré en la casa, busqué en mi mochila y la encontré nada más girarme.

—¡Un frasco de pompas de jabón! —chilló, tomándolo de mi mano.

Lo abrió con una ilusión infantil y, en cuanto se acercó al aro para soplar, olió el aroma del jabón.

—¿Es... cereza?

—Sé que no huele igual, pero se parece, ¿no?

La Chica de las Burbujas soltó una risa entusiasmada, vino a apretar sus labios contra los míos y luego corrí detrás de ella hacia el jardín para soplar burbujas.

Fuimos a la playa a comer y a seguir soplando pompas de jabón para recordar viejos tiempos. Disfrutamos como entonces, y nos reímos tanto o más que cuando éramos críes. Después de bañarnos, comimos ensalada de arroz y helados de hielo.

—¡Auri!

—¡Chica de las Burbujas!

—¡Auri!

Gritábamos como dos niñes con la adrenalina por las nubes mientras la seguía al interior del mar, levantando los pies para poder avanzar más deprisa.

Sigo el rastro de su aroma, el sonido de sus pies descalzos al caminar, floto como uno de los insectos que la veneran, siempre cerca de ella, siguiendo el balanceo de sus caderas, el cálido aliento que humedece el aire que respira. Que respiro.

Escrito en una esquina de un boceto arrugado
un día de junio de 2003

—Haber cumplido un sueño… ¿te hace feliz?

Estábamos tumbades en la alfombra entre el sillón y el televisor, acabábamos de cenar y en la radio sonaba una canción lenta que envolvía el comedor en un letargo apacible.

Mi cámara de fotos descansaba en el sofá tras habernos hecho una sesión de fotos en el cerco, el canal, también bajo el naranjo y al lado de las margaritas que todavía crecían con toda su belleza, como si nunca nos hubiésemos ido. Había sido una sobredosis artística de las buenas, de las que hacía tiempo que no experimentaba al fotografiar.

—Claro, ¿a qué te refieres? —musité mientras cogía mechones de su pelo rizado y los dejaba caer de nuevo.

—Me refiero a si es como esperabas cuando soñabas con ello —añadió mirando al techo.

Torcí el labio, pensativo.

—Me parece que… nunca imaginé algo con una envergadura como esta. Soñaba con ser reconocido, con ser visto y vivir de mis pinturas. Supongo… que mi sueño era algo más modesto y alcanzable.

—Tienes demasiado talento como para que no sea así —opinó—. ¿Y eres feliz? ¿Es lo que quieres?

—Creo que sí, es lo que quiero —decidí en ese momento—. ¿Qué me dices de ti?

—Me pasa lo mismo —murmuró, reflexiva—. Soñé con tener trabajos en el mundo de la moda como los que hacía mi madre; ella iba a pasarelas, la invitaban a eventos de celebridades, era imagen de algunas revistas. Pero... ni me imaginaba que podría llegar a estar tan solicitada, que mi imagen fuese tan conocida... y eso que solo estoy empezando.

—¿Y eres feliz?

Alma me miró a través de sus pestañas y esbozó una dulce sonrisa.

—Me gusta mi trabajo, sí. Disfruto viajando, me encanta poder aportar ideas, me escuchan, me tratan muy bien. Al principio tuve mis dudas, pero ahora estoy aquí y me doy cuenta de que, en realidad..., me encanta lo que hago.

Le acaricié y besé su nariz.

—¿Hablabas en serio cuando dijiste que te metiste en el mundo de la moda para que te encontrase?

Ella se tapó los ojos con una mano y rio entre dientes.

—Completamente en serio, Auri —susurró.

Nos abrazamos, ella se acurrucó en el hueco de mi cuello y yo inspiré el aroma de su pelo. Empecé a escuchar su respiración irregular contra mi garganta y me besó allí varias veces, descendiendo hacia mi pecho. Pasó los dedos por encima de las cicatrices de la mastectomía y luego posó los labios sobre ellas de forma húmeda; se me escapó el aire por la boca.

—Asher... —susurró—, me he preguntado cuál sería tu nombre durante muchos años. Asher...

Volvió a besar las cicatrices; me estremecí.

Ella deslizó su mano hacia mi sexo, me retorcí, la cogí de la mandíbula y la besé. Nos deshicimos de la ropa con repentina prisa, con falta de aliento. Cada vez que me tocaba me consumía, cada vez que me atravesaba con su mirada de avidez, cuando me dejaba ver que jamás tendría suficiente, que era insaciable. Alma repasó cada sendero de mi cuerpo, yo volví a explorar sus lunares, sus pliegues. Ella se movió sobre mí; hacía que fuese fácil, dibujaba círculos con las caderas sobre mi sexo, con su columna vertebral flexible danzaba sobre mi vientre y se me erizaba la piel de placer, de éxtasis. Con ella así de dulce, así de versátil y preciosa, la racionalidad me duraba poco. Y el vaho de nuestras bocas y el calor de nuestra carne humedecieron de nuevo las ventanas en mitad de la noche.

Cogí su vestido de mariposas, tendido al lado de mi cuerpo.

—¿Me lo darás cuando me vaya? —le pedí, aún recuperando el aliento.

La miré tras su pausa de silencio.

—Te llevarás mucho más de mí cuando te vayas —susurró.

Lo hicimos en serio; obviamos información relevante para conservarnos en esa pausa en el tiempo. Ambos sabíamos que era finita, pero preferimos ignorar el futuro.

No es que no me muriese por preguntarle, es que sentía tanto miedo que me paralizaba. De modo que deseché el miedo y agoté los segundos que nos quedaban.

Los días transcurrían con una velocidad angustiante.

Dejamos nuestras huellas en el embarcadero, el chico fósil que había aguardado la llegada de su amor cobraba vida de nuevo. Agotamos al sol con nuestras pieles, dejamos surcos permanentes en la orilla del mar. Su retrato fue tomando forma con detalle en el bloc y perfeccionamos nuestra receta para las tortitas.

Una noche se nos ocurrió bailar con obstáculos, como cuando Eitan y papá habían tocado el piano aquella tarde de septiembre de 1992. Nos subimos a los sofás, a las sillas y bailamos con la música muy alta.

No dejábamos de reír y de actuar como niñes.

Nos duchábamos juntes, llenábamos nuestros cuerpos de espuma y luego le peinaba el pelo mojado al salir, sentades desnudes sobre la cama.

No pudimos evitar coger rutinas: el paseo en bici por la mañana, el embarcadero o la playa, los momentos de cocinar con la radio puesta, bailar descalces por el salón, hacer el amor en cualquier momento.

Fue ella quien rompió el pacto tácito. Era el undécimo día que nos despertábamos juntes, la luz atravesaba la cortina con sus rayos vaporosos. Me sonrió en cuanto abrí un ojo y me lancé a hacerle cosquillas con el pelo en la barriga. La Chica de las Burbujas luchó entre carcajadas, forcejeé, le mordí la cintura y el ombligo.

—¡Me rindo! ¡Me rindo! —chilló sin aire.

Me dejé caer sobre ella, apoyando con cuidado la barbilla en su esternón.

—¿Esta vez también vas a poner la excusa de que me has dejado ganar? No estoy lisiado ni nada.

Ella rio, pero vi algo diferente en sus ojos. Pasó los dedos por mi pelo y me miró a los ojos con profundidad.

—Pídemelo, Asher. Pídemelo y no me casaré —dijo con voz solemne y afectada.

Aquello me abrumó. Sus palabras, que rozaban la súplica y el dolor, me atravesaron como agujas.

—Siempre quise que fueras tú, ¿recuerdas? Estaba medio dormida, pero… lo deseaba de verdad. Da miedo pensarlo, pero, a pesar de que solo tenía doce años, sabía muy bien de lo que hablaba. Nunca se me ha ido de la cabeza el libro de los Tuck y el temor a que pasase el tiempo, me hiciese vieja y tú no aparecieses…

La miré tratando de asumir lo que decía. Nunca habíamos llegado a hablar de su futuro marido. Ella había querido dejarlo al margen y yo había respetado su decisión a pesar de que era un tema demasiado importante como para evitarlo.

Esa impactante petición desordenó mi organismo.

—Alma… —musité. Me incorporé para sentarme en la cama, ella lo hizo a mi vez con la vista fija en mi rostro—. No sé… nada de tu vida con él. No sé si le quieres, si… Antes de mí, él era tu futuro. Y parecías feliz de que fuese así. Yo… La decisión te pertenece a ti. —Ella bajó la mirada hacia sus pies—. No puedo pedirte que lo dejes todo y vengas conmigo, sería egoísta. Y créeme que lo deseo. Pero no quiero levantarme un día y darme cuenta de que tomaste una decisión de la que arrepentirte.

—Ninguna decisión que implique que estés cerca de mí puede acabar así —murmuró, segura—. Pero… te comprendo.

Encogió los hombros y torció los labios.

—Sigo siendo impulsiva... —Sonrió con amargura—. Pero mis impulsos siempre se rigen por mis anhelos más viscerales.

Compartimos una mirada colmada de fría realidad que heló nuestra piel; esa realidad que habíamos evitado las últimas semanas.

—No dejes nunca de ser así, mi remolino —le pedí.

—¿Cómo me has llamado? —preguntó, su humor mejoró.

Yo reí y le expliqué cómo había empezado a llamarla de ese modo. Entonces parecimos olvidarnos de todo y regresamos a las cosquillas, a los besos y a los gemidos.

27

MEMORIAS DE ASHER

Carboncillo sobre papel rugoso: «Efímeros»
Junio de 2003

Era sábado y la Chica de las Burbujas tenía una cita importante de trabajo a la que había prometido acudir. Aquella mañana nos duchamos juntes y fui tras ella todo el tiempo mientras se peinaba, se vestía y se maquillaba.

Terminó quitándose la ropa e hicimos el amor pegades a la puerta de entrada. Debía irse, llegaba tarde, se lo recordé, pero aun así buscó mi boca con ansiedad y acabamos desnudes, yo cogiéndola de las nalgas contra mí, ella con la espalda pegada a la puerta. Terminamos con una postura incómoda en el suelo mientras bebía de ella y su cuerpo se retorcía bajo mi boca. Alma me tocó cuando quise acercarme de nuevo a ella, me aprisionó (la dejé) y se explayó con mi sexo de forma que gemí profundo y hondo hasta el orgasmo. Sabía tocarme de forma que me subyugaba por completo. Luego, deseando más, me mordió el cuello, se puso a horcajadas sobre mí y se movió de forma exquisita, incansable y repetitiva.

—Alma... —gemí—, no quiero que llegues tarde por mi... culpa.

Hablé entre resuellos porque ella seguía fundiendo nuestros sexos una y otra vez mientras respiraba sobre mi boca. Empezó a moverse más deprisa, se me escapó un jadeo roto y profundo.

—No quiero parar —musitó con sensualidad en mi oreja.

Se me erizó todo el cuerpo y sonreí, la cogí de las caderas, apreté la pelvis contra la suya y me moví de manera más intensa. Alma gimió contra mi boca. La levanté del suelo, la besé dos y tres veces por toda la cara.

—Tienes que irte.

Ella dejó escapar un gruñido gutural de fastidio.

—No pienso pasar por el lavabo —decidió en un acto de rebeldía, colocándose de nuevo la ropa—. Prefiero oler a ti que a perfume.

Dejé escapar una risa floja y la cogí de la nuca para rozar mi nariz contra la suya.

—No me moveré de aquí —prometí.

La Chica de las Burbujas se subió al taxi que la esperaba al final del sendero, me mandó un beso al aire con la ventanilla bajada y sonreí hasta que ella no pudo verme.

Unos minutos más tarde, estaba masticando una tostada con mantequilla cuando llamaron a la puerta. Me asomé al umbral de la cocina, extrañado, y me levanté de la silla para ver quién era a través de la ventana que se situaba más cerca de la puerta. Fui a abrir sin pensar en la razón por la que ella estaba allí.

—Íngrid, Alma se acaba de ir —le dije en cuanto la tuve enfrente.

—Lo sé, no vengo a buscarla a ella —respondió con firmeza.

Entonces caí en algo; Alma había llamado a un taxi para evitar que su representante conociese nuestro paradero.

—¿Puedo... ayudarte en algo? —pregunté, descolocado.

—Me gustaría hablar contigo, Asher. ¿Puedo entrar?

—Claro..., pasa.

Íngrid se adentró con caminar pausado, cerré la puerta y me rasqué la cabeza, confuso.

—Mmm... ¿Te apetece algo de beber?

—No quiero nada, gracias —dijo, horadando con la mirada el amplio comedor mientras se dirigía a los sillones.

—Vale... —musité.

Ella se sentó y yo, en silencio, la imité.

—Conozco a Alma desde hace cinco años, la encontré cuando todavía no era conocida. Sabía que tenía potencial, no solo por su llamativa belleza, sino por su actitud, su iniciativa —comenzó con las piernas cruzadas y la espalda recta—. Le ha costado mucho trabajo llegar adonde está ahora, se ha esforzado, le ha puesto ilusión...

—Íngrid, yo... no dejaría que descuidase el trabajo de sus sueños. Y ella sabe lo que quiere. No tienes que preocuparte de nada...

—¿De verdad? —Me interrumpió con una ceja arqueada. Luego suavizó su expresión y desenredó sus piernas para inclinarse un poco y así estar más cerca de mí—. Mira, puedo hacerme una idea de lo que sentís. Ella me habló de ti hace un tiempo, la manera en la que está actuando estos días no es propia de ella; sé que has desbaratado sus ideas y necesitaba tenerte cerca. Lo entiendo. Eres alguien importante en su vida, pero...

Íngrid suspiró y dejó caer los hombros.

—¿Habéis hablado de Samuel? ¿Alma te ha hablado... de ello?

Ella solo lo había nombrado una vez para presentármelo, sabía que se llamaba así por ese encuentro en su chalet temporal.

—No..., ella no me ha hablado mucho de él —respondí con un hilo de voz.

—Claro que no —Íngrid volvió a suspirar más profundamente—. ¿Cómo hablarle a alguien a quien amas de que también quieres a otro hombre? Asher, no vengo a hacer daño, solo quiero organizar las cosas, solo quiero... que entiendas que Alma tenía una vida antes de tu llegada. Samuel es un hombre bueno que la quiere con locura, haría lo que fuese por ella, incluso dejarla ir si te eligiese a ti. Ella... no se lo pensó cuando él le propuso casarse. Y...

Se detuvo, me miró con lástima porque supuse que estaba viendo mi rostro descomponerse despacio.

—Su carrera está empezando a dispararse. La llaman de muchos sitios, tiene que decir no a muchas ofertas muy interesantes. Si su compromiso con Samuel, que también es modelo y director de una revista conocida en el mundillo, si ella... decidiese no casarse, la prensa rosa eclipsaría su carrera, todo su esfuerzo, solo por esa exclusiva. A una modelo consolidada no le ocurriría lo mismo, pero Alma está despegando ahora, pondría en peligro su trayectoria... y además...

Volvió a parar.

Yo tenía tensos todos los músculos del cuerpo. Íngrid estaba poniendo frente a mí en crudo todo cuanto Alma y yo habíamos estado evitando.

—No creo... que te lo haya contado, es algo que le pertenece a ella decirte... —empezó, algo incómoda.

Observé la preocupación de Íngrid con un creciente nerviosismo.

—Mira, Asher, no quiero ser la mala en esta historia. Solo quiero poner un poco de cabeza fría, porque vosotros aún estáis obnubilados por vuestro reencuentro. Ella podría dejar a Samuel e intentar seguir con su trabajo aquí en España, ¿podrías tú seguir con el tuyo fuera de Francia?

—¿Qué es lo que ella tendría que contarme? —le pregunté con la voz temblorosa.

Íngrid cerró los ojos y expulsó el aire por la nariz.

—Está embarazada, Asher. De tres meses.

Aquello fue como una ola inmensa y congelada viniendo hacia mí a una velocidad mortal. Me golpeó y me inundó entero, dejándome inerte y frío.

No pude decir nada. Ella me observó con pena.

—Lo lamento de veras. Yo... la quiero muchísimo, es casi como una hija para mí, por eso la conozco y sé sus motivos, sé que te adora. Pero queréis parar el tiempo y vivir vuestra historia sobre otras que ya están formadas. —Se restregó la cara y me miró con afecto—. Sé que os hubiese tocado hablar de ello antes o después. Os habríais enfrentado a esto pronto, pero... yo miro por ella y acelero el proceso porque Samuel volverá a Valencia en una semana.

Asentí, incapaz de coger aire, con un dolor de tripa infernal.

—Entiendo... —susurré.

Apenas recuerdo qué dijo antes de despedirnos. Me desplacé como un zombi a acompañarla a la puerta y luego de regreso al sofá.

Tuve tiempo para pensar.

No recuerdo pasar una mañana a solas tan desquiciada como aquella. Deseaba que ella llegase para poder hablar, pero por otro lado tenía pánico a enfrentarme a la situación, a volver a mirarla y que viese la tortura en mi rostro.

Había batallado contra situaciones difíciles, pero no como aquella. Siempre que la Chica de las Burbujas estaba por medio yo volvía a ser un crío inseguro, torpe y ciego de amor.

Decidí que estaba enfadado. Con ella y conmigo. Podríamos habernos ahorrado todo este dolor y, sin embargo, lo habíamos escogido a conciencia. Habíamos sido egoístas e infantiles, conociendo todos los términos, todas las consecuencias.

Ella me había ocultado algo muy importante. Y lo peor es que entendía por qué lo había hecho.

Alma regresó a primera hora de la tarde, yo acababa de venir de la playa y aún llevaba la sal y la arena pegadas al cuerpo. Se me salió el corazón del pecho cuando escuché la puerta abrirse; aguardé en mitad del salón y vi su cara demudada por la angustia; deduje en un segundo que su representante le habría informado de su visita a la Albufera.

—Auri… —dijo con el llanto implícito en la voz.

—¿Estás embarazada? —le pregunté, vulnerable, con las heridas en carne viva.

Ella deformó su expresión y se encogió.

Dejé escapar el aire por la boca y la dejé abierta para poder respirar.

—Podemos… Asher, yo…

—¿Por qué no me lo has dicho?

—Yo… ¡no lo sé! No lo sé —prorrumpió entre leves sollozos.

—¿Qué estamos haciendo, Alma? ¿Cuánto… cuánto más creíamos que podía extenderse esto?

—Auri… —Ella se acercó y todas mis defensas se deslizaron bajo la suela de mis pies. No me tocó, pero quería hacerlo y yo quería que lo hiciese—. No quiero perderte… Yo… no lo soporto. Solo… no te lo he dicho porque… ¡maldita sea! Quiero estar contigo. Quiero estar contigo, Asher.

Me tapé la cara con las dos manos, presioné con fuerza mis ojos y se me escapó un lamento gutural.

—No podemos vivir siempre ajenos al mundo. Es la única manera que conocemos, sí, pero... esa manera siempre tiene un fin y es que tú y yo tomamos caminos separados.

—No tiene por qué ser así...

—Alma, salgamos de estas paredes, de la playa, del embarcadero... Salgamos ahí fuera, donde están nuestras vidas, donde hemos vivido ajenos a la existencia del otro. Salgamos y pongamos los pies en el suelo. Tu novio volverá en una semana buscándote a ti, a su futura mujer y a su futuro hijo. ¿Qué le dirás? ¿Qué le dirás cuando le tengas delante? ¿Qué pasará cuando debamos enfrentarnos a nuestras vidas reales, Alma?

—Yo... —La Chica de las Burbujas lloró, dejó escapar un sonido de dolor y me miró con desesperación—. No lo sé. No sé qué pasará, no sé qué le diré... Te quiero, Auri. Joder, no podía ignorar lo que sentía, el terror que me daba que desaparecieses otra vez. No he sentido ni sentiré nunca lo que siento por ti.

—¿Él lo entenderá? Es... ¿Tú le quieres?

—¡Claro que le quiero! —Lloró, mirando al techo con angustia—. Pero... no sé si sabría vivir a su lado, Asher. No después de ti.

Me revolví el pelo con ahínco y, aunque traté de contenerlo con todas mis fuerzas, la garganta se me llenó de fluidos y las lágrimas hicieron presencia en mis ojos.

—Es que no se trata solo de ti y de mí, Alma. De por medio hay una criatura, un hombre y todo un recorrido de esfuerzo e ilusión que nos ha conducido a dedicarnos a lo que más deseamos. Ya no somos dos chavales aunque nos hayamos comportado como tal durante estas semanas... Tenemos que asumir que nos hemos encerrado en un mundo aparte y que debemos salir de él como personas adultas.

—No quiero perderte —farfulló, lanzándose hacia mí para abrazarme la cintura con fuerza.

Apreté los ojos y la aferré contra mi cuerpo, notando los golpes del llanto en el pecho. La sostuve con fuerza, sintiendo los temblores de su cuerpo, su llanto, su aroma a cerezas y crema solar que ahora me desgarraban por dentro.

Deslicé la mano por su cadera y la posé sobre su estómago. Ella aspiró por la boca y se apartó ligeramente para mirar a su tripa.

—Nunca pudimos decidir —musité con voz ronca.

Ella cerró los ojos con fuerza.

—Cuando dijiste... que si te pedía que no te casases, no lo harías...

—Lo dije en serio, Auri —respondió con voz queda y rota.

—¿Pensaste en qué responderías si te lo pedía?

Ella elevó los ojos enrojecidos e hinchados y miró a los míos.

—¿Pensaste en que tu bebé crecería sin su padre? ¿Pensaste en la reacción de Samuel? ¿En la repercusión que tendría tu ruptura para tu trabajo?

—Lo pensé todo... —aseguró, agotada y rota—. Y admito que tenía miedo a que me lo pidieses. Pero también a que no lo hicieses.

Sostuve su mirada verde unos instantes más, las lágrimas saltaron de mis ojos y se deslizaron con parsimonia por mis mejillas. La Chica de las Burbujas detuvo su trayecto posando los labios sobre ellas, besó mi barbilla, la comisura de mi boca, mientras contenía sollozos que trataban de liberarse por medio de sonidos ahogados.

Nos desplazamos lentamente hacia el dormitorio y nos dejamos caer en la cama. En silencio, nos miramos a la cara, repasamos nuestras facciones al detalle y el sol se puso, dibujando sombras y colores naranjas en su rostro. Ella se acercó para posar de forma delicada sus labios sobre los míos y su respiración entrecortada atravesó mis dientes. Mantuvimos las caras muy cerca después del beso y dejamos avanzar el atardecer allí, sin decir nada más, porque las palabras dolían.

Ambos hicimos el esfuerzo de no dormirnos.

Como cuando era crío, me negaba a cerrar los ojos para poder mirarla un poco más. Para poder sentirla, escuchar su respiración, empaparme de su olor. Pero nos dormimos, porque el dolor nos había dejado sin fuerzas.

Aquel amanecer fue el más duro de mi vida porque había tomado una decisión: marcharme.

—Alma... —La desperté, ella hizo un ruido adorable y abrió los ojos despacio.

En cuanto vio mi expresión supo que ya no había vuelta atrás.

—Es mejor no poner las cosas más difíciles —musité.

Ella contorsionó el rostro y dejó escapar un sollozo agudo antes de abrazarme. La estreché contra mí y besé su coronilla con los ojos cerrados.

—No quiero que te vayas... —dijo con voz atropellada.

—Por favor... —susurré, apretando la mandíbula.

—Lo sé... Lo siento, Auri. Te quiero. —Lloró.

—Yo también te quiero, mi remolino.

—Te acompaño, te... ¿te vas hoy mismo? ¿Has podido conseguir billete a Francia para hoy? —dijo, secándose las lágrimas y desplazándose por el colchón para desnudarse con rapidez y cambiarse de ropa.

—Sí, he reservado...

—Vale..., deja que recoja.

—Alma..., no es buena idea.

—¿Por qué? Yo...

Llegué hasta ella y la detuve, la cogí de la cara para que me mirase, porque estaba esquivando mis ojos.

—No me arrepiento. ¿Tú te arrepientes?

—Claro que no —dijo en medio de un llanto.

Le sonreí como pude, ella lloró entre mis manos.

—Hemos tenido otro verano, una segunda oportunidad. Creía que no volvería a verte y... he sido muy feliz —confesé, besándola en los labios mojados.

La Chica de las Burbujas dejó caer su frente en mi cuello, me besó allí, besó los lóbulos de mis orejas, mis mejillas, mis labios. Quería frenarla, pero no pude. Ella me paralizaba, me consumía, me destrozaba. Respondí a sus besos con ansiedad entre ruidos guturales.

Me quitó la camiseta, desabrochó los botones de mis vaqueros y enredó su cuerpo desnudo en el mío, todo mientras las lágrimas rodaban por su rostro. Hicimos el amor despacio, temblando, sollozando. Sus dedos presionaron todos los rincones de mi piel a través de caricias de puro anhelo. Nos tocamos, nos besamos, nos bebimos, arrugamos las sábanas bajo nuestros cuerpos inquietos y llenamos la casa de gemidos y nostalgia.

Acabamos sentades frente a frente, con las piernas enredadas respirando el oxígeno del otre.

—Ojalá también tuviese memoria fotográfica. —Rompió el mutismo con voz queda.

—No es tan maravilloso como parece... —Le sonreí con amargura.

Ella inspiró despacio el aroma a sexo de la habitación.

Dejé caer la frente en su hombro y me deslicé fuera de la cama. Me vestí y recogí mi maleta. Ella, en ropa interior, salió conmigo al salón con los brazos cruzados y gesto serio. Nos detuvimos al llegar a la puerta y nos miramos con la angustia demudando nuestras facciones. La abrí, ella me cogió de la muñeca con rapidez y vi cómo cerraba los ojos con fuerza.

—No puedo... Auri, no puedo —dijo con voz afónica.

Me acerqué para besar su ceja. Estaba haciéndome el fuerte cuando por dentro me estaba descomponiendo.

—¿Le hablarás de mí? —Acaricié su barriga.

Ella se llevó una mano a la boca.

—Claro que le hablaré de ti.

Asentí con una sonrisa débil, me acerqué a su boca y la besé inspirando por última vez su presencia.

—Te querré hasta el día que muera... —musité contra sus labios.

Y luego me giré, porque no podía soportar más la situación, no sabía en qué momento me derrumbaría y le suplicaría que me eligiese por encima de todo.

Escuché su llanto cuando le di la espalda y avancé con los músculos agarrotados, tanto que cada paso sentía que me desgarraba.

Me giré al final del camino y la vi sentada en el suelo del final de las escaleras del porche. Reprimí una expresión de puro dolor y nos miramos en la distancia por última vez.

El aire de la Albufera guardó las caricias que nunca nos daríamos, guardó nuestros secretos, nuestras risas, las promesas, el almizcle de unos cuerpos rotos que se amaban. Después de un tiempo, llovería sobre los campos de arroz y otres niñes se conocerían y se querrían.

Encontré su vestido de mariposas en mi maleta cuando decidí deshacerla en París; no sabía en qué momento lo habría puesto allí, y lloré como un niño abrazado a él.

Yo le había dejado el bloc de dibujo, el frasco de pompas, la camiseta que me había quitado la primera vez que habíamos hecho el amor y un pedazo enorme de mí que jamás recuperaría.

Ni siquiera los años la han borrado ni un ápice.

He seguido dibujándola como un demente y he centrado gran parte de mi obra posterior en ella.

Unos meses después de nuestro reencuentro, la volví a ver en las revistas con un bebé en brazos. Lo había llamado Auri.

Lo que tuvimos fue demasiado corto, pero estalló en nosotres como un astro. Nuestras pieles tuvieron poco espacio en el tiempo para tocarse, pero tenemos toda la vida para querernos.

La Chica de las Burbujas es el hecho más irrefutable de que existe lo extraordinario en este universo.

Y he tenido la suerte de amarla.

28

CARTAS DE ALMA

Querido Asher:

Esta es la última carta que te escribo después de meses escribiéndote cada semana. Miles de palabras, de tinta, papel y pedazos de mi ser dirigidos a ti.

No te equivoques, no me rindo. Seguiré esperando a que me respondas, a saber algo de ti. Solo me estoy obligando a despedirme. Porque nunca pude hacerlo.

Aún soy incapaz, pero ahí va:

Adiós, Auri.

Mi piel seguirá oliendo a ti, diré tu nombre en sueños y buscaré tus rasgos en otra persona sin darme ni cuenta. Eso no puedo cambiarlo.

Tampoco me esforzaré mucho por hacerlo.

Seguiré caminando a tu lado aunque no puedas ver por dónde van mis pasos.

Te amo.

Y te querré hasta el día que muera.

La Chica de las Burbujas, 6 de junio de 2005

Qué putada cuando van pasando los años y acabas entendiendo aquello que te decían de que «crecer es aprender a despedirse». Y cómo duele que sea cierto.

Jedet, mujer trans, artista multifacética (cantante, actriz, escritora)

29

CLAIRE

Junio de 2019

—¡Hola! ¿Es Aurinko?

—Así es, cariño, ¿en qué puedo ayudarte? —Reconocí al instante la voz de Dennise.

—¿Dennise? ¡Hola! Soy Claire, no sé si me recuerdas, la chica pelirroja que…

—¡Claro que me acuerdo! ¿Qué tal va ese proyecto que llevabais entre manos ese chico y tú?

Tragué saliva y miré mis pies descalzos, que se paseaban por el mismo trozo del jardín una y otra vez.

—Eh, bien, creo que… nos ha surgido una duda importante. Necesito a Fleur, ¿está por ahí? —Los nervios me habían secado la boca y la garganta y sonaba gangosa.

—Pues hoy has tenido suerte, se ha pasado hace un rato. Espera un momento.

Me mordí las uñas y paseé más deprisa, dejando el césped plano bajo mis pisadas.

—¿Claire? —Su voz, no sé por qué, hizo que se me pusiese un nudo enorme en la garganta.

Traté de serenarme y carraspeé.

—Fleur, gracias por ponerte. Es que… he encontrado algo que… —Hice una pausa para organizar el caos que se desataba en mi cerebro—. Estaba escuchando el mp4 de Asher y, al pasar la canción, se ha puesto una grabación del año 2011 que creo que es de Eitan. Es... es como si le hablase a Asher, parece que le diga algo a través de un contestador o... no lo sé. El caso es que es raro y...

—Frena, frena, Claire. ¿Dices que has escuchado una grabación de Eitan?

—Solo él le llamaba «renacuajo». Le dice cosas como que se va a casar y que ojalá pudiese escucharle y que nunca aprendió a despedirse de él...

—Vaya... —Fleur suspiró al otro lado de la línea—. Suena a cuando quieres hablar con alguien que ya no está.

—Sí..., eso he pensado, pero ¿cómo es posible que esté grabado en su mp4?

—Creo que no puedo resolverte esa duda, cielo —respondió con calidez—. Yo tenía sus pertenencias, pero no escuché nunca ese mp4.

Dejé caer el culo en el césped y me tapé la cara con una mano.

—¿Qué es lo que buscas exactamente, Claire? —añadió en tono cauteloso.

Tragué sin saliva y noté que las córneas se me humedecían.

—Tiene que haber... alguna explicación. —Mi voz se desvaneció al final.

Escuché el aliento de Fleur mientras me envolvía un estado absorbente de añoranza que volvió mis extremidades flácidas y pesadas.

—Ori se ha ido... —Se me rompió la voz y, no pude parar, lo intenté pero no fui capaz; se me escapó el aire entre los dientes de la fuerza del llanto y volví a taparme la cara con la mano.

—Cuánto lo siento, pequeña —dijo ella con dulzura, haciendo que mis lágrimas se multiplicasen.

—Siento molestarte con esto —dije de forma casi ininteligible.

—En absoluto. Me alegra que me hayas llamado, y quiero que sepas que me tienes aquí y que actuaré de paño de lágrimas si te hace falta.

—Gracias, Fleur —le dije de corazón—. Creo que... no puedo dejarle ir. Ni a Ori ni a Asher. No... asimilo que todo acabe así.

—Te comprendo, cielo. Es difícil dejar marchar...

Me eché hacia atrás para tumbarme en la hierba con el teléfono pegado a la oreja, las lágrimas se deslizaron hacia mi nuca y mi pelo.

—Pero tenemos más capacidad de resiliencia de la que creemos y somos más fuertes de lo que pensamos. Eso es algo que he descubierto en mi propia piel, y tú también lo harás.

—Ojalá pudiese dormirme y despertar el día en que esto deje de doler —murmuré, sincera.

—Sí, eso sería estupendo. Pero seríamos menos sabies y madures si nos saltásemos ese paso, ¿no? El dolor moldea nuestra personalidad y nos hace más humanes.

Cerré los ojos y atendí a la voz de la experiencia. No podía hablarle a ella de dolor.

Nos despedimos y me quedé allí tumbada un buen rato hasta que me dormí. Fue mamá quien me despertó para que fuese a comer.

Más tarde, en mi habitación, mientras leía un libro, mi teléfono empezó a sonar. Pensé que serían Dean y Marc, ese día aún no habíamos hablado, pero la pantalla del móvil indicaba que me llamaban de un número desconocido.

—¿Diga?

—¿Claire? —preguntó una voz masculina.

—Eh, sí… ¿De parte de quién?

—Solo quería preguntarte acerca del manuscrito en el que has trabajado; me consta que está basado en las memorias de Asher Dray. Alguien conocido me ha hablado de ello.

Me levanté de la cama de un salto y apreté el móvil contra mi oreja.

—Sí, sí… Eh, en realidad hemos transcrito sus memorias con fidelidad y hemos añadido información que encontrábamos, cartas de Alma y citas relevantes de personas trans —le expliqué.

—Es… interesante. Me gustaría saber cuál es tu grado de implicación en la investigación de la vida del pintor —preguntó, y hubo un cariz en su voz que me resultó familiar.

—No sé a qué se refiere exactamente…

—Quiero decir que cómo es de importante para ti ese manuscrito.

Tomé aire despacio y me apoyé contra la pared.

—Pues... —miré hacia la nada, preguntándome con quién estaba hablando y notando a su vez que esta conversación tenía algo que ver con Fleur— me ha cambiado la vida. Es tan importante que ya no soy la misma que era antes de conocer a Asher. Ahora... soy mejor, aunque descubrirle me haya roto en pedazos en muchos sentidos.

El chico desconocido tomó aire al otro lado del teléfono.

—Me interesa que me mandes tu trabajo, ¿sería posible?

—Hum... Es que no sé quién es usted...

—Puede que sí que me conozcas, mi nombre es Eitan Dray.

Casi me desmayé tras su revelación. Me mareé y me dejé caer en la cama con el corazón latiendo arrítmicamente en mi pecho.

—Eitan... Claro, yo... le pasaré el libro cuando quiera. —Soné como una estúpida, pero en ese momento no cabía nada más en mí que la impresionante sensación de estar hablando con el hermano de Asher.

—Gracias, Claire. Apúntate mi correo.

Corrí a coger un boli y un papel y escribí con letras grandes su *email* con los dedos temblorosos.

Y luego comuniqué a mis padres que regresaba a París para recuperar mi portátil. Lo había dejado allí a conciencia con la intención de apartarme del manuscrito, de Asher y de Ori y su ruin nota de despedida. Pero al parecer el destino tenía otros planes para mí.

Fue un fastidio entrar en mi piso y descubrir que el aire todavía olía a Ori.

Había salido huyendo de allí pocos días antes, escapando de los recuerdos, del daño y... ¿quién me iba a decir que regresaría por una llamada de Eitan Dray? ¡Eitan Dray!

Fui directa hacia el portátil, el único lugar donde estaba guardado el manuscrito, y al abrirlo la nota de Ori voló y se deslizó hacia mis pies. Suspiré con pesadez, la cogí con fastidio y la estampé en la mesa antes de sentarme frente al ordenador.

Revisé un poco por encima el manuscrito y luego lo mandé. Cuando di clic a enviar se me escapó un gritito. Ya estaba hecho. Le había mandado nuestro trabajo a Eitan Dray. Tuve que darme veinte vueltas por todo el piso para relajarme. Me tomé una tila y decidí que no regresaría al chalet con mis padres hasta que Eitan me respondiese.

Arrasé con todo lo que quedaba en la nevera (que no era mucho, dadas las circunstancias); cuando estaba nerviosa me entraba hambre. Masoquista, me puse otra vez la película de *Amélie*. Cuando habíamos decidido verla Ori y yo, había sido a raíz de las memorias de Asher y esa escena adorable en el bar Cañas y Barro entre Auri y la Chica de las Burbujas. Descongelé unas frambuesas en bolsa que habíamos comprado hacía un tiempo e intenté ponérmelas en los dedos, pero fue tarea imposible y además estaban horribles. Lloré a moco tendido en prácticamente toda la película.

Intenté ponerme a dibujar, como había estado intentándolo durante los últimos días, pero tenía un bloqueo emocional del tamaño del Atlántico. Creí a mis compañeros de la Escuela cuando me decían que el desamor desataba las musas más pasionales, pero yo era incapaz de trazar un boceto decente.

Me quedé dormida en el sofá con la cuchara del helado en la mano y la tarrina de nata con nueces de macadamia derritiéndose en la mesa del salón. Me desperté sobresaltada un rato después por el sonido de mi móvil con los dedos pringosos y el pelo en la cara. Me levanté corriendo en búsqueda del teléfono. «Número desconocido». Se me salió un pulmón por la garganta.

—¿Hola? —mi voz sonó a recién levantada.

—Claire, perdona las horas. Sé que es tarde, pero acabo de terminar de leer el libro.

Tuve que volver a sentarme e intenté controlar mi respiración.

—No... no pasa nada, estaba despierta.

—Nunca llegué a leer las memorias originales de mi hermano, ha sido... espectacular poder hacerlo ahora. Complementado con todo lo demás, es... El resultado es precioso. Se nota que le habéis puesto cariño a cada palabra y, además..., tiene mucho de ti también.

—Sí... —dije, conmovida.

—Es un buen homenaje, la voz de mi hermano suena de forma ensordecedora en todas las páginas.

—No podría ser de otra forma, su voz ha estado en nuestras cabezas y nos ha enseñado que una persona puede ser eterna aunque ya no esté.

La respiración de Eitan sonó emocionada al otro lado.

—Si decides publicarlo, tienes mi consentimiento. Y también el de mis padres. No te pediremos nada, solo que sigas manteniéndote fiel a ese cariño que desprendes por él.

—Por supuesto, gracias de corazón, Eitan. —Una lágrima se coló entre mis labios.

Necesitaba tenerlo enfrente para abrazarle. Quería decirle lo mucho que le admiraba, pero él habló antes:

—Claire, si... realmente quieres publicarlo, hay algo que deberías saber. El libro está inacabado, falta información relevante.

Se me atascó el aire en la garganta.

—Tendrás que buscarla a ella si quieres completar el manuscrito —me reveló.

—¿A ella? ¿A... la Chica de las Burbujas? —tartamudeé.

—Es tu decisión, el libro está bien como está. Pero si quieres ir más allá... búscala.

—Pero... no sabría dónde encontrarla —respondí, conmocionada.

—Yo te diré dónde vive. Lo dejo en tus manos, Claire.

Aquella conversación me aturdió, me desmontó..., sin embargo, encendió una nueva llama en mis entrañas.

Habíamos llegado muy lejos. No podíamos detenernos ahí.

De nuevo, me paseé por todo el piso con las emociones a flor de piel. Tuve que salir para que me diese el aire y poder ordenar mis ideas. Me recorrí la plaza de la Concordia de arriba abajo sin mirar por dónde iba, demasiado sumida en mis pensamientos.

Para encontrarla, tenía que volar a España. Pensé en Ori, joder, él... Debería poder hablar con él de esto. Pero era imposible.

Podía ver el aspecto actual de Alma en internet, seguía siendo preciosa. Se había divorciado de Samuel un año después de casarse con él y desde entonces no había vuelto a casarse. Se la veía en varias fotografías con hombres, pero solían ser ligues pasajeros. El amor de su vida era su hijo, Auri, de quince años.

Por la información que me había dado Eitan, Alma ahora vivía en una casa próxima a la Albufera. Aquello me pareció conmovedor; aquel era el lugar donde podría sentirle más cerca, el lugar donde le había conocido y amado. Probablemente allí podría hablarle a su hijo de él, y este podría crecer en el mismo lugar donde ella había sido niña, el lugar que había marcado un antes y un después en su vida.

Regresé a casa y miré la mesa donde aún seguían el portátil y la nota sin abrir de Ori.

Cerré los ojos unos instantes, exhalando.

Luego fui con caminar lento y cogí el papel.

—¡Maldita sea, Ori! —mascullé.

Mi chica del pelo de fuego:

No gastes tiempo en odiarme por no haber dicho adiós, no desperdicies sonrisas ni malgastes lágrimas, ¿me lo prometes?

Yo te prometo que, después de ti, todo se ve desde diferente perspectiva. Dejo en tu cama mucho más de lo que he ofrecido o podré ofrecer a nadie nunca, te quedas con esa parte de mí. Y yo te guardaré conmigo.

Me dejas mucho más de lo que yo podría enseñarte, te lo aseguro. Me llevo todo el aprendizaje, las emociones, tus miradas, tus roces y tus besos, el olor a tu jabón, el sonido de tu voz diciendo «adiós, mi hombre».

Gracias por parar el mundo conmigo.

Te quiere,

Ori

Tomando algo del espíritu impulsivo de la Chica de las Burbujas, me subí al coche dispuesta a recorrer un camino de cinco horas para llegar a Estrasburgo.

Una vez hallé el barrio judío, no fue fácil encontrar su casa. Podía apreciar la incomodidad y las miradas me aclaraban que allí era una intrusa.

Imagino que me veían, en cierto modo, como una amenaza. Los conflictos eran cada vez más frecuentes a causa de los antisemitas y supongo que desconfiaban. Yo no estaba en absoluto de acuerdo con muchas tradiciones judías ultraortodoxas (aquel sitio era como viajar décadas atrás), pero jamás estaría a favor del odio; ellos no podían saberlo, así que era normal que no fuese bienvenida. De todos modos, había otra razón para que me rechazaran: su religión cerrada, que no admitía a gente de fuera de sus barrios.

No voy a mentir, me sentí intimidada y hasta pensé en rendirme, después de preguntar por Ori Amar un par de veces y que se negasen a dirigirme la palabra. Pero entonces di con alguien amable que me indicó la calle en la que se encontraba su casa.

Me dirigía hacia allí cuando una niña de unos cinco o seis años salió de una pequeña tienda de comestibles con una bolsa en la mano y pasó corriendo por mi lado. Al apreciar mi aspecto, se detuvo y se me quedó mirando sin una pizca de disimulo.

Como comprendía lo llamativa que podía resultar con el pelo rojo a pleno sol en un lugar en el que las mujeres no enseñaban el suyo, me había puesto un pañuelo fino sobre la cabeza, pero aun así algunos mechones sobresalían por debajo y por el nacimiento del pelo.

—¡Ala, qué bonito es tu pelo! —dijo con una inocencia adorable.

—Gracias. El tuyo también es bonito —le sonreí con ternura.

Ella rio y se alejó corriendo. Entró en una casa a pie de calle que tenía la puerta abierta y la recibió la voz de una mujer, entre cuyas palabras me pareció entender el nombre de Ori. Pegué un respingo y apreté el paso hacia allí. Me asomé con cautela, temiendo ser demasiado fisgona, y entonces le vi. Se encontraba en una especie de terraza al fondo de la casa (pude verlo a través de una cortina de flecos), con la niña sobre su regazo; le estaba haciendo cosquillas.

—¿Quién es usted? —Me sorprendió la presencia de una mujer de aspecto menudo que me miraba con recelo.

Me recuperé del susto como pude y sonreí.

—Oh, hola... Me llamo Claire, estoy buscando a Ori Amar.

—¿Qué es lo que quiere? —preguntó con brusquedad.

—Me... me gustaría hablar con él.

—Mire, no sé lo que busca de mi hijo, pero será mejor que se vaya. Está felizmente casado —matizó con cierto enfado—. Sé quién es usted. Él no me ha hablado de ello..., pero una madre sabe cosas. No venga a fastidiar y márchese. Aquí tiene a su familia, a su mujer y es donde tendrá a sus hijos. Usted no pinta nada.

Encajé los golpes con estoicismo y miré hacia la cortina; Ori reía junto a la niña y a otro niño más mayor que se subía a su espalda.

¿Qué más podía hacer? Agaché la cabeza y me alejé. La mujer cerró con un portazo, brinqué en el sitio y caminé sin levantar la mirada hasta que alcancé mi coche. Una vez sentada, me dejé caer sobre el volante y de mi garganta brotó un prolongado lamento antes de un llanto visceral que provocó espasmos en mi estómago. Quise parar para conducir, pero no fui capaz. Tenía la sensación de que iba a expulsar los órganos por la boca.

Quizás aún guardaba una pequeña esperanza de que volviese a mí. Había ansiado verle una vez más como necesitaba el aire para respirar, y haberle visto ahora me mataba.

Cogí oxígeno de forma intermitente, me sequé el cuello empapado con las manos y lo expulsé despacio por la boca. Abrí los ojos al camino que tenía delante.

Era el momento de conocer a la Chica de las Burbujas.

30

CLAIRE

Junio de 2019

Al bajar del avión en el aeropuerto de Manises, noté el clima húmedo que describía Asher en sus memorias. Una hilera de taxis esperaba a las puertas del edificio y subí a uno de ellos para que me llevase directamente a la Albufera. Fueron apenas cuarenta minutos de viaje, tras los cuales el taxista me dejó en la dirección que Eitan me había facilitado, en una calle de El Palmar.

Mis piernas temblaron al bajar. Sentía que aquello iba a ser trascendental en mi vida. Ella era... mítica. Tragué saliva porque, de los nervios, sentía hasta angustia. Me planté frente al portal que indicaba la dirección que había apuntado en el móvil y llamé al timbre con una sensación expectante. Nadie respondió. Llamé otra vez por si acaso, pero no parecía haber nadie en casa.

Aguardé sentada en el escalón del portal.

Mis padres no sabían nada de esa escapada fugaz. Los únicos que sabían dónde estaba eran Marc y Dean; ambos me habían tachado de aventurera al límite y me habían alentado a cumplir mis propósitos aunque sonasen a locura. Y en realidad lo era, una gran locura. Yo nunca había estado en España. Había soñado con ir, sí, pero no sola y menos de esa manera tan impulsiva. Pensé repetidas veces en que ojalá Ori estuviese allí a mi lado.

Cuando consideré que ya había esperado suficiente, cogí mi maleta y, con la idea de regresar más tarde, pedí otro taxi. Me moría de ganas de ver el embarcadero y el pedazo de playa que Asher y Alma solían frecuentar. Los había situado en Google Maps gracias a las descripciones de las memorias y, aunque no podía saber exactamente su ubicación, quería descubrirlo.

Supe que estaba en el lugar adecuado cuando aprecié que no había paseo —como sí había podido ver más atrás— ni puestos o restaurantes veraniegos próximos. Cargué con el equipaje con un nudo de ilusión en la barriga y me asomé a la duna para apreciar la orilla del mar. El olor era maravilloso, ya podía sentirme como...

Me detuve en seco.

Había reparado en la silueta de una mujer que corría detrás de un *disco*; sus rizos brincaban alrededor de su rostro pálido. La sangre se ralentizó en mis venas. Un chico adolescente reía a unos metros, preparado para recibir el disco de vuelta.

Era ella. Era Alma. Tragué con dificultad al observarla desde la distancia; llevaba puesto un bikini de flores y su figura era tan bonita como mostraban las revistas de moda. El muchacho debía de ser su hijo a juzgar por cómo se le parecía.

Pensé en si interrumpirles o no, y me sentí agobiada de repente. No sabía cómo dirigirme a ella, apenas hablaba español, ¿qué le diría? ¿Cómo comenzar la conversación? Entonces recordé que había traído conmigo la caja de las pertenencias de Asher que nos había dado Fleur. Esa podría ser una buena forma de empezar... Me agaché para abrir la maleta y la recuperé de entre las prendas de ropa con las manos frías y húmedas. Al girarme de nuevo, los busqué con la mirada, pero se habían desplazado; en ese momento fue cuando aprecié un caballete con un lienzo cerca de la orilla. Alguien más los acompañaba, un hombre... Se me detuvo el corazón. Miré bien porque era imposible que le estuviese confundiendo, se parecía muchísimo y... los tatuajes... Empecé a ver puntitos de colores voladores que hicieron desaparecer la imagen por unos instantes y perdí el equilibrio porque mi organismo era incapaz de asimilar aquello. Abrí mis brazos a ambos lados y parpadeé deprisa para recuperar la lucidez con dificultad. Me esforcé por enfocar de nuevo la imagen de ese hombre, atractivo e inconfundible, que cogía a Alma por la cintura para evitar que alcanzase el *disco* que le había lanzado su hijo. Rieron muy alto y continuaron su juego como si nada, como si él... no estuviese muerto para el resto del mundo.

Cogí mi móvil con las manos temblorosas, respiraba deprisa y notaba que me caería redonda al suelo en cualquier momento. Marqué el número de Aurinko, al otro lado respondieron al primer tono:

—Claire, aunque no creas lo que ves, tiene su explicación —me respondió enseguida Fleur en tono conciliador.

—Vale..., ¿puedes... puedes decirme por qué estoy viendo a Asher? —dije sin aliento.

—Sí, puedo. Tengo el permiso de su familia. De Eitan, en concreto. Esto fue idea suya...

—¿Qué? Fleur..., háblame antes de que me desmaye...

—El dieciocho de abril del 2011, Asher fue acorralado en una calle perpendicular al lugar donde hizo su última exposición. Un grupo de tránsfobos le pegaron hasta dejarle inconsciente. Por suerte, Didier llegó a tiempo y, aunque en la ambulancia se le paró el corazón y estuvo muerto unos minutos, él no podía dejar este mundo así. Su corazón reaccionó al poco tiempo, pero no su cerebro, y Asher entró en coma. Los médicos no nos dieron esperanzas. —Fleur hizo una pausa—. Esa grabación de la que me hablaste, la del mp4... Eitan me ha contado que grabaron sus voces para ponérselas con auriculares porque habían leído que la estimulación por medio de voces familiares era beneficiosa y podía ayudarle a despertar. Alma también grabó varias de esas notas de voz, pero no llegaste a escucharlas. Imagino que hay cientos de pistas en ese aparato y que no diste con ellas.

Asentí, me llevé la mano a la boca y lloré con intensidad y en silencio.

—Ella vino a Francia tras escuchar la noticia de su muerte. En todos lados decían que Asher Dray había sido asesinado por un grupo de tránsfobos, y fue cierto por unos instantes.

»Sus padres y Eitan ocultaron la verdad a los medios de comunicación para protegerle. Aquella brutal agresión venía de gente peligrosa y no podían saber si se repetiría en caso de que supiesen que seguía con vida. La fama de Asher había generado pasiones, pero también había sacado de sus cuevas a gente fascista y radical que no dudaba en actuar con violencia.

Contemplé a través de la capa de lágrimas la esbelta figura de la persona a la que había dedicado mi vida el último mes y se me erizó el vello de forma dolorosa.

—Asher estuvo en coma cuatro años y ocho meses. Su familia se negó a despedirse de él, incluso se lo llevaron a casa para estar a su lado en todo momento. Alma vino de visita de vez en cuando, ella también tenía esperanzas. Admito que yo pensaba igual, a pesar de que mi fe flaquease con el paso de los años.

»Asher despertó un veintidós de agosto de 2016. Aquella noticia fue... Aún recuerdo cuando Amélie, su madre, me llamó por teléfono para decírmelo. Aún hoy me emociono —la voz de Fleur se quebró—. Eitan me contó que estaba con él en la habitación cuando despertó. Más tarde, se dieron cuenta de que tenía amnesia disociativa. En realidad... no recordaba muchas cosas, entre ellas a Alma. Ella vino a París nada más recibir la llamada de su familia, pero no la reconoció al verla. Yo estaba presente ese día y fue... fue... Nos rompió el corazón.

—Y... ¿recuperó la memoria?

Fleur suspiró con intensidad.

—No, no lo hizo. Pero sabes tan bien como yo que lo que sienten es... Supera barreras, oleajes furiosos, pérdidas de memoria y todo lo que se les ponga por delante. Nunca he conocido a dos personas que se complementen así, que se miren como lo hacen, aunque él no sepa quién es ella.

»No puedo hacerme a la idea de cómo será que el amor de tu vida no te recuerde. Debió de romperla por dentro, pero ella no se rindió. Asher pasó casi dos años de rehabilitación en el hospital. Sus piernas no reaccionaban al principio; tuvo que aprender a caminar de nuevo con mucha ayuda. También tardó en volver a hablar y ella estuvo allí en cada uno de sus pasos, en cada una de sus palabras. Alma se trasladó a París por un tiempo con su hijo, aparcó su trabajo, para estar con él, y Asher se enamoró de ella como un loco.

Me senté despacio y observé la irreal y borrosa escena familiar con el corazón encajado en mis costillas. Fleur sabía que seguía ahí gracias a mi respiración entrecortada y mis leves gimoteos.

—Alma no podía quedarse para siempre en Francia. Auri, su hijo, tenía colegio, y su padre, Samuel, se lo llevaba los fines de semana. Además de que no podía abandonar su trabajo, así que tuvo que marcharse. Mantuvieron como pudieron su relación a distancia durante varios meses y Asher voló a España en cuanto estuvo bien para estar con ella.

—Entonces... lo que estoy viendo solo es real desde hace... ¿cuánto? —pregunté con voz rota.

—Once meses, exactamente. Asher vive con ella y con su hijo en la Albufera. No se trasladaron a su antigua casa porque sus padres tienen pensado regresar a España a vivir allí. Han sufrido durante mucho tiempo, es el momento de tomar decisiones sanas para el corazón.

Un silencio colmado de apacibilidad se alzó entre las dos. Asher había abandonado el juego para seguir con su trabajo ante el lienzo mientras Alma y el pequeño Auri (no tan pequeño, en realidad) se bañaban en el mar. Contemplé su bonita espalda y sus gestos experimentados al pintar; me azuzó la acuciante necesidad de bajar hacia él para estrecharle fuerte entre mis brazos.

—¿Cómo habéis conseguido guardar el secreto durante tanto tiempo? —pregunté con un hilo de voz.

—Solo lo saben las personas que le han conocido y le han querido de verdad. Tú le has querido, por eso lo sabes —declaró en tono cálido.

Asumí sus palabras tomando aire profundamente.

—¿Camille también lo sabe?

—Sí, ella también.

Caí en que la escritora, Scarlett, también le había querido. Pero ella había escrito su libro con la noticia de su muerte aún demasiado reciente, por eso nunca había publicado su novela. Todo encajaba.

—Eitan me dijo que te daba permiso para contar en tu libro aquello que creyeses oportuno. Es decisión tuya concluir tu manuscrito con este final, o no.

—No podría hacerlo, nunca me perdonaría ponerle en peligro...

—Han pasado ocho años, Claire. Asher no está en peligro —aseguró—. Al comunicar la noticia de su muerte, la voz de Asher se transformó en un grito contra la transfobia, y Aurinko se hizo más grande y fuerte que nunca. Si cuentas su verdadera historia, será un impacto, sí, pero también una victoria. Si le resucitas en tu libro, la gente descubrirá que el icono trans francés se ha convertido en una leyenda viva con un mensaje claro: que el odio nunca podrá silenciarnos.

Asumí las contundentes palabras de Fleur y me puse en pie de nuevo.

—Gracias por todo, Fleur. Gracias por creerme merecedora de saber esto y confiarlo en mis manos.

—Gracias a ti, Claire. El mundo necesita más gente buena como tú.

En cuanto me dejó a solas, miré la escena con una creciente sensación de felicidad, aunque tenía un matiz amargo: Asher seguía sin recordar a la Chica de las Burbujas y era posible que no volviese a recordarla nunca. Pero ahí estaban, enamorados como dos niños de nuevo. Lo harían, se elegirían una y otra vez contra las adversidades. Y aquella certeza era abrumadora.

—Ojalá estuvieses aquí, Ori...

Le eché valor, cogí la caja y mi equipaje y descendí hacia la orilla con algo de torpeza. Decidí dejar la maleta; pesaba poco, pero no creía que alguien la robase y saliese corriendo por aquel tomo de arena sobre la que era difícil incluso caminar. Apreté la caja contra mi estómago y avancé. En ese momento Alma salía del agua e iba hacia las toallas.

Conforme más cerca los tenía, más rápido me iba el corazón.

—Hola —dije en español.

Ella levantó la mirada hacia mí. Noté un vuelco en el pecho.

—Hola... Yo... —Busqué en mi cerebro la traducción de lo que quería decir con bastante dificultad—. Esto me lo dio Fleur, es vuestro.

Alma me contempló con curiosidad y luego miró la caja en mis manos.

—¿Fleur? Eres... ¿Eres Claire?

¿Sabía quién era? Aquello me descolocó, pero me agradó.

—Sí... —Ella cogió la caja sin apartar la vista de mí.

—Eitan dijo que quizá vendrías —me dijo en un perfecto francés—. ¿Qué nos traes?

Ella abrió la caja y sus ojos verdes clarísimos se abrieron mucho.

—Oh, esto... es de Asher —Extrajo su vestido de mariposas y luego revisó el resto del contenido de la caja—. Mis cartas...

—Camille las guardó. Él nunca las leyó —le revelé, sintiendo que aquel momento era muy valioso.

Ella arrugó el ceño y se tomó unos minutos para procesar aquella noticia.

—Ella... ¿te las dio?

—Sí. Y dijo que lo sentía, pero que... quizá volviese a hacerlo porque le quiso de una forma tóxica. —Abrevié el encuentro que tuvimos con Camille, no creía necesario contarle nada más.

—Gracias por traerlas. Gracias por... —Extrajo el frasco de pompas y también el libro original de las memorias de Asher—. Esto... ¿es lo que creo que es?

—Sí, son sus memorias. Las escribió a los veintiséis, es el único tomo, así que creí que debería ser vuestro...

Alma guardó todo y cerró la caja.

—Son recuerdos y vivencias que él desconoce haber vivido. Con esto... vamos poco a poco. Es complicado —dijo, afligida—. He intentado que recordase de muchas maneras, pero...

Negó con la cabeza y se giró para mirarlo; él estaba inmerso en la pintura.

—Tuvo... una crisis de ansiedad a raíz de la confusión por no recordarme, vio todas sus pinturas y... desde entonces procuro ser cuidadosa. Al fin y al cabo, somos felices.

En ese momento nos dimos cuenta de que Asher había reparado en mi presencia. Nos miraba con curiosidad desde su posición frente al caballete y sentí una ola de vértigo al estar expuesta a su mirada.

—Me preguntará por la caja. Llévatela y, si no te importa, déjala en el bar que hay enfrente de la dirección que te ha dado Eitan. La recuperaré y... prometo enseñársela algún día.

—Claro, lo haré con gusto —accedí, tomando de nuevo la caja.

Ella me sonrió con agradecimiento, vi las dos pecas sobre sus labios y también las burbujas tatuadas en su pie.

—Esto es lo que él hace, desplazar los muebles de nuestro interior hasta que ya no volvemos a ser los mismos, ¿verdad?

La observé con admiración y luego reparé en los movimientos de Asher, se había aproximado, aunque debió de ver algo en nuestras miradas, porque se detuvo a mitad de camino.

—Él no sabe... quién soy —dije, convencida, impactada porque en persona su belleza era casi desconcertante.

Me temblaban los dedos de las manos.

—Prometo hablarle de ti. Pero hoy no, es pronto.

—Lo entiendo.

—Gracias. Por todo —dijo en tono afectado.

—Gracias a ti. Y a él. Por cambiarme la vida —admití.

Miré por última vez hacia Asher, intercambiamos una mirada que grabaría en mi memoria y reproduciría en contadas ocasiones al cerrar los ojos. Quise abrazar a Alma, pero él se haría muchas preguntas que ella todavía no podía responder, así que no lo hice; me despedí. Ambos se quedaron quietos mientras me alejaba con el corazón apretado en un puño. Estuve tentada de mirar atrás, pero aguardé hasta que recogí mi maleta y estuve fuera de la arena.

Me permití echar un último vistazo, parecía que mi organismo repelía la idea de no verlos nunca más. Asher tomaba a Alma de la cara, estaban hablando, y luego se acercó para besarla rozando la veneración. Las lágrimas saltaron solas de mis ojos. Y, con una sonrisa, me despedí de ellos para siempre.

Dejé la caja en el bar donde me había pedido Alma. El hombre que me atendió detrás de la barra la guardó como un tesoro cuando le dije que ella la recogería.

Al día siguiente tomaría de nuevo el vuelo a Francia, pero pensaba aprovechar el tiempo al máximo en la Albufera. Me bañé en la playa y paseé por los senderos flanqueados de arrozales hasta donde alcanzaba la vista con la nostalgia adherida a mi piel. Recogí flores, leí un libro sentada en un embarcadero e incluso alquilé una bicicleta para recorrer los caminos con una sonrisa puesta en la cara. Me detuve al ver a una pareja de adolescentes salir de una de las barracas corriendo, rondarían los trece o catorce años; se cogieron de la mano, él se sonrojó, ella rio mirándole con adoración.

Los contemplé alejarse con una sensación maravillosa.

El aire de la Albufera guardó las caricias que nunca nos daríamos, guardó nuestros secretos, nuestras risas, las promesas, el almizcle de unos cuerpos rotos que se amaban. Después de un tiempo, llovería sobre los campos de arroz y otres niñes se conocerían y se querrían.

Al bajar del avión, me subí a un taxi y le pedí que me llevase al piso de París; todavía no tenía fuerzas para regresar con mis padres. Necesitaba unos días sola para digerir todo lo que había vivido. Aún me sentía eufórica y, al mismo tiempo, en mis entrañas anidaba una tristeza sólida.

Escribiría ese final, lo necesitaba. Pero me esperaría para publicarlo y omitiría el lugar donde vivían, para asegurarme de no perjudicarlos de ninguna manera.

Una tormenta de verano nos envolvió al enfilar hacia mi calle, los nubarrones negruzcos estaban sobre nuestras cabezas y descargaron con toda su energía. Salí del coche, cogí rápidamente mi equipaje del maletero y corrí hacia el portal. Me detuve en seco al apreciar un bulto a los pies de la puerta de entrada; entrecerré los ojos para ver entre la lluvia y entonces… le distinguí. Se cubría del aguacero con una cazadora negra, sentado en el suelo.

—Ori... —exhalé.

Él reparó en mí cuando me agaché a su altura, sus ojos se abrieron mucho y me recibió cuando me abalancé sobre él. Le rodeé, incrédula, y le apreté fuerte contra mí. Él me aferró con la misma presión, noté sus temblores y su respiración agitada contra mi nuca.

—Claire —dijo con voz quebrada.

—Pero... qué... ¿qué haces aquí? —Puede que ya no sintiese la tormenta empapándome. Ya no sentía nada excepto a él.

—Te... esperaba.

—¿Desde cuándo?

—Mi sobrina me dijo que había visto a una mujer preciosa con el pelo rojo —murmuró contra mi cara—. Viniste... a buscarme.

Le sonreí con dulzura.

—Tengo algo muy importante que contarte...

—Yo también —susurró, retirándome un mechón de pelo mojado tras la oreja con cariño—. No sé cómo... voy a hacerlo y solo si tú quieres, yo... no pienso volver a alejarme de ti.

Reprimí un sollozo y volví a atraerle hacia mí; nuestras ropas empapadas chapotearon al estrujarnos.

—Vamos, entremos en casa —articulé con dificultad.

Ori y yo dejamos charcos de lluvia a nuestro paso. Nos desnudamos nada más cerrar la puerta del piso tras nosotros y nos enredamos sin esperar a estar secos o a hablar de nada más.

Volver a sentirle fue como volver a coger aire.

Sabía que no sería fácil estar enamorada de Ori, que todavía tendríamos que salvar algunos baches y que los más complicados estaban por llegar.

Pero nunca me atrajeron las cosas sencillas.

EPÍLOGO

La miro a través de la ventana; cuida las flores del jardín, las acaricia y las hace crecer con toda su belleza, como todo lo que toca. Varias mariposas pululan alrededor de ella, y me río porque resulta una imagen de fantasía, de esas que salen en los cuentos de hadas, pero ella es real.

Me siento muy bien en esta casa. Mis padres vendrán a vivir aquí en poco tiempo; mientras tanto, nosotres aprovechamos para pasar el verano en mi hogar de la infancia. Ella parece estar encantada y yo estoy encantado de verla feliz.

Me limpio los dedos manchados de óleo con el trapo deshilachado que tendré que jubilar pronto y contemplo de lejos cómo está quedando el resultado. Tras despertar del coma y después de la intensiva rehabilitación, he intentado retomar mi pasión por el dibujo; noto que he empeorado mucho en los trazos, que he olvidado ciertas técnicas que antes me ayudaban a sobresalir. Suspiro con pesadez frente al intento de retrato de Alma. Es imposible captar su belleza, esa aura potente que ella posee. No me explico cómo pude dibujarla antes con tanta precisión. Quizás haya perdido para siempre esa parte de mí.

Tengo la tentación de abandonar. La he tenido muchas veces estos últimos meses, pero sé que a ella le entristecería que renunciase a algo que forma parte de mi ser. Si sigo intentando retratarla, es por verla feliz. Quiero salir ahí fuera, abrazarla y besarla. Nunca dejaría de besarla, me desgastaría los labios y aun así no pararía.

Me revuelvo el pelo, me lo mancho de pintura, como no; bufo y tiro el trapo viejo a los pies del caballete para ir a buscar otro. Me parece que tengo alguna camiseta vieja que puedo hacer jirones. Abro el armario donde hemos colocado nuestra ropa de forma provisional. Encuentro algunas camisetas de Auri que Alma metió en su equipaje, pero no hay rastro de las mías viejas. Se me ocurre que quizá puedan estar en la habitación del chico, muchas veces le dejo ropa y él últimamente se ha tomado algunas licencias para coger «prestada» alguna que otra prenda mía. Recuerdo verle con alguna de mis camisetas raídas puesta de pijama la semana pasada, de modo que entro a su dormitorio para ver si ha dejado alguna por la cama o la silla. De camino al escritorio, me tropiezo con algo que hay debajo de su cama y una caja de cartón se desliza por el golpe. Hago el amago de volver a meterla, pero entonces veo algo por la rendija superior que me llama la atención. La cojo, extrañado, y la deposito en el colchón para abrirla. Al meter la mano, saco un vestido con dibujos de mariposas; siento que se me contrae el pecho. Me viene a la mente la risa de aquella niña, la... la Chica de las Burbujas. Sí..., he tenido sueños en los que salía ella, el recuerdo de esas imágenes irrumpeen mi cabeza como pequeños relámpagos. Los sueños han sido recurrentes los últimos años, pero... al parecer los olvido con facilidad.

La caja huele a cereza. Vaya, qué sentimiento de nostalgia. Es... un sentimiento familiar, lo he tenido acoplado en el pecho de forma continua y amortiguada desde hace tiempo, pero de repente cobra fuerza y se posa de forma pesada en mi estómago.

La conocí aquí, en la Albufera, era una niña remolino que olía a verano, a crema solar. Sonrío ante el recuerdo y me siento en la cama. Me doy cuenta de que la echo muchísimo de menos. La echo tanto de menos que sé que lo que he estado sintiendo tiempo atrás es real y viene de alguna secuela, de una brecha en mi cerebro.

Y luego... luego me viene a la mente... ¡Es cierto! Nos reencontramos en mi viaje a España, cuando vine con Didier a la Feria del Arte. Pasamos dos semanas en esta casa... ¿Se dejó aquí el vestido? Lo aprieto contra mí, notando que aquello me está afectando más de lo que puedo entender. Estuve... muy enamorado de ella. Joder, duele. Me toco el pecho, parece que me va a reventar. De repente tengo la angustiante necesidad de encontrarla. Tengo... que encontrarla. La... abandoné, ella estaba embarazada. Se iba a casar. Y me pasé el resto de los años como un fantasma pensando en ella... hasta... hasta aquel día en la exposición en París.

Tomo aire con ahogo de repente.

Recuerdo la sensación antes de llegar al grupo de hombres que un supuesto seguidor quería presentarme. Tenía un mal día, acababa de ver a la Chica de las Burbujas en un anuncio publicitario en televisión, el miedo de que su fama se hiciese internacional se había hecho realidad esa misma mañana; iba a verla en los carteles de las estaciones de autobús, en los centros comerciales..., en todas partes además de en mi cabeza. Estaba cansado. Estaba harto de la negación, del acoso, de la discriminación hacia las personas que venían a Aurinko a pedir ayuda. Teníamos que aguantar tenerlos en las puertas gritándonos insultos en muchas ocasiones. No soportaban que Aurinko fuese fuerte y se estuviese haciendo grande.

Reconocí a uno de ellos cuando los tuve enfrente, era el padre de una chica adolescente que había ido a la asociación para buscar un techo y apoyo emocional. Él había empezado los golpes.

Me retuerzo y cojo aire con asfixia al recordar las imágenes, la confusión. Recuerdo pensar que ese era mi final.

Me levanto, mareado, necesito aire fresco. Cuando llego al salón recuerdo que estaba pintando y que ella está en el jardín. Quiero salir a abrazarla... y... mis pensamientos y mis emociones se detienen en seco cuando la miro a través de la ventana. Sigue cortando las malas hierbas y acariciando las flores. Hay abundancia de margaritas, sus preferidas. Me apoyo en el quicio del ventanal porque todo me da vueltas de pronto. Miro su precioso rostro, sus rizos de color chocolate.

Expulso el aire despacio hasta quedarme vacío. Y noto una sensación que hormiguea por mis venas, que asciende cada vez más intensa hacia mi cabeza.

Se me curvan las comisuras de la boca y, aún con el equilibrio inestable, corro hacia la puerta sosteniéndome en las paredes, sintiendo que si no la alcanzo cuanto antes voy a reventar.

Abro la puerta con torpeza, la madera golpea contra el aparador. Ella se sobresalta por el ruido y se gira hacia mí.

—¿Asher? —Se levanta de un salto en cuanto me ve en ese estado y se aproxima corriendo para tocarme la cara—. ¿Qué tienes? ¿Qué te pasa? —me pregunta alterada.

—Te mentí —logro decir, tan emocionado que apenas vocalizo.

—¿Qué? ¿Qué estás diciendo, Ash?

—Te mentí. Te dije… te dije: «Te querré hasta el día que muera». Pero no era verdad. Te quise incluso cuando dejé de respirar; te quise incluso entonces, mi remolino.

La Chica de las Burbujas se lleva las dos manos a la boca con una fuerte inspiración y sus ojos verdes se colman de brillo.

—¿Auri? —dice con voz quebrada.

Le sonrío con todas mis ganas y ella llora con fuerza al lanzarse a mis brazos. La aprieto contra mí; me sorprenden los sonidos estrangulados que emergen de lo más hondo de mí. La abrazo con todo mi ser, y el olor a verano vuelve.

Vuelve la sensación de ser un niño, el sabor al agua del lago tras jugar a chapuzarnos, el aroma de las tortitas recién hechas. Vuelve el sentimiento de ser libres, ese pellizco en el pecho que era tocarla y saber que el sol seguía ahí arriba. Que nada se iba a derrumbar.

Que estaba en casa.

Estoy en casa.

AGRADECIMIENTOS

Este libro me ha cambiado la vida en muchos aspectos.

Empezó cuando Asher me exigió contar su historia en profundidad; no valían las medias tintas. Y para ello tuve que salir ahí fuera, a la cruda realidad, y lo que encontré me ha llevado directa adonde estoy a día de hoy.

Elles han hecho posible este libro; las personas trans que me regalaron la oportunidad de crear a un personaje humano, sensible y precioso porque se abrieron en canal, ávides de que el mundo les mirase y supiese que existen y que se merecen los mismos derechos que el resto. Gracias infinitas a todas esas personas, en especial a Erik. De verdad, no sabemos ni la mitad de cosas que creemos saber; yo empecé esta novela creyendo que sabía bastante sobre el tema, pero cuánto me equivocaba...

Las siguientes personas que hicieron este sueño realidad fueron las integrantes del jurado del Premio Titania de Novela Romántica, a quienes estaré eternamente agradecida por escoger a Asher. Sé que esta edición ha sido difícil, pues había mucho nivel, de modo que estar escribiendo estas líneas todavía me resulta increíble.

Ana Lara, gracias por tus preciosas palabras, por esa aura de ilusión y creatividad que te envuelve. Elena Castillo, gracias por servirme de inspiración, por tu talento y dulzura. Me siento arropada por ambas y me dais confianza en mi intento de dar a conocer esta historia.

A Esther Sanz, mi editora. Eres como un hada que hace realidad mis deseos. Gracias por ponerle tanto entusiasmo, por acogerme en tu casa con tanto cariño, por cuidar cada detalle, por confiar en mí de la forma en que lo haces. Significa muchísimo para mí.

Gracias, Luis Tinoco, por tu paciencia y tu inmenso talento. La portada no podía ser más bonita. Gracias también a Berta, la correctora; no te puedes hacer una idea de lo bien que me lo pasé corrigiendo la novela con tus comentarios.

Gracias, Abril Camino, porque fuiste de las primeras personas que me aseguraron que esta historia valía la pena; siempre me das ese chute de energía que se necesita para confiar en uno mismo. Y a Pilar, por ser una lectora cero excelente y regalar tanta pasión a este libro.

Quiero dar las gracias también a mi grupo de escritoras, «Sueña y Escribe», que se creó a raíz del Campamento de Escritoras de Érika Gael. Me llevo auténticas joyas de ahí; a Noe en especial.

Gracias, mamá y papá, nada que diga podrá reflejar jamás lo mucho que os agradezco vuestro apoyo incondicional, vuestra fe ciega en mí. Hablar con vosotros de mis sueños siempre me hace pensar a lo grande; a vuestro lado todo parece posible. Os quiero muchísimo.

A mis hermanos, Rubén y Sergio. Gracias por vuestro apoyo, por hacerme sentir especial.

A mi chico, Fer. Gracias por darme todo de ti, por creer en mí, por ser el mejor compañero de vida del mundo. Estás en cada sentimiento de amor que atraviesa a mis personajes.

A mis chicas, Carla y Mica, por aportar tantas cosas buenas a mi vida; a veces me cuesta creer lo afortunada que soy.

Gracias a mi prima Natalia y a mis amigas Elena y Laura porque, a estas alturas, nuestro proyecto de «Bellas Albufera» ya es real. Gracias por acceder a mis desvaríos y seguirme en mis ideas con tanta ilusión.

A mis amigos de siempre y a mis primos, porque siempre estáis ahí.

Y, por último, gracias a ti, que has dado una oportunidad a esta historia. No sé si habrá calado en ti o si habrás aprendido algo significativo, pero te aseguro que esa era mi firme intención.